Marta Orriols

Der Moment zwischen den Zeiten

Ein Restaurant am Strand von Barcelona. Ein Paar trifft sich zum Mittagessen. Mauro erzählt dies und das, bis er die Bombe platzen lässt: Er hat sich in eine jüngere Frau verliebt. Eine der ältesten Geschichten der Welt. Doch dann, nur Stunden später, ein Verkehrsunfall. Ein Autofahrer hat die rote Ampel übersehen. Mauro ist tot.

Schockstarre. Fassungslosigkeit. Paula Cid steht vor den Trümmern ihrer Liebe. Über zehn Jahre war die engagierte Kinderärztin mit Mauro zusammen: Mit einem Schlag ist das ein für alle Mal vorbei. Wie trauern um den Mann, der einem kurz vor seinem Tod verlassen hat? Wie weiterleben?

Marta Orriols, geboren 1975 in Sabadell, arbeitet als freie Kulturjournalistin für diverse Print- und Onlinemedien und lebt mit ihren beiden Söhnen in Barcelona. ›Der Moment zwischen den Zeiten‹ ist ihr erster Roman, der mit dem »Premi Òmnium 2018« für den besten Roman des Jahres ausgezeichnet wurde, 60 Wochen auf der Bestsellerliste stand und in fünfzehn Sprachen übersetzt wurde.

Marta Orriols

Der Moment zwischen den Zeiten

Roman

Aus dem Katalanischen von
Ursula Bachhausen

dtv

MIX
Papier aus verantwortungsvollen Quellen
FSC® C019821
FSC
www.fsc.org

Ungekürzte Ausgabe 2022
dtv Verlagsgesellschaft mbH & Co. KG, München

Titel der katalanischen Originalausgabe:
›Aprendre a parlar amb les plantes‹
Dieses Werk wurde vermittelt durch SalmaiaLit, Literary Agency

Das Eingangszitat auf S. 7 entstammt: Julian Barnes, ›Lebensstufen‹,
in der Übersetzung von Gertraude Krueger

Umschlaggestaltung: FAVORITBUERO, München nach einem Entwurf von
Wildes Blut – Atelier für Gestaltung Stephanie Weischer
Umschlagmotiv: shutterstock.com
Satz: Greiner & Reichel, Köln
Gesetzt aus der Arno Pro
Druck und Bindung: Druckerei C.H.Beck, Nördlingen
Printed in Germany · ISBN 978-3-423-21978-5

Für Dich, Miquel.
Tage und Nächte und aus der Zeit gefallene Stunden.
Wir werden Dich nie vergessen.
Ich vermisse Dich. Und ich liebe Dich.
Für immer.

Man bringt zwei Menschen zusammen, die vorher nicht zusammengebracht wurden. Manchmal ist das wie jener erste Versuch, einen Wasserstoffballon an einen Heißluftballon zu koppeln: Man hat die Wahl zwischen abstürzen und verbrennen oder verbrennen und abstürzen. Aber manchmal funktioniert es, und etwas Neues entsteht, und die Welt hat sich verändert. Dann wird irgendwann, früher oder später, aus dem einen oder anderen Grund, einer von beiden weggenommen. Und was weggenommen wurde, ist größer als die Summe dessen, was vorher da gewesen war. Mathematisch mag das nicht möglich sein, aber emotional ist es möglich.

Julian Barnes, ›Lebensstufen‹

VORHER

Wir waren am Leben.

Attentate, Unfälle, Kriege und Epidemien – all das hatte mit uns nichts zu tun. Wir konnten uns Filme ansehen, die über den Akt des Sterbens mit frivoler Leichtigkeit hinweggingen, oder solche, die daraus einen Akt der Liebe machten, aber was es wirklich heißt, sein Leben zu verlieren, davon hatten wir keine Ahnung.

Manchmal schauten wir, mit der Arroganz unserer späten Jugend, abends im Bett die Nachrichten, behaglich in riesige, weiche Kissen gesunken, die Beine ineinander verschlungen, und dabei machte es sich der bläulich flimmernde Tod ohne unser Wissen auf Mauros Brillengläsern bequem. Hundertsiebenunddreißig Menschen sterben bei den Attentaten des Islamischen Staats in Paris; sechs Tote bei drei Frontalzusammenstößen auf der Landstraße, in weniger als vierundzwanzig Stunden; ein über die Ufer getretener Fluss in einem kleinen Dorf in Südspanien fordert vier Menschenleben; mindestens siebzig Tote bei einer Serie von Attentaten in Syrien: Wir erschraken kurz, und uns entfuhr vielleicht ein »Mein Gott, was für eine Welt« oder »Die Armen, was für ein Unglück«, doch je nach Tragweite verpufften die Nachrichten dann auch gleich wieder in unserem Schlafzimmer. Dem Schlafzimmer eines Paares, das selbst schon in den letzten Zügen lag. Wir schalteten um und sahen uns das Ende eines Films an, während wir kurz klärten, um wie viel Uhr ich am nächsten Abend nach Hause kommen würde, oder ich ihn daran erinnerte, den schwarzen Mantel aus der Reinigung zu holen, und an guten Tagen machten wir in jenen letzten Monaten vielleicht sogar einen halbherzigen Versuch, miteinander zu schlafen. Nur wenn die Nachrichten dramatischer waren, hallten sie etwas länger nach, und wir sprachen noch mit den Arbeitskollegen in der Kaffeepause darüber oder in der Schlange beim Fischhändler auf dem Markt.

Aber wir waren am Leben, der Tod war Sache der anderen.

Nach einem harten Arbeitstag erklärten wir wie selbstverständlich: »Ich bin so was von tot«, ohne dass uns das Adjektiv einen Stich versetzte. Und als wir ganz frisch zusammen waren, hatten wir uns manchmal mit sonnen- und salzverkrusteten Lippen in unserer Lieblingsbucht im Meer treiben lassen und aus Spaß so getan, als würden wir ertrinken, was jedes Mal zu einer erregenden Mund-zu-Mund-Beatmung und prustendem Gelächter geführt hatte.

Der Tod war weit weg, er tangierte uns nicht. Weder Mauro noch mich.

Der Tod, den ich als kleines Mädchen erlebt hatte – meine Mutter wurde krank und starb wenige Monate später –, war nur eine verschwommene Erinnerung, die längst nicht mehr schmerzte.

Damals hatte mich mein Vater in der Stunde nach der Mittagspause von der Schule abgeholt. Mit dem Ungestüm des Lebens war ich, zusammen mit hundert anderen Jungs und Mädchen, die gewundene Treppe von der Kantine in die Klassenräume hinaufgerannt, während anderswo alles zum Stillstand kam.

Mein Vater betrat mit der Direktorin genau in dem Moment

die Klasse, als der Biologielehrer uns den Unterschied zwischen Wirbeltieren und wirbellosen Tieren erklärte. Die Erinnerung an den Tod meiner Mutter ist für mich seither untrennbar mit der weißen Kreideschrift auf der grünen Tafel verbunden, die das Tierreich in zwei Gruppen teilte. Die Blicke meiner Klassenkameraden, die bis dahin meinesgleichen gewesen waren, veränderten sich, und ich wurde ganz still und spürte, wie ich mich in ein anderes, drittes Reich zurückzog, das der verwundeten Tiere, die ohne Mutter aufwachsen mussten.

Ihr Tod hatte sich angekündigt, was ihren Verlust zwar nicht weniger schlimm machte, uns aber in der Zeit, die ihm vorausging, Raum für Abschied und noch zu erfüllende Wünsche gab, für Demut, vor allem aber die Chance, ihr noch einmal unsere ganze Liebe zu zeigen. Damals bewahrten mich in erster Linie mein naiver Glaube an den Himmel, wo sie nun angeblich sein sollte, und die Unschuld meiner sieben Jahre davor, zu begreifen, dass ihr Abschied für immer war.

Mauro und ich waren viele Jahre ein Paar. Und dann waren wir es von einer Sekunde auf die andere nicht mehr. Vor ein paar Monaten ist er überraschend gestorben. Ein Auto hat ihn überfahren, und mit ihm so viel mehr.

Ohne den tröstlichen Himmel der Kindheit fühle ich jetzt, als Erwachsene, die ganze Wucht des Verlusts. Oft verwende ich, um von Mauro nicht in der Vergangenheit denken oder sprechen zu müssen, die Worte *vorher* und *nachher*. Dazwischen gibt es eine spürbare Grenze. Als er an jenem Tag mit mir zusammen zu Mittag aß, war er noch quicklebendig. Er trank Wein und bat darum, das Steak etwas mehr durchgebraten zu bekommen, nahm ein paar Anrufe vom Verlag entgegen und spielte dabei mit dem Serviettenring herum, er notierte mir auf der Rückseite der Visitenkarte des Restaurants den Titel des Buches einer französischen Autorin, die er mir wärmstens ans Herz legte, kratzte sich, aus Unbehagen oder Verlegenheit, am linken Ohrläppchen, und dann sagte er es mir. Er geriet fast ins Stottern. Wenige Stunden später war er tot.

Die Karte, auf der in seiner makellosen Handschrift der Titel des Buches steht, das ihm so gut gefallen hatte, habe ich noch. Das Logo des Restaurants ist in einer Ecke korallenrot. Ich betrachte es oft. Es steht jedem frei, sich sein Unglück mit so vielen Fuchsia-, Gelb-, Blau- und Grüntönen auszuschmücken, wie er möchte. Vielleicht kommt mir deshalb bei dem Gedanken an das Vorher und Nachher in meinem Leben immer das Great Barrier Reef in den Sinn, das größte Korallenriff der Welt. Bei der Frage, ob eine Sache vor oder nach Mauros Tod geschah, versuche ich jedes Mal, mir das Barrier Reef vorzustellen, voller bunter Fische und Seesterne, als wäre es eine Art Äquator des Lebens.

Denn wenn der Tod nicht länger Sache der anderen ist, muss man ihm ganz bewusst ein Eckchen auf der anderen Seite des Riffs einrichten, sonst nimmt er schon bald wie selbstverständlich den ganzen Raum für sich ein.

Sterben hat nichts Mystisches. Sterben ist konkret, unausweichlich, real.

1

»Wie sieht's aus, Pili? Schnell! Atmet sie?«

»Nein.«

»Dann CPAP.«

Während ich leise seine Vitalparameter wiederhole, lege ich dem Frühchen rasch die Atemmaske an. *Ich weiß, Kleines. Den Empfang hier hast du dir sicher anders vorgestellt, aber du musst atmen, hörst du?*

»Dreißig Sekunden.«

Eins, zwei, drei … siehst du die Frau da drüben? Das ist deine Mutter. Sie würde draufgehen ohne dich … Zehn, elf, zwölf, dreizehn … Komm schon, atme, um alles in der Welt! Wenn du das schaffst, sieht die Sache gleich ganz anders aus, es lebt sich gut hier, versprochen … Sechzehn, siebzehn, achtzehn, neunzehn, zwanzig … Es lohnt sich zu leben, weißt du? Dreiundzwanzig, vierundzwanzig … Manchmal ist es nicht leicht, da will ich dir nichts vormachen … sechsundzwanzig, siebenundzwanzig … na los, Mäuschen, tu mir das nicht an. Ich gebe dir mein Wort, es lohnt sich. Dreißig …

Stille. Das Neugeborene zeigt keine Regung.

»Herzfrequenz, Pili?!«

Die Schwester sieht mich mit kritischem Blick an. Ich kenne diesen Ausdruck in ihren Augen, sie hat mich vor Kurzem schon einmal damit bedacht. Und sie hat recht, mein barscher Ton war völlig unnötig, das hätte wirklich nicht sein müssen.

Aber ich fühle mich unwohl. Mir ist heiß, und mein rechter Clog scheuert an der kleinen Blase, die ich mir in den letzten Urlaubstagen mit den Sandalen eingehandelt habe. Die ersten Minuten nach der Geburt sind entscheidend, da haben mir die Blase und die Hitze gerade noch gefehlt. Für die Kleine ist Wärme allerdings lebenswichtig, sie darf auf keinen Fall auskühlen. Vielleicht war es doch keine so gute Idee gewesen, in aller Herrgottsfrühe direkt von der Küste zur Arbeit zu fahren. Ich hätte besser erst mal zu Hause in aller Ruhe die Koffer ausgepackt und das seltsame Gefühl abgestreift, knapp zwei Wochen fortgewesen zu sein, weit weg von den Krankenakten meiner Kinder, von Untersuchungen und Laborwerten, von allem, was mich funktionieren lässt.

Strategiewechsel. Mit raschen Klapsen stimuliere ich die Fußsohlen der Kleinen und muss dabei wie immer den Impuls unterdrücken, fester zu klopfen, energischer.

Das darfst du mir nicht antun, so darf der erste Arbeitstag nach dem Urlaub für mich nicht beginnen. Mach schon, atme, Herzchen.

Noch mal abhören.

Ich versuche, mich auf die Daten des Monitors und die Kleine zu konzentrieren, aber dann muss ich doch für einen Moment die Augen schließen, weil ich mir nicht die Ohren zuhalten kann. Die bangen Fragen der schluchzenden Mutter, die durch den Kreißsaal hallen, machen mich kirre. Mit dem Kummer anderer ergeht es mir neuerdings ähnlich wie beim Anblick eines vollen Tellers nach einer opulenten Mahlzeit. Es passt einfach nichts mehr in mich hinein, es ist mir zuwider. Jede Klage ruft in mir die von Mauros Mutter am Tag der Beerdigung wach. Sie zerriss einem das Herz …

Irritiert schüttele ich den Kopf. Hier ist nicht der Ort für schwierige Themen. Das gehört nicht hierher. *Keine Erinnerungen. Hier nicht, Paula. Konzentrier dich.*

Als hätte jemand einen Krug kaltes Wasser über mir ausgegossen, katapultiert mich mein Selbstgespräch wieder in die Realität zurück: Vor mir auf dem Reanimationstisch liegt ein Frühgeborenes von gerade mal achthundertfünfzig Gramm, das partout nicht atmen will und von mir abhängig ist.

Atme, Herzchen, mach schon. Atme, um Himmels willen!

Mein sechster Sinn ist nun erwacht und übernimmt die Regie, das exakte Zusammenspiel von Vernunft, medizinischem Wissen und untrüglichem Bauchgefühl, das es mir ermöglicht, diese winzigen Wesen ins Leben zu holen.

Hör zu, Kleine, es lohnt sich wirklich. Allein schon das Meer zu sehen ist das Leben wert.

»Ich beende die Beatmung, Pili, und versuch's weiter taktil.«

Ich hole tief Luft, wie vor einem Sprung ins Nichts. Der Mundschutz hält meinen Atem zurück, in dem sich der Mentholgeschmack der Zahnpasta, die ich heute früh in Vaters Bad gefunden habe, und der bittere Espresso von der Autobahnraststätte mischen. Ich sehne mich nach meinen Sachen, danach, dass alles seinen gewohnten Gang geht. Nach einer Tasse Kaffee aus meiner eigenen Kaffeemaschine. Nach dem Geruch von zu Hause, meinem eigenen Rhythmus, danach, niemandem Erklärungen zu schulden und einfach mein Ding machen zu können.

Mit sanften, unablässigen Bewegungen streiche ich über den winzigen Rücken.

Weißt du, Kleines, das Meer hat einen Rhythmus. Es kommt und geht, kommt und geht. Spürst du meine Hände? Genau so kommen und gehen seine Wellen. Wirklich, Herzchen, allein das Meer ist es wert zu leben. Und es gibt noch viel mehr. Aber jetzt konzentrier dich auf das Meer ... so, ganz sanft, spürst du es?

»Sie atmet!«

Pili seufzt erleichtert auf.

Der erste Schrei des kleinen Mädchens ist nur ein leises Miauen, aber im Kreißsaal begrüßen wir ihn so euphorisch wie ein Gewitter nach einem heißen Sommertag.

»Willkommen ...«

Ich bin nicht sicher, ob ich es zu der Kleinen sage oder zu mir selbst, und muss mich zusammenreißen, um nicht loszuheulen.

Ich säubere sie mit schnellen, routinierten Handgriffen und sehe erleichtert, wie sie Farbe bekommt und die durchscheinende Haut einen rosigen Ton annimmt. Das lässt hoffen.

»Wie hoch ist jetzt ihre Herzfrequenz, Pili?«

»Hundertfünfzig.«

»Okay, dann legen wir ihr wieder die CPAP-Maske an, und ab mit ihr in den Inkubator.«

Ich schaue die Schwester über den Mundschutz hinweg an, um ihr zu verstehen zu geben, dass mir mein schroffer Ton von vorhin leidtut. Es ist besser, Pili bei Laune zu halten, sonst ist sie eingeschnappt und lässt es mich büßen, indem sie die von mir angeordneten Laboruntersuchungen verschleppt. Aber sie wird wenigstens sauer auf mich, das ist doch schon was. Seit Monaten lassen mir die Leute alles durchgehen, und dieses Herumlavieren macht mich nur noch grantiger.

Während Pili den Brutkasten vorbereitet, streiche ich abermals sanft über den winzigen Rücken, um der Kleinen dafür zu danken, dass sie sich mit solcher Energie ans Leben klammert. Doch ich werde das Gefühl nicht los, dass es noch einen anderen Grund gibt, warum ich sie berühre, etwas, das ich nicht benennen kann und das wohl damit zu tun hat, dass die Kleine noch am Leben ist und Mauro nicht mehr. *Denn er ist nicht mehr da, Paula.* Er ist nicht mehr da, und trotzdem taucht er immer wieder auf, sogar wenn ich dieses flüchtige Leben in meinen Händen halte.

»Möchte die frischgebackene Mama ihrer Tochter einen Kuss geben?« Ich beuge mich mit der Kleinen für einen kurzen Moment zu ihrer Mutter. »Sie hat sich mit dem Atmen ein bisschen schwergetan, aber jetzt ist alles gut. Wir bringen sie hoch auf die Intensivstation, wie besprochen, ja? Ich bin gleich wieder da und erkläre Ihnen dann in Ruhe alles Weitere …«

Machen Sie sich keine Sorgen, das wird schon.

Den letzten Satz denke ich nur. Denn versprechen tue ich es nicht. Auch wenn der Blick der Mutter förmlich darum fleht, nach der Sache mit Mauro verspreche ich nichts mehr.

2

Lídia ist sicher gleich da, ihre Sprechstunde endet um eins. Sie zu treffen, löst in mir eine Welle der Erleichterung aus. Nur wenige Minuten noch, dann lässt mich ihr ungezwungenes Geplauder in die Normalität eintauchen, genau das, was ich jetzt so dringend brauche. Denn Normalität ist nach diesem Urlaub das A und O, sie ist mein Rettungsanker.

Während ich in der lauten, hektischen Cafeteria des Krankenhauses auf sie warte, schiebe ich den Salat auf dem Teller hin und her. Der Geruch nach Fleischbrühe versetzt mich zurück in die Kantine der Schule, wo ich mir alles, was ich nicht mochte, in die Taschen stopfte und die Hähnchenschenkel an meine hungrigeren Mitschüler verhökerte. Der Kinderarzt riet meinem Vater damals, er solle mir Toast mit Honig zu essen geben und so den Kampf gegen den niedrigen Perzentilwert aufnehmen, den er auf den von mir so gefürchteten karierten Kurvenblättern mit dem Bleistift antippte. Honig wurde von da an zum festen Bestandteil meines täglichen Speiseplans. Nicht um mir die grauen Tage ohne meine Mutter zu versüßen, sondern einfach nur, damit ich zunahm.

Irgendwo habe ich mal von einem dreiundachtzigjährigen Hindu-Asketen gelesen, der über siebzig Jahre weder etwas gegessen noch getrunken haben soll. Wissenschaftler eines Forschungsinstituts des indischen Verteidigungsministeriums beobachteten ihn mehrere Wochen lang rund um die Uhr. Hinterher berichtete der Arzt, der die Studie leitete, dass der Mann mit Wasser nur in Berührung gekommen war, um sich zu waschen oder zu gurgeln, und schlussfolgerte, dass er seine Energie wohl aus anderen Quellen in seinem Umfeld schöpfte als aus Nahrung und Wasser, unter anderem aus der Sonne. Nach Ende der Untersuchungen kehrte der Yogi in sein Heimatdorf zurück, wo er weitermeditierte wie zuvor. Offenbar hatte eine Göttin ihn im Alter von acht Jahren gesegnet, damit er fortan ohne Nahrung leben konnte.

Nach Mauros Tod nahm ich geschlagene vier Tage lang nichts als Lindenblütentee zu mir, in den mein Vater höchstens ein wenig Honig vom Imker aus seinem Dorf geben durfte. Mir fehlte die Kraft, zu protestieren, und so ließ ich ihn gewähren. Ich weiß nicht, auf welche Wachstumskurve er es diesmal abgesehen hatte. Abermals bekam meine Trauer dadurch jedoch die Farbe von Bernstein.

Es waren apathische, unwirkliche Tage, der Schock füllte alles aus, für Hunger war da kein Platz. Ich erinnere mich, wie die Hand meines Vaters energisch den Holzstab drehte, damit seine Rillen den Honig aufnahmen, ohne dass es tropfte. Mein Vater ist ein Perfektionist. Dass ich keinen hölzernen Honigstab besaß, war ihm unbegreiflich. Er kaufte mir einen. Außerdem räumte er meine Besteckschublade auf und reparierte die Tür am Topfschrank.

Eine Woche lang blieben mein Vater und Lídia abwechselnd bei mir, und ich verlor jede Kontrolle. Sie füllten den Kühlschrank mit guten Dingen, die nach und nach schlecht wurden. Lídia kam immer mittags, um zu kontrollieren, ob ich auch ja etwas aß, und mir dabei ein wenig Gesellschaft zu leisten.

Alle in meinem Umfeld nahmen als gegeben hin, dass mein verstörter Blick, das vernachlässigte Äußere und die heruntergelassenen Jalousien in jenen Wochen von der Trauer herrührten, in die mich der Verlust des Menschen gestürzt hatte, der so viele Jahre mein Lebensgefährte gewesen war. Niemand kam auf die Idee, dass es außer dem Schmerz über Mauros Tod noch etwas anderes, schwer Fassbares gab, das allem, selbst dem Schmerz über den Tod, wie Schneckenschleim anhaftete, etwas so Widerwärtiges, dass es niemand sehen sollte. Auch ich fühlte mich dadurch wie tot, erstickt an dieser mir bislang fremden Scham, gemessen an der der Tod fast schon ein alter Bekannter war. Und bis heute frage ich mich, ob es einen Zusammenhang zwischen beiden Ereignissen gibt, ob mein Wissen um diese Frau irgendwie bewirkt hat, dass Mauro aus meinem Leben verschwand.

»Komm schon, Paula. Wenigstens die Banane. Du hast nichts gegessen.«

Ich blickte zu Lídia hoch und musste unwillkürlich lächeln, denn die Geschichte des Yogis fiel mir wieder ein. Mir lag schon der Scherz auf der Zunge, ich käme ohne Nahrung aus, weil mich eine Göttin gesegnet habe, verkniff ihn mir aber, als ich ihre besorgte Miene sah.

»Na los, wenigstens einen Bissen oder zwei.«

Ich saß auf dem Küchenstuhl, und sie stand neben mir. Wir hätten zwei Freundinnen sein können, bei irgendeinem Mittagessen in einer x-beliebigen Wohnung, in der es weder Liebesgeschichten noch tote Partner gab. Aber das Bild war verstümmelt. Und ich, könnte man meinen Schmerz umwickeln mit Gaze, wirkte darin wie eine Kriegsversehrte.

Lídia schälte akribisch die Banane. Gedankenverloren schaute ich ihr zu, und als sie mir die nackte Frucht mit spitzen Fingern reichte, sahen wir uns an und fingen an zu kichern.

»Nun iss schon.«

»Ich habe keinen Hunger, Lídia, ehrlich. Mir wird davon schlecht.«

»Wenigstens die Spitze …«

Wir mussten lachen, und ich spürte, wie meine Wangen vor Scham glühten. Mein Lachen wiegte sie in Sicherheit, nur deshalb lachte ich. Ich musste zuerst sie beruhigen, damit sie anschließend mich beruhigen konnte. Wer von einem Toten betrogen worden ist, weiß um Dinge, über die man besser schweigt. Etwa, dass man angesichts dessen seine innere Balance nur sehr schwer wiederfindet. Darum lachte ich, der Magen wie zugeschnürt, übernächtigt, schweißgebadet. Würde ich aufhören zu lachen und mit der ungeschminkten Wahrheit herausplatzen, würde Lídia augenblicklich zur Salzsäule erstarren, und die Neuigkeit würde sich unaufhaltsam ihren Weg bahnen. Auf einmal würde sein Tod, der die Welt zum Stillstand gebracht hatte, zur Nebensache werden, und für einen Moment würde sich alles nur noch um die schnöde, klischeehafte Untreue drehen. Aber wir lachten. Lídia lachte, und ich lachte mit, und dabei suchten meine Augen ihren Blick, um ihr so endlich all das sagen zu können, wofür ich keine Worte fand. Sie verstand es nicht. Dass der Kerl, der gestorben ist, einen unmittelbar vorher verlassen hat, lässt sich nicht einfach so von den Augen ablesen.

»Iss, Paula.«

Ich biss ein Stück von der Banane ab, damit sie endlich Ruhe gab.

»Wusstest du, dass der Mensch rund 20 000 Gene besitzt und Bananen 36 000?«

»Wie …? Was meinst du damit, Paula?«

»Dass Bananen 16 000 Gene mehr haben als Menschen.«

»Toll.« Mit einem mitfühlenden Blick strich Lídia mir eine Haarsträhne aus dem Gesicht. »Alles wird gut, Süße. Irgendwann kommst du darüber hinweg.«

Nein, dachte ich, tief in meinem Innern.

Und im nächsten Moment schmeckte der süße Bananenbrei, den ich kaum herunterbrachte, salzig.

»Wer bin ich?«

Von hinten hält sie mir die Augen zu. Ich drehe mich um, und wir umarmen uns. Lídia ist ein Wirbelwind mit blonden, von Silberfäden durchzogenen Locken und tausend Sommersprossen im Gesicht.

Zunächst schildert jede haarklein ihren ersten Arbeitstag, dabei fallen wir uns immer wieder übersprudelnd ins Wort. Dann rege ich mich darüber auf, wie weit der Umbau auf der Station ist, in der sie als Kinderärztin arbeitet, während ich nach wie vor in winzigen, schlecht beleuchteten Räumen arbeiten muss, die von viel zu schmalen Fluren abgehen. Überall da, wo es Besuchern und Patienten nicht gleich ins Auge fällt, werden die längst fälligen Sanierungsarbeiten ständig verschoben.

Mit schadenfrohem Grinsen streckt Lídia mir die Zunge heraus und setzt mich damit matt. In unserer Freundschaft sind wir einander noch nie ebenbürtig gewesen. Egal, um was es geht, immer gewinnt sie die Oberhand, und das habe ich von Anfang an akzeptiert. So wie ich akzeptiert habe, dass ich, vielleicht durch die Umstände, ein eher verschlossener Mensch geworden bin.

Lídia erzählt mir nun, wie enttäuscht sie von den Hotels waren, in denen sie auf ihrer Schottlandreise übernachteten – die Teppichböden schmutzig, das Essen ungenießbar, und wegen eines Reservierungsfehlers seien sie einmal in einem solchen Drecksloch gelandet, dass sie schließlich alle vier im Auto geschlafen hätten –, und als würden wir noch immer auf der Dachterrasse ihres Elternhauses für die Abschlussprüfungen lernen, halten wir danach die Arme aneinander und vergleichen, wer von uns beiden brauner geworden ist.

»Gut siehst du aus«, meint sie lächelnd. »Die Ferien sind dir bekommen.«

Ich lasse sie in dem Glauben, weil mir nicht danach ist, über mich oder die zwei Wochen bei meinem Vater in Selva de Mar zu reden. Die vermeintliche Harmonie des Lebens in dem abgeschiedenen Dorf nahe der Costa Brava, die Freude an den einfachen Dingen, die Ruhe, von der alle behaupteten, sie würde mir guttun, all das hat überhaupt nichts gebracht.

Seit dem Unfall war ich nicht mehr dort gewesen, und durch die Brille der Zeit betrachtet, kam mir der kleine Ort fremd vor: Die Kirche war größer, und die Gassen waren enger, die Glocken waren mir noch nie so laut und das Gelächter der Sommergäste auf dem Dorfplatz noch nie so ungeniert vorgekommen. Am Ende hatte ich die Nase gestrichen voll von dem ländlichen Frieden, von den melancholischen Klavierklängen meines Vaters, den Vögeln, die mich frühmorgens weckten, wenn ich gerade eingeschlafen war. Es nervte mich, dass es keine zuverlässige Internetverbindung gab und ich mich über einen Felsen beugen musste, um wenigstens ab und zu Empfang zu haben, und die Schachpartien mit meinem Vater nach den Mahlzeiten hingen mir ebenfalls zum Hals raus. Die hochgelobte Stille auf dem Land hatte nur dazu geführt, dass bei mir sämtliche Alarmglocken schrillten und die Fragen, vor denen ich in meinem ersten Urlaub ohne Mauro fliehen wollte, so laut wie noch nie in mir widerhallten.

Um aber nicht vor Lídia ins Klagen zu verfallen, versuche ich, mit vielen Fragen zu verhindern, dass sie mir welche stellt. Schließlich hat eine Mutter nach der Rückkehr von einer ereignisreichen Reise durch Europa mehr zu erzählen als eine alleinstehende Frau, die auf die geistreiche Idee gekommen ist, vierzehn Tage in einem winzigen, vom Tramuntana-Wind heimgesuchten Kaff zu verbringen, umgeben von flotten siebzigjährigen Rentnern, allesamt Freunde ihres Vaters.

»Und wie geht's den Mädchen?«

»Puh, die Mädchen ... Na ja, du siehst sie ja bald. Daniela war einfach unerträglich, ein Teenie, wie's im Buche steht. Und Martina stand ihrer Schwester in nichts nach. Wenn die eine an den Pool wollte, wollte die andere an den Strand, das ging die ganze Zeit so.« Lídia schnaubt. »Ich schwöre dir, Urlaub mit Kindern ist die reinste Folter. Du kannst dir nicht vorstellen, wie oft mir in den Tagen der Gedanke gekommen ist, Toni mit den Mädchen weiterreisen zu lassen und zu dir ins Dorf zu fliehen, um mit dir tagsüber zum Nacktbaden und Sonnen an den Strand zu fahren und abends zusammen zu rauchen und zu trinken, statt mich mit der Zigarette in irgendeine Ecke verdrücken zu müssen.«

Warum hast du es nicht getan, frage ich mich augenblicklich, warum hast du mich so viele Tage allein gelassen? Die erwachsene Frau in mir weiß jedoch, dass Lídia verheiratet ist, Kinder hat, Verantwortung. Und darum lächelt die erwachsene Frau nur und sagt, so schlimm sei es bestimmt nicht gewesen, und dass sie sich darauf freue, die Mädchen zu sehen, sie habe ihnen T-Shirts gekauft. In Selva de Mar sei alles in Ordnung, wie immer, ihr Vater sei noch so robust wie eine Eiche, und zudem habe er den ganzen Tag am Herd gestanden, und sie habe deshalb mindestens drei Kilo zugenommen.

»Und sonst? Gab's irgendwelche Verehrer im Dorf?«

Lídia mustert mich mit ihren blauen Augen. Ich glaube nicht, dass sie mit ihrer Frage auf konkrete Männer anspielt, sie will bloß etwas über meinen Seelenzustand in Erfahrung bringen.

»Ein ganzes Dutzend französischer Touristen.«

Ich zeige auf mich und breite die Arme aus, als wollte ich sagen: Hast du mich mal angesehen? Glaubst du, mir sei danach, mich mit irgendwem einzulassen?

»Na ja, ist auch besser so. Das mit Mauro ist noch viel zu frisch. Es ist noch nicht der richtige Zeitpunkt, Paula.«

Der Zeitpunkt wofür?, denke ich. Gibt es etwa ein Handbuch für Hinterbliebene, in dem die Frist festgelegt ist, nach der man wieder losziehen und flirten darf, ohne dass die Leute es schamlos finden? Aber die erwachsene Frau in mir nickt nur, während sie fein säuberlich alle Kirschtomaten aus ihrem Salat auf einer Seite des Tellers aufreiht.

Irgendwo habe ich gelesen, um im Langzeitgedächtnis gespeichert zu werden, muss Erlebtes wiederholt und assoziativ verbunden werden, weshalb es im Extremfall auch mal zu falschen Erinnerungen kommt. Und darum frage ich mich, wie ich dein Andenken so unversehrt und wahrhaftig wie möglich halten kann.

Es wäre viel leichter, wenn die Erinnerungen chronologisch hochkommen würden. Stattdessen blitzen wahllos einzelne Bilder auf, die es mir schwer machen, das Puzzle deines Wesens und deines Lebens richtig zusammenzusetzen. Genauer gesagt, deines Lebens mit mir.

Du konntest nähen. Du hast Knöpfe angenäht und Strümpfe gestopft.

Wenn du etwas nicht finden konntest und mich gerufen hast, damit ich dir beim Suchen half, hast du mich immer Pauli genannt. Ich mochte das nicht, aber das war dir egal.

Morgens nach dem Aufstehen musstest du immer dreimal niesen.

Und wenn deine Mutter anrief, veränderte sich der Klang deiner Stimme. Sobald du in diesem Kinderton »Mama« gesagt hast, habe ich mir die Schlüssel geschnappt und eine Runde um den Block gedreht, weil ich genau wusste, du würdest nachgeben, was auch immer sie von dir wollte.

Und dich umgab stets ein Geruch von Reinlichkeit. Auch

ohne Eau de Toilette rochst du gut, nach lauwarmem Wasser und Seife.

Beim Zeitunglesen hast du immer Kekse gefuttert und sie dabei mit der Zunge gegen den Gaumen gedrückt. Einen nach dem anderen. Anfangs fand ich das amüsant. Doch mit den Jahren ermahnte ich dich immer wieder, du solltest nicht so viel Zucker essen.

Wenn ich dich berührte, bevor wir miteinander schliefen, durchlief dich jedes Mal im ersten Moment ein kaum merklicher Schauder, eine bittersüße Reaktion aus Lust und Aversion. Das wird nicht immer so gewesen sein, aber wie es am Anfang war, weiß ich nicht mehr.

Du hast mir unheimlich gern Schuhe gekauft. Ich habe es dir nie gesagt, aber du hast selten meinen Geschmack getroffen. Es tat mir leid, also zog ich sie an, um dich glücklich zu machen. Sie passten weder zu mir noch zu meinem Stil. Es waren Schuhe für eine andere Frau.

Und bevor du aus dem Haus gegangen bist, hast du mir immer einen Kuss auf die Stirn gegeben. Einen aufrichtigen, zärtlichen Kuss. Jedes Mal.

3

Ein Glas Mayonnaise. Zwei Flaschen Bier. Ein wabbeliger Strunk verschrumpeltes und von samtigem Schimmel überzogenes Gemüse. Zwei vor einer Woche abgelaufene Joghurts. Ich nehme mir einen. Ein fast leeres Glas bittere Orangenmarmelade und das Brummen des Kühlschranks. Das ist alles. Willkommen zu Hause.

Am Anrufbeantworter blinkt das rote Lämpchen. Nur eine Nachricht. Mein Herzschlag setzt für einen kurzen Moment aus ... aber nein, sie kann nicht von Quim sein. Ich habe ihm meine Festnetznummer nicht gegeben. Und außerdem will ich daran glauben, dass er sich schicksalsergeben daran hält, was ich ihm geraten habe. Wenn man zu hören bekommt: »Halt dich von mir fern, wir tun uns nur weh«, ist das letztlich eine unmissverständliche Ansage.

Zugegeben, manchmal sehne ich ihn herbei. Hin und wieder flehe ich ihn nachts stumm an, er möge mich doch bitte anrufen, sich in irgendeiner Form melden. Eine Whatsapp, ein Foto, egal was, Hauptsache ein Lebenszeichen. Manchmal schlafe ich sogar mit dem Mobiltelefon in der Hand ein, nachdem ich stundenlang darüber nachgegrübelt habe, ob ich Kontakt zu ihm aufnehmen soll oder nicht und ob wir uns wirklich so sehr verletzen würden. In anderen Momenten verfluche ich mich wiederum selbst, dass ich immer noch an ihn denke, und kann es nicht fassen, dass in mir, mit zweiundvierzig Jahren!, ein Teenie voller Zweifel und Stimmungsschwankungen wie Phoenix aus der Asche emporgestiegen ist. Ich bin der Wankelmut in Person. Dabei hat Quim meinen Namen höchstwahrscheinlich längst vergessen.

Die Nachricht ist jedenfalls sicher nicht von ihm. Sie kann eigentlich nur von meinem Vater stammen. Nur seinetwegen wartet neben dem Fernseher noch immer stoisch dieser anachronistische Staubfänger. Mein Vater hinterlässt nicht nur Nachrichten, er spielt mir auch seine Klavierkompositionen aufs Band. Der Anrufbeantworter ist der Schrein für seine ellenlangen musikalischen Reliquien. Ganz gleich, wann ich heimkomme, stets verkündet mir das blinkende Lämpchen, dass es was zum Anhören gibt oder er wissen will, was ich von diesem oder jenem Stück halte. Meist ist es besser, ihn direkt zurückzurufen, sonst kann er ganz schön penetrant werden. Für manch unruhigen, unersättlichen Geist müsste der Ruhestand verboten werden.

Ich drücke auf den Knopf, und, wie erwartet, hallt seine Stimme durch den Raum. Ich höre zu, während ich zwischen zwei Löffeln Joghurt die Jalousien zur Terrasse hochziehe, um das Licht des späten Nachmittags hereinzulassen.

»Du solltest jetzt eigentlich schon zu Hause sein … Hoffentlich war nicht zu viel los auf der Autobahn. Als ich vorhin aus dem Café kam, habe ich Pepi getroffen. Ich soll dich schön grüßen. Sie meinte, wenn sie gewusst hätte, dass du hier warst, hätte sie uns mal besucht … Ah, Paula, übrigens, du hast den Biskuitkuchen vergessen, den Maria Rubiés gestern für dich vorbeigebracht hat … Also eigentlich wollte ich dir nur einen guten Start in der Klinik wünschen. Sonst war nichts weiter … Und iss was, hörst du? Küsschen.«

Ich stehe mit offenem Mund da, und mich überkommt plötzlich Ekel. Angewidert gehe ich in die Küche und werfe den Joghurt in den Müll. Vor meinem Aufbruch heute früh habe ich die Tupperdose mit Maria Rubiés' Biskuitkuchen auf der Arbeitsplatte stehen sehen. Ich hatte sie sogar schon in der Hand, habe sie dann aber wieder zurückgestellt, weil der Behälter genauso muffig roch wie der Atem seiner Besitzerin.

»Wir müssen jetzt stark sein, Liebes. Im Gegensatz zu mir bist du ja auch noch jung. Du kannst noch mal ganz von vorn anfangen.«

Das waren ihre Worte gewesen, als mein Vater und ich am späten Dienstagvormittag bei ihr zum Kaffee waren.

Ich glaube, die Besuche meines Vaters bei Nachbarn, die krank sind oder einen Angehörigen verloren haben, entspringen seinem Bedürfnis, sich in dem Dorf, in dem er von Jahr zu Jahr mehr Zeit verbringt, weniger fremd zu fühlen. In Barcelona habe ich ihn so etwas nie tun sehen, außer natürlich bei Freunden oder im engsten Familienkreis. Allerdings verraten Kleinigkeiten noch immer, dass er aus der Stadt stammt: Er speichert die Verabredungen in seiner Kalender-App und macht sich für den Anlass besonders fein. So auch am Dienstagmorgen. Während wir draußen im Garten frühstückten, fing auf einmal sein Handy zu piepsen an. Er tupfte sich mit der Serviette die Lippen ab und sagte mit vollem Mund: »Maria Rubiés, um zwölf. Wir müssen uns sputen, wenn wir vor dem Kondolenzbesuch noch in Port de la Selva schwimmen gehen wollen.«

Ich sah ihn skeptisch an und erwiderte, ich würde nicht im Traum daran denken, ihn zu Senyora Maria zu begleiten, ich hätte in diesem Sommer wahrlich keinen Nerv dafür, jemandem mein Beileid auszusprechen, den ich zudem nicht mal kenne.

»Aber sie kennt *dich*. Und wenn du mitkommst, mache ich uns heute Abend Seeteufel mit Muscheln.«

In Selva de Mar weiß keiner, dass Mauro mich wenige Stunden vor seinem Tod verlassen hat. Auch mein Vater nicht, obwohl er mitbekommen hatte, dass wir eine »schwierige Phase« durchmachten.

Im letzten Herbst hatten wir einen heftigen Streit, weil ich Flugtickets für den Brückentag im November besorgt hatte, Mauro der Kurzurlaub aus beruflichen Gründen jedoch nicht passte. Ich maulte ihn an, er solle mir dann nicht vorwerfen, ich würde ihn nie überraschen, und im Nu lagen wir uns in den Haaren, aber so richtig, mit Geschrei und Türenschlagen. Er brüllte, fick dich, und ich, mit dir bin ich gefickt genug. Eine halbe Stunde später war ich mit meinem Vater verabredet, den ich zum Hautarzt begleiten sollte. Er musste sich am Rücken ein paar Muttermale entfernen lassen, und ängstlich, wie er ist, hatte er mich gebeten, ihn nach dem Eingriff – der im Übrigen völlig harmlos war – nach Hause zu bringen. Obwohl ich genau wusste, dass er mich nicht trösten würde, weil er dazu noch nie fähig gewesen war, ließ ich mich, während wir darauf warteten, dass er aufgerufen wurde, dazu hinreißen, ihm mit zittriger Stimme zu erzählen, bei Mauro und mir laufe es zurzeit nicht gut, ohne jedoch auf Einzelheiten einzugehen. Da brachte er den Spruch mit der schwierigen Phase: »Das ist nur eine schwierige Phase, Paula. Du wirst sehen, im Frühjahr hat sich alles wieder eingerenkt. So was hat jedes Paar mal durchzustehen.« Er klopfte mir noch zweimal auf die Schultern, und damit war die Sache für ihn erledigt. Ich musste innerlich über meine Naivität lachen und wünschte ihn und Mauro zum Teufel. Muttermale weg. Probleme weg. Alles neu macht der Mai.

Wenn wir uns nach all den Jahren getrennt hätten ... mein Vater hätte sich so gegrämt, dass er vermutlich nicht gewusst hätte, wie er seinen Rentnerfreunden die Katastrophe beibringen sollte, eine Tochter jenseits der vierzig zu haben, die eine alte Jungfer zu werden drohte. Er brüstete sich liebend gern mit Sätzen wie: »Mein Schwiegersohn ist Verleger«, »Heute erscheint ein Interview mit meinem Schwiegersohn in der ›*Vanguardia*‹«, »Mein Schwiegersohn hat doch tatsächlich meine Kletterrose an der westlichen Hauswand wieder zum Blühen gebracht«. Die beiden verstanden sich bestens, und was die traditionelle Familie mit Trauschein anging, die Mauro und ich nicht waren und die wir, wenn es nach mir ging, auch niemals werden würden, waren sie auf einer Wellenlänge. Indem er ihn »mein Schwiegersohn« nannte, gehörte Mauro ihm ein Stückchen mehr.

»Paula ist für ein paar Tage bei mir. Mein Schwiegersohn ist tödlich verunglückt.« Dass Maria Rubiés mich kannte, ich sie aber nicht, konnte nur bedeuten, dass mein Vater keinerlei Hemmungen gehabt hatte, mich in seinem Bekanntenkreis als seine arme Paula einzuführen, die ihren Lebensgefährten bei einem Unfall verloren hatte. Vermutlich ist es manchmal leichter, über das Befinden einer Tochter zu sprechen, die einen schmerzlichen Verlust zu verwinden hat, als sich zu gewagten Thesen zu versteigen, die Paare von heute genössen enorm viele Freiheiten, hätten aber keinen Mumm, die Probleme aus der Welt zu schaffen, wenn es mal schlecht lief. Der Tod schafft aus der Welt, was eigentlich nicht wiedergutzumachen ist, und rückt alles ins beste Licht, unwiderruflich. Aus Mauro hat er einen Unschuldigen, fast schon einen Heiligen gemacht. Der Tod ist wie der Frühling. Alles neu macht der Mai.

Mein Vater und Senyora Maria unterhielten sich in knappen, altbewährten Floskeln. Es gibt eine eigene Sprache, um über den Tod zu reden, ein ganzes Repertoire an Phrasen, die sich zwischen Respekt und Scheu bewegen. Ich blieb derweil in der Küchentür stehen, um dem durchdringenden Geruch nach saurer Quitte und frisch geschnittener Salami zu entgehen, und wünschte mir beim Zuhören nur eins: dass der Kaffee endlich kochte. Vielleicht würde dann ja die Kanne explodieren, und wir könnten uns verdrücken, ohne an dem Tisch mit der klebrigen Wachstuchdecke Platz nehmen zu müssen, auf der sicher noch die Wurstfingerabdrücke von Senyora Marias totem Ehemann waren.

Es war der 26. August, und sie trug eine langärmelige schwarze Strickjacke, einen knöchellangen Rock und Winterpantoffeln mit Absatz, neben denen meine flachen Lederriemchen-Sandalen umso mehr betonten, wie sehr sich unsere Welten, wie sehr wir uns voneinander unterschieden. Ja, wir hatten beide unsere Lebensgefährten verloren. Aber wir fühlten nicht den gleichen Schmerz, auch wenn der Kummer uns scheinbar fest verband, so als wäre er ansteckend und würde sich, losgelöst vom Willen desjenigen, der einen geliebten Menschen verloren hat, eins zu eins übertragen. Doch mein Schmerz gehörte allein mir, und ich wollte sie nicht in seiner Nähe haben.

Ich weiß nicht, wie es dazu kam, jedenfalls saß ich auf einmal dann doch neben ihr und verdrängte den Gedanken an die

Wachstuchdecke, deren Saum meine Oberschenkel streifte, als das Gurgeln der Espressokanne mir urplötzlich klarmachte, dass es kein Entrinnen gab. Senyora Maria erhob sich, schaltete bedächtig den Herd aus und holte drei winzige Tassen aus einem Büfettschrank mit verblasstem Furnier, und ein muffiger Geruch flutete in den Raum. Nur das Ticken der Küchenuhr durchbrach die Stille, als sie sich zu mir beugte, nah, viel zu nah, sodass ich die Augen schließen musste, und sagte:

»Wir müssen jetzt stark sein, Liebes. Im Gegensatz zu mir bist du ja auch noch jung. Du kannst noch mal ganz von vorn anfangen.«

Ich will nicht von Maria Rubiés mit ihrem Mundgeruch oder sonst irgendeiner Dorfmatrone behelligt werden. Ich will keinen Biskuitkuchen und schon gar keine Prognosen über meine Zukunft. Und sie soll mir auch wegbleiben mit ihrem unerschütterlichen Glauben an das Leben. Ich will unter keinen Umständen, dass sie sich mit mir identifiziert. Mein Schmerz gehört allein mir, und es gibt nur eine Maßeinheit, mit der er erfasst werden kann: das tiefe Wissen darum, wie sehr Mauro und ich uns geliebt haben. Dass es uns, so wie wir waren, nicht mehr gibt, und dass ich deshalb auf meine ureigene Weise um ihn weine.

Mein Vater hatte sicher bemerkt, wie sehr mich Maria Rubiés' Kommentar aus der Fassung gebracht hatte. Als ich es mir abends im Liegestuhl unter dem Feigenbaum gemütlich machte, löschte er das Licht auf der Veranda, setzte sich in seinen Gartensessel zu mir und forderte mich auf, die Ohren zu spitzen.

Sein Haus, auf das er so stolz ist und das er sich mühsam zusammengespart hat, liegt am Ende des Dorfes, und hinter der efeuberankten Steinmauer seines kleinen Gartens beginnt gleich der Wald. Wer still wird und lauscht, kann schon bald eine Flut von Geräuschen hören: zirpende Grillen, sirrende Motten und Mücken, das Rauschen der sich in der leichten Brise wiegenden Blätter, das Murmeln des Baches, der durch das Dorf fließt, eine flatternde Fledermaus und manchmal sogar die majestätischen Rufe eines Steinkauzes. Während der zwei Wochen habe ich ihn vielleicht dreimal gehört, was meinen Vater wunderte, denn in all den Jahren, in denen er den Sommer nun schon in diesem Haus verbringe, hätte er den Kauz höchst selten zu Gesicht bekommen. Wie nebenbei erklärte er dann, der Steinkauz habe den Menschen in früheren Zeiten als Verbindung zwischen der Unterwelt, der irdischen Welt und dem Himmel gegolten. Und bei den alten Ägyptern, aber auch bei den Kelten und den Hindus, sei er als Totem verehrt worden, da er die Seelen der Verstorbenen beschützte. Beim Wort »Verstorbene« blickte er unwillkürlich zu Boden und steckte die Hände in die Taschen seiner Bermudas. Er solle bloß aufhören, warnte ich ihn, nach Mauros Tod sei ich leicht zu ängstigen, und alles Esoterische bereite mir Unbehagen, auch wenn ich in ein paar Monaten schon dreiundvierzig würde. Da legte er mir lachend den Arm um die Schultern und zog mich an sich.

»Ach, Paula, dann denk einfach daran, dass der Steinkauz auch mit dem Mond in Verbindung gebracht wird und der Bote von Geheimnissen und Vorahnungen ist. Er steht für Weisheit, Freiheit und Veränderung.«

Damit erhob er sich, gab mir einen Kuss aufs Haar und wünschte mir eine gute Nacht. Ich konnte nur seine Hand drücken, denn seine liebevolle Geste verschlug mir die Sprache. Lächelnd nickte er und verschwand.

Der schwarze Himmel voller unzähliger Sterne lastete in jener Nacht auf mir, all das Fremde, Unergründliche wog unendlich schwer. Eigentlich glaube ich nicht an so was, ich bin mehr in der Welt der Logik und Wissenschaft zu Hause, doch selbst jetzt, Tage später, hallen die Worte meines Vaters noch in mir nach. Für ihn war es ausgemacht, dass Mauros Seele in meinem Schweigen geborgen war und ich ein Totemtier verdient hatte, das mich behütete und darin bestärkte, meinem Weg zu folgen.

Der Tod macht mich wütend. Es verbittert mich, wie präsent er nach wie vor ist und mit welcher Unverfrorenheit er Mauro in Schutz nimmt.

Ich öffne die Terrassentür, um die quälenden Bilder aus Vaters Dorf zu verbannen. Draußen hat der August ganze Arbeit geleistet. Der Farn ist nur noch ein vertrocknetes, bräunliches Blätterknäuel, die Calla mehr gelb als grün, und die Gardenien sind voller Läuse. Auf dem Boden liegt überall Laub herum. Ich mache eine Bestandsaufnahme. Überlebt haben tatsächlich nur die Kentiapalmen, die Grünlilien und der Orangenbaum.

Lass uns Kentiapalmen kaufen, Paula, glaub mir, die sind nicht totzukriegen.

Eine Ewigkeit ist es her, dass wir genau hier standen, die Wohnung noch leer, die Erwartungen groß. Glücklich ließen wir unsere Blicke über die Terrasse schweifen, die ebenso offen war wie unsere Zukunft, frei von drohenden Gewitterwolken. Keiner hätte jemals gedacht, dass die Kentiapalmen Mauro überleben würden. Und nun hängt es an mir, mich um seine Pflanzen zu kümmern.

»Hallo, Paula!«

Der amerikanische Akzent meines Nachbarn aus der Wohnung über mir ist unverkennbar. Thomas raucht am Fenster eine Zigarette.

»Seit wann bist du zurück? Du hast mir gefehlt!«

»Vielleicht zehn Minuten. Sieh dir das an«, sage ich und zeige auf die Pflanzen. »Hab ich was verpasst? Hat es in meiner Abwesenheit einen Atomkrieg gegeben?«

Thomas lacht.

»Sag mir nächstes Mal Bescheid, dann gieße ich sie für dich.«

Aber es sind Mauros Pflanzen, und der hatte Thomas nie darum gebeten, sich in der Urlaubszeit um sie zu kümmern. Bestimmt würde mein amerikanischer Freund sich ihrer mit der gleichen Umsicht und Geduld annehmen, die er mir gegenüber aufbringt. Doch trotz unserer Vertrautheit scheue ich mich, ihm zu gestehen, dass ich vergessen habe, die automatische Bewässerung einzuschalten. Dass ich am Freitag vor zwei Wochen keine Lust gehabt hatte, umzukehren, als es mir inmitten des kilometerlangen Wochenendstaus auf der Autobahn siedend heiß eingefallen war, und ich tief im Inneren nur gedacht hatte: »Scheiß drauf.« Aber jetzt, umgeben von den welken, hilflosen Pflanzen, fühle ich mich mies. Denn der Mauro, in den ich mich verliebt hatte, war fest davon überzeugt gewesen, dass wir nur ein kleiner Teil der Schöpfung auf diesem Planeten waren und darum dem Tierreich und der Pflanzenwelt die gleiche Aufmerksamkeit schenken müssten wie unseren Mitmenschen. Er fand, wie Katzen, Wale, Bakterien oder Gewächse seien wir nur hier, um uns fortzupflanzen. Eines Abends, als wir vielleicht, ohne mein Wissen, schon zu dritt waren, hatte ich ihm vorgeworfen, ein besseres Gespür dafür zu haben, wann eine

Orchidee kurz vor dem Vertrocknen wäre, als dafür, wann ich Lust auf Sex hätte. Er hatte mich nur verletzt angesehen und sonst keine Antwort gegeben. Wie gern würde ich diesen Blick vergessen und so manches Wort ungesagt machen.

Zu glauben, Mauro sei noch irgendwo unter uns, ist kindisch. Zweieinhalb Kilo Asche, mehr ist nicht von ihm geblieben. Doch wenn es einen Ort gibt, an dem er oder sein Geist noch sein könnte, dann hier auf dieser Terrasse, bei seinen geliebten Pflanzen.

»Lädst du mich zum Abendessen ein, Thomas? Mir ist alles recht. Bei mir gibt's nur abgelaufene Joghurts.«

Hastig blickt er hinter sich in die Wohnung und raunt mir dann leise zu, er sei nicht allein. Mit einem vielsagenden Zwinkern richtet er sich auf und wirft mir eine Kusshand zu.

»Aber morgen gern. *Happy to see you!*«

Im Halbdunkel hinter ihm meine ich schemenhaft eine Gestalt mit langen, blonden Haaren ausmachen zu können. Ich muss grinsen. Anscheinend gibt es doch noch Leben auf dieser Erde.

Mit einem letzten Blick auf das jämmerlich aussehende Grünzeug stemme ich die Hände in die Hüften und flüstere den noch lebenden Pflanzen zu:

»Ich denke gar nicht daran, euch krepieren zu lassen. Ich heiße nicht Maria Rubiés. Ich bin Paula Cid, und keiner kann so gut Leben einhauchen wie ich.«

1984. Ich weiß, es klingt unglaublich, aber gleich am ersten Abend nach deinem Tod hat mir George Orwell geholfen, dein Handy zu entsperren. Vielleicht habe ich dich die Nummer ja irgendwann mal eintippen sehen und sie mir unbewusst gemerkt? Der Gedanke, diese Runde gegen dich gewonnen zu haben, weil sie so vorhersehbar war, gefällt mir jedenfalls. Siehst du? Du und deine Bücher, ihr wart doch nicht von einem anderen Stern, schon beim zweiten Versuch habe ich es geknackt. Es war gar nicht so schwer. Zuerst probierte ich es mit der Geheimnummer deiner Kreditkarte. Fehlanzeige. Doch nach so langer Zeit des Zusammenlebens waren wir ungeniert in die Privatsphäre des anderen vorgedrungen – ob im Bad oder bei der Kreditkarte – und hatten längst ein untrügliches Gespür dafür entwickelt, den anderen zu lesen wie ein offenes Buch. Letzten Endes lässt sich ein PIN-Code ebenso erahnen wie die Stimmungslage.

Mir fiel ein, wie Nacho und du einmal sonntags nach dem Essen über den neuesten Roman eines britischen Autors geflucht hattet, den ihr in eurem Verlag veröffentlichen wolltet. Die Erwartungen waren hochgesteckt, ihr wart ein großes Risiko eingegangen und hattet euch nach der Übersetzung gewundert, wie schwach der Text war. Ihr hattet sogar kurz überlegt, den englischen Verleger zu bitten, etliche überflüssige Absätze streichen zu dürfen. Eingelullt von sonntagnachmittäglicher

Nachsicht und ein paar Gläschen Grand Marnier hattet ihr euch prächtig amüsiert, und eure Zungen wurden schwer. Im Spaß schlugst du vor, den Autor durch die Blume auf die sechs Schreibregeln von George Orwell hinzuweisen. Derweil half ich Montse in der Küche beim Aufräumen und sehnte mich danach, endlich nach Hause gehen zu können, weil ich vor der Nachtschicht noch duschen wollte. Ich fühlte mich nicht wohl und hatte dich leise gebeten, nicht so lang zu machen. Doch du hattest bloß genickt, ohne mich anzusehen oder zu fragen, was los war, während du dir schon eine Antwort für Nacho überlegtest, der stichelte, das sei ja alles schön und gut, und ›1984‹ gehe tatsächlich hart mit dem westlichen Kapitalismus ins Gericht, aber es sei seiner Ansicht nach beileibe nicht Orwells bestes Werk. Bestimmt erinnerst du dich nicht daran. Nicht weil du tot bist und Tote sich nicht erinnern können, sondern weil du mich zu deinen Lebzeiten, wenn du ganz von einem Thema gefesselt warst, manchmal einfach ausgeblendet hast und sich bei dir alles nur noch um deinen Gesprächspartner und deine eigenen Kommentare drehte.

Du hast meine Bitte an jenem Sonntag nicht mal wahrgenommen. Ich hasste George Orwell dafür, und vielleicht hasste ich auch dich. Ich bat dich um die Autoschlüssel und fuhr ohne ein Abschiedswort allein nach Hause. Nach dem Duschen ging ich, in ein Handtuch gewickelt, die Haare noch tropfnass, in dein Arbeitszimmer und riss eine der oberen Ecken des Filmplakats ›1984‹ von Michael Radford ein. Ich fand es schon immer scheußlich. Als du nach Hause kamst, war ich zwar schon auf dem Weg in die Klinik, meine Fußspuren waren aber sicher noch nicht getrocknet. Auch ich bin nicht clever genug, belastende Beweismittel verschwinden zu lassen.

1–9–8–4. Mein Finger glitt über das Display, und vor mir hob sich der Vorhang deines Lebens ohne mich. Du sollst wissen, dass ich erst nach der Beerdigung anfing herumzuschnüffeln, weil es mir vorher respektlos erschien. Ich tat es häppchenweise, um mir nicht zu viel zuzumuten und mir selbst vormachen zu können, du seist noch da, während ich dir nachspionierte. Nachrichten wie »Es mit dir im Restaurant zwischen Hauptgang und Nachspeise auf dem Klo zu treiben, macht mich jedes Mal zehn Jahre jünger« oder dein forderndes »Zieh heute Abend unbedingt wieder diesen sexy grünen Tanga an. Allein die Vorstellung macht mich so heiß, dass ich sicher den ganzen Tag einen Ständer haben werde«, las ich also erst später, als ich dich in dem Mann, über den ich so viel erfahren hatte, kaum noch erkannte.

Am Abend nach deinem Tod, als ich allein in der Küche saß und mir bloß das Brummen des Kühlschranks verriet, dass das alles wirklich geschah, las ich nur eine Nachricht. Es war die letzte an sie, nach dem Mittagessen abgeschickt, bei dem du mir den Boden unter den Füßen weggezogen hattest. Du warst noch nicht unter der Erde, da fiel mein Blick auf ihren Namen, und ich las die letzten Worte, die du geschrieben hast: »Ich habe es ihr gesagt, Carla. Das mit ihr ist vorbei.«

Du warst tot, und ich dachte nur: So ein Waschlappen.

4

Als ich um Viertel vor drei ankomme, ziehen sich Marta und Vanesa gerade vor ihren Spinden um und lachen und reden dabei ohne Unterlass.

»Hallo, Mädels. Ich seh schon, unsere Schicht wird vielversprechend.«

Sie stecken mich mit ihrer Fröhlichkeit augenblicklich an, als sie mir erzählen, im Untergeschoss des Hauses in Horta, in dem Vanesa wohnt, habe ein Erotik-Shop aufgemacht, und ich müsse unbedingt mal mitkommen. Vanesa und Marta sind Assistenzärztinnen in meinem Team, und ich mag die beiden sehr. Ich habe mich bemüht, mein Herz nicht allzu sehr an sie zu hängen, weil ich weiß, dass sie unsere Station in ein paar Monaten wieder verlassen, aber es war aussichtslos. Sie sind so jung und voller Leben …

Marta dreht sich um, um sich zu vergewissern, dass sonst keiner im Raum ist, dann knöpft sie die Bluse auf und zeigt uns ihren neuen BH. Wir klatschen frenetisch Beifall und machen ein paar pikante Bemerkungen. Eigentlich finde ich ihn ja geschmacklos, geradezu billig, aber das behalte ich lieber für mich. Ich werde wohl langsam alt. Doch wenn ich mit ihnen herumalbere, gehöre ich noch nicht zum alten Eisen. Sie sind Ende zwanzig und sprudeln geradezu über vor Lebensfreude, während ich auf einmal das Gefühl habe, nicht mehr Schritt halten zu können. Aber ich will trotzdem mit von der Partie sein, egal wie. Verstohlen mustere ich Martas pralle, feste Brüste, deren Cooper-Bänder noch in Top-Form sind, betrachte, insgeheim bewundernd, diese faszinierenden Ikonen der Sinnlichkeit. Urplötzlich rückt das Lachen der beiden jedoch in weite Ferne, weil in mir unvermittelt die Erinnerung an Quim aufblitzt.

Er hatte den Zeigefinger unter meinen BH-Träger geschoben und ihn über die Rundung meiner Schulter nach unten gestreift. Ganz langsam, erst auf der einen Seite, dann auf der anderen.

In den letzten Jahren hatte es außer Mauro niemanden für mich gegeben. Und die paar Männer vor ihm waren bloß spielerische Affären zwischen Anatomiebüchern und Prüfungen gewesen. Quim war für mich der Inbegriff des Neuen, meine kleine Rache, und doch habe ich ihn abserviert, resolut, wie man einen laufenden Wasserhahn zudreht. Begehren zu spüren, kaum vier Wochen nach dem Verlust deines Partners, ist vollkommen verwegen und sollte im Anschluss unbedingt unter den Teppich gekehrt werden. Du solltest dich von Kopf bis Fuß mit einem Rosshaarhandschuh abrubbeln, alle Spuren von deiner Haut beseitigen, solltest scheuern, bis sie sich vor Schmerz und Scham rötet. Zu sagen, »Halt dich von mir fern, wir tun uns nur weh«, erschien mir die einfachste Lösung. Ich habe keine Ahnung, warum ich mir immer noch Hoffnungen mache, etwas von ihm zu hören. Ich an seiner Stelle würde mich jedenfalls nie wiedersehen wollen.

»Stimmt's oder hab ich recht, Paula? Sag du's ihr, auf mich hört sie nicht!«

Ich habe keinen blassen Schimmer, wovon Marta, die sich gerade den Kittel zuknöpft, spricht. Unbewusst habe ich mich aus dem Gespräch ausgeklinkt. Mir hat es plötzlich die Laune verhagelt.

Als Santi mit ernster Miene in den Umkleideraum kommt, werden die beiden jungen Ärztinnen ruck, zuck ernst. Hüstelnd nestelt Marta an ihrem Kittel, und Vanesa schließt schnell ihren Spind.

Während wir bei der anschließenden Übergabe am runden Tisch Patientenakten durchgehen und Santi Untersuchungsergebnisse und Kurvendiagramme weiterreicht, starre ich auf seine Hände mit den krausen weißen Härchen, die aussehen wie die faserige Wolle eines Islandschafs. Santi hat Großvater-Hände, sie sind riesig und wirken noch größer, sobald sie sich den winzigen Neugeborenen auf unserer Intensivstation nähern. Ich stelle mir vor, wie er mit diesen Pranken zu Hause Dinge tut, für die es Feingefühl braucht, wie er eine Knoblauchzehe schält, seinen Enkelinnen afrikanische Zöpfe flicht, mit der Pinzette Härchen zwischen den Augenbrauen auszupft oder sich morgens den Krawattenknoten bindet. Mit seinen knochigen Fingern kommt er sich dabei sicher oft selbst ins Gehege. Dann schießt mir plötzlich durch den Kopf, wie sich diese Hände auf die Brüste seiner Frau legen. Ich sehe die beiden vor mir im Bett, Anna Maria mit perfektem Dutt und ihrem violetten Achtzigerjahre-Lidschatten, er mit den Händen eines alten Gorillas im Lotussitz. Ob sie noch miteinander schlafen? Landläufig heißt es ja, Männer dächten den ganzen Tag nur an Sex, während wir Frauen das nie tun oder nur höchst selten, doch ich muss ständig an Mauro und Carla denken, an ihre erhitzten, in Lust vereinten Körper. Wie getrieben lese ich ihre Chats, wann immer es mich überkommt; ich kann sie schon auswendig, ihr Sexleben gehört jetzt ganz allein mir und kommt ans Licht, wann immer mir danach ist, und wenn ich einmal milde gestimmt bin, lasse ich sogar den Gedanken zu, wie sich diese Carla jetzt ohne ihn fühlen muss. Bei der Vorstellung, wie sie auf dem Boden sitzt und mit der Schere voller Verzweiflung ihren sexy grünen Tanga in Fetzen schneidet, denke ich schadenfroh: »Jetzt musst du's dir wohl selbst besorgen«, aber für meine Gemeinheit bekomme ich auch gleich den Denkzettel: Ich kann auf den Tag genau sagen, wie lange die beiden nicht mehr miteinander im Bett waren und wie viele Monate es her ist, dass ich mit Quim geschlafen habe. Und noch erbarmungsloser wird der Schmerz, wenn ich nachrechne, wann das Begehren zwischen Mauro und mir erloschen war, ab wann wir nur noch faden Sex hatten. Was wird aus nicht gestilltem Begehren? Wird es umgewandelt, wie nutzbare Energie? Und was treibt den Lebensmotor mehr an als die Chimäre des Begehrens? Ein Blick auf Vanesa und Marta reicht, wenn sie zur Schicht kommen, sie explodieren vor Lebenslust und ihre Augen sprühen Funken, sie sind wie reiner Glitzerstaub. Oft reden sie darüber, wie einfach es sei, jemanden fürs Bett zu finden, und ich tue dann alles, um mir mein Interesse nicht anmerken zu lassen, während ich einem Frühchen intravenös Ibuprofen verabreiche. Verstohlen betrachte ich die beiden voller Neid, aber ich finde trotzdem nicht den Mut zu fragen, wie und wo und ob sie glauben, ich könnte das auch, erst recht in meiner Situation, und wie es gelingen kann, alles von sich abzustreifen und zu begreifen, dass das Begehren immer über den Tod siegt. Fantasien in meinem verquasten Hirn. Ich muss versuchen, sie zu bändigen. Der Tod fordert eine angemessene Tatenlosigkeit ein und nötigt einen, alles, was dem Leben früher Sinn gegeben hat, auf den Prüfstand zu stellen.

Santi erwischt mich dabei, wie ich auf seine Hände starre, und wirft mir einen strafenden Blick zu.

»Und, Frau Doktor Cid, wie sieht dein Vorschlag aus?«, fragt er provokativ.

Ich fühle mich wie ein getadeltes kleines Mädchen. Meine Wangen glühen, aber ich ringe mir ein sachkundiges Lächeln ab und schaue nicht ihn an, sondern die Assistenzärztinnen.

»Für mich ist die Sache klar. Mahavir ist zwar seit zwei Wochen stabil, doch die bronchopulmonale Dysplasie bereitet mir nach wie vor Sorgen. Im Moment würde ich weiterbeatmen, aber versuchen, den Druck langsam zu senken.«

Erhobenen Hauptes suche ich Santis Blick, um ihm zu signalisieren, dass seine Zweifel fehl am Platz sind, dass ich stets auf dem Laufenden bin und alles unter Kontrolle habe. Doch bevor ich meine Schicht aufnehmen kann, bittet er mich, ihn in sein kleines Büro zu begleiten. Wenn er sich darin aufhält, wirkt der Raum noch winziger, als er eh schon ist.

»Setz dich, Paula.«

»Ich ... Marta wartet auf der Überwachungsstation auf mich, ich will sie nicht warten lassen, weil ...«

»Paula, wie geht es dir?«, unterbricht er mich und greift mit seinen Pranken nach meiner schmalen Hand.

Sein Tonfall lässt mich an den Französischkurs denken, den ich in jungen Jahren mal in einer Sprachschule belegte, an die Dialoge, die wir jeweils zu zweit vorlesen sollten und deren übertriebene Theatralik alles zu einer Farce werden ließ.

»*Vous avez choisi?*«

»*Une salade et une eau minérale, s'il vous plaît.*«

»Et pour Monsieur?«

»Un sandwich et un café. Merci.«

Wäre Mauro noch am Leben und ich würde nach meinem Befinden gefragt, würde ich, wie vermutlich jeder, einfach sagen: »Ganz okay. Und dir?« Und dann würden wir das Thema wechseln, denn wir wüssten ja, dass es uns zeit unseres Lebens immer mehr oder weniger gut geht und die Frage bloß eine Floskel ist, um ein Gespräch zu beginnen. Aber Mauro lebt nicht mehr, und von mir wird nun erwartet, dass ich so entgegenkommend bin, meine Schwäche zu zeigen.

»Gut, und wie geht's dir?«

Santis sanfter Blick offenbart, dass er mir meine Antwort nicht abnimmt, seine Schultern entspannen sich, als wollte er mir zu verstehen geben, dass wir hier sitzen, weil er um mich besorgt ist und ein offenes Ohr für mich hat. Dass es auf mich wie eigennütziges Kalkül wirkt, mit dem er nur seiner Pflicht als leitender Oberarzt nachkommen will, bemerkt er nicht. Ein beflissener Egoist hinter einer gütigen Fassade. Es wissen doch alle, wie es in mir aussieht. Warum fragen sie dann? »Wie geht es dir?«, ist eine völlig absurde Frage an eine Frau, deren Mann sie wie eine heiße Kartoffel hat fallen lassen und dann wenige Stunden später ums Leben kommt.

»Was jetzt?«, wäre zweifellos die angemessenere Frage. »Was jetzt, Paula?« Darauf würde ich antworten, dass ich es nicht weiß, dass ich gerade nur weiter atmen und arbeiten kann.

»Hör mal, Paula. Wir kennen uns nun schon viele Jahre, und ich weiß, wie sehr dich die letzten Monate mitgenommen haben. Und das völlig zu Recht. Ich weiß, wie sehr du Mauro geliebt hast. Du bist eine starke Frau, und du wirst darüber hinwegkommen. Doch vergiss nicht, wenn du ein bisschen Zeit für dich brauchst, lege ich dir gewiss keine Steine in den Weg. Du bist eine der besten Oberärztinnen, die wir haben, und für das Team unersetzlich, aber es gibt Prioritäten im Leben, und wenn du eine Auszeit brauchst … wir müssen es nur rechtzeitig wissen.«

»Mir geht es gut, Santi, ehrlich.«

»Ach Paula, manchmal meint man, man könne Löcher mit Sand stopfen, einfach drüber hinweggehen und dann weiterlaufen. Aber du kannst ruhig eine Zeitlang frei nehmen, um mit diesem Schicksalsschlag fertigzuwerden …«

Der Rhythmus solcher Gespräche ist mir verhasst. Es gibt darin Momente der Stille, die ich wie Treibsand umgehen muss. Wenn ich nicht sofort aufstehe, versinke ich im Bodenlosen und muss schreien oder kotzen. Wie kommt er dazu, mich belehren zu wollen? Mauro ist tot, und ich soll mit meinem Unglück »fertigwerden«? Er ist tot, und ich soll mich neu erfinden? Geht's noch?! Betrogen, allein und verlassen, und dazu noch einen Packen Aufgaben an der Backe.

»Ich bin dir ehrlich dankbar, Santi, aber das ist nicht nötig.«

»Schön. Du wirst schon wissen, was du willst. Aber denk darüber nach, ja?«

Ich stehe auf und schiebe den Stuhl an den Tisch. Ohne ihn noch eines Blickes zu würdigen, verlasse ich das Büro. Ich bin stinksauer, denn es geht mir unheimlich auf die Nerven, dass alle Welt glaubt, mir schlaue Ratschläge für meine Zukunft erteilen zu müssen. Manche Menschen sollten sich mit ihren Beileidsbekundungen einfach zurückhalten. Ich schätze Santi, ja, ich würde sogar sagen, er ist für mich wie ein Vater oder Großvater, ein Weiser, der mich all die Geheimnisse gelehrt hat, die nicht in den Medizinbüchern stehen. Doch in solchen Momenten hasse ich ihn, weil er es offenbar darauf anlegt, mir meine Verletzlichkeit vor Augen zu führen, und es schafft, dass ich sogar bei der Arbeit, dem einzigen Umfeld, wo ich mich auf einigermaßen sicherem Terrain fühle, einen Kloß im Hals verspüre. *Nicht hier, Santi, um alles in der Welt, bitte nicht auch noch hier.*

Die Schicht verläuft ruhig. Die Zwillingsmädchen, die letzte Nacht zur Welt gekommen sind, entwickeln sich unauffällig. Mein armer kleiner Mahavir hingegen ist nach wie vor äußerst zart. Bei seiner Geburt wog er gerade mal fünfhundert Gramm. Heute sind es immerhin schon zweitausendeinhundert. Durch jede Ader seines winzigen Körpers fließt Hindu-Blut, und er benötigt noch immer Sauerstoff, doch er scheint endlich auf die monatelange Behandlung anzusprechen.

Pili, die immerhin schon seit dreißig Jahren Schwester in dieser Klinik ist und daher reichlich Erfahrung besitzt, verzieht allerdings jedes Mal das Gesicht, wenn sie den Brutkasten öffnet.

»Dieser Junge, ich weiß nicht, Paula ...«

Sie schüttelt voller Zweifel den Kopf.

»Darf ich dich um einen Gefallen bitten, Pili?«

»Sicher.«

Sie wechselt gerade mit geschickten Handgriffen die Windel des Kleinen und wendet mir den Rücken zu.

»Kannst du damit aufhören, dich negativ über Mahavir oder eins unserer anderen Kinder hier zu äußern, solange du direkt danebenstehst?«

Überrascht wendet sie sich zu mir um. Einen Moment sieht sie mich mit großen Augen an, dann dreht sie sich zum Inkubator zurück und wickelt wortlos weiter, beleidigt, aber mustergültig wie immer. Auf der Stelle bekomme ich Gewissensbisse, denn Pili versteht sich auf das, was sie tut, und sie liebt unsere Frühchen abgöttisch. Wenn sie das Gefühl hat, dass es mit einem Kind auf der Kippe steht, irrt sie für gewöhnlich nicht, und genau deshalb kann ich ihre Kommentare einfach nicht ertragen. Denn wie soll ich ihr erklären, dass mir Mahavir extrem wichtig ist und ich auch seine sanftmütige Mutter liebgewonnen habe, die mich mit ihren Geschichten aus Bangalore auf eine Reise in ferne Welten schickt? Sollte ich je nach Indien fahren, würde ich dort wie eine Königin empfangen werden, hat sie mir versichert, und ich klammere mich an den zarten Wunschtraum, den die Aussicht auf eine Reise in das Land der tausend Farben in mir hervorruft, vielleicht, weil ich außer solchen Tagträumen gerade keine anderen Zukunftspläne mehr habe. Wie soll ich Pili nur erklären, wie seltsam das Leben manchmal ist, und wie sehr es mich beschäftigt, dass ein merkwürdiger Zufall zwei Dinge, die nichts miteinander zu tun haben, unauflösbar miteinander verknüpft hat? Zumindest für mich. Denn darum geht es eigentlich; es hat nicht mit Pilis Äußerungen zu tun, sondern mit mir und meiner fixen Idee, dass der Tag, an dem ich Mahavirs Mutter, lange vor dem Geburtstermin, kennenlernte und ihr noch ungeborenes Söhnchen zum Fall für Geburtshelfer und Neonatologen wurde, Mauros Todestag war.

»Pili.«

Ich lege ihr die Hand auf die Schulter, doch sie dreht sich nicht um.

Ich versuche es noch einmal. Keine Reaktion. Sie ist eine der eigensinnigsten und stolzesten Frauen, die ich kenne.

»Mahavir, mein kleiner Schatz, kannst du dir mal kurz die

Schläuche herausziehen und Pili sagen, dass sie mir verzeihen soll?«

Ohne die mindeste Eile schließt sie die beiden Bullaugen des Brutkastens und dreht sich mit einem spöttischen Lächeln zu mir um. Mit ihrer breiten Taille und den respekteinflößenden Rundungen wirkt sie wie eine neoklassizistische Skulptur des frühen 20. Jahrhunderts oder wie eine Darstellung der Mutter Erde. Man würde sich am liebsten jede Nacht in ihre Arme flüchten.

»Tut mir leid. Ich weiß nicht, was über mich gekommen ist«, erkläre ich geradeheraus.

Sanft tätschelt sie mir die Schulter und dann stapft sie mit Milchfläschchen und Windeln beladen davon, während sie vor sich hinmurmelt:

»Meine Oma hat immer gesagt, wenn man ein Unheil schon kommen sieht, sollte man ihm besser wohlwollend entgegenblicken.«

5

Quim war mit der Wucht eines Orkans über mich hereingebrochen.

»Ich habe dich telefonieren hören und dachte mir, die Sprache kenne ich doch. Hallo, ich heiße Quim.«

Die Theke der Flughafenbar war in ein neonblaues Licht getaucht, das mich unwillkürlich an die Wärmestrahler der neuen Brutkästen auf unserer Intensivstation hatte denken lassen. 32 Grad Celsius, damit die Körpertemperatur der Frühchen konstant auf 36,5 Grad gehalten wird, bei gleichbleibender Luftfeuchtigkeit. Von allen Brutkästen auf der Station ist mir der älteste der liebste. Ich nenne ihn London. London im Nebel. Die neuen sehen aus wie perfekt designte, in blaues Sternenlicht getauchte Alien-UFOs. Für meinen Geschmack fehlt ihnen der an den Scheiben der Kammer abperlende Dunst der Nostalgie …

In Gedanken war ich noch immer bei dem Kongress, den ich besucht hatte, doch mit Quims unerwartetem Auftauchen war es damit vorbei. Damals wusste ich noch nicht, dass meine objektive Haltung, die auf Erfahrung, Beobachtung der Fakten und täglicher Praxis fußte und jahrelang Richtschnur meines Denkens und Handelns gewesen war, von ihm aus den Angeln gehoben werden würde. Und dass mich unsere Treffen und die Erinnerung daran äußerst dünnhäutig machen sollten.

Der Betrieb am Amsterdamer Flughafen war zusammengebrochen. Nach tagelangen heftigen Schneefällen in ganz

Nordeuropa waren die Flüge gleich reihenweise gecancelt worden, und die meisten Passagiere mussten die Nacht im Terminal verbringen, wo riesige Werbetafeln mit weißen Stränden und tropischen Wäldern Raum und Zeit verschönerten, wie eingefroren in einer vierten Dimension. Ironie des Schicksals.

Der gestrichene Flug hatte mir die Laune verhagelt, und zudem steckten mir zwei anstrengende Kongresstage in den Knochen. Und auch wenn ich es noch so sehr verdrängte, bei dem Gedanken, was mich zu Hause erwartete, wurde mir mulmig – pünktliche Flieger hin oder her. Nacho hatte sicher inzwischen die übrigen Kisten mit Mauros Sachen abgeholt, seine letzten Bücher und Zimmerpflanzen, die sich in unserer gemeinsamen Wohnung wie Sporen vermehrt und überall ausgebreitet hatten, seine Gartengeräte, die Handschuhe, die längst die Form seiner Hände angenommen hatten, und die Gießkanne aus Metall.

»Bist du sicher, dass ich seine Sachen mitnehmen soll, Paula?«

Meine kaum hörbare Antwort musste sehr überzeugend geklungen haben.

Pragmatisch wie ich war, hatte ich die Kisten neben der Eingangstür gestapelt. Wenige Tage nach dem Unfall war Nacho schon einmal vorbeigekommen und hatte den Großteil von Mauros Habseligkeiten abgeholt. Er war der Einzige, der über Carla Bescheid wusste, deshalb hatte er nicht den Mut, meine Entscheidung in Frage zu stellen, als ich ihm sagte, er könne mit den Sachen machen, was er wolle, er solle lediglich Mauros Eltern und Schwester informieren, dass ich sie nicht mehr hätte, damit sie sich an ihn wendeten, wenn sie etwas davon haben wollten.

»Das werden sie sicher komisch finden, Paula«, war das Einzige, was er zu sagen wagte.

Doch damals, in den ersten Tagen, war mir alles und jeder egal. Seine Familie empfand ich als unverbrüchliche Einheit, als Pfuhl voller Schlingpflanzen. Sie nahmen mir die Luft, und es erschien mir als das einzig Richtige, mich ihnen zu entwinden, um nicht an meinem Schmerz zu ertrinken. Damals wusste ich noch nicht, dass es egal war, wie viele Kisten ich vollstopfte oder wie penibel ich jeden Winkel nach einem Relikt von Mauro absuchte, sei es eine alte Kinokarte oder ein Rasierapparat. Er tauchte trotzdem immer wieder unverhofft auf, im Geruch eines Menschen, der hinter mir um die Ecke bog, oder der nervösen Geste, mit der bei einer Fernsehshow ein Talkgast seine Brille hochschob. Hartnäckig spannen die Spuren ein Netz, damit ich nicht vergaß, dass er so viele Jahre seines Lebens an meiner Seite verbracht hatte, in dieser Wohnung, die einmal unser beider Zuhause war.

Dass ich Mauros Ersatzbrille, die mit der Hornfassung, behalten hatte, sagte ich Nacho nicht. Der Farbton heißt Dunkel-Havanna, hatte Mauro gesagt, als er sie mir zum ersten Mal vorgeführt hatte, und ich hatte mich vor Lachen fast nicht mehr eingekriegt. Dunkel-Havanna? Was soll denn das für eine Farbe sein? Das ist doch stinknormales Braun. Nein, Dunkel-Havanna, Paula, glaub's mir. Lachend hatten wir uns umarmt, und ich hatte erwidert, egal, sie steht dir phantastisch. Bis heute spüre ich noch die Wärme dieser Umarmung, Mauros angenehmen Geruch selbst nach jenem langen Arbeitstag mit Geschäftsessen und Meetings, die sich in seinem Baumwollhemd festgesetzt hatten, der frische Geruch eines gepflegten Mannes mit penibel manikürten Fingernägeln. Eines Mannes voller Leben.

Auch seine Notizbücher und den grünen Wollpullover aus Reykjavik habe ich behalten, wer weiß, vielleicht ist mir irgendwann mal danach, ihn an mich zu drücken. Er liegt drüben in der Schublade, zusammen mit seinem Ausweis, dem gelben internationalen Impfbuch und seinem Pass. Dokumente, die er für seine letzte Reise nicht mehr brauchte.

Einen Monat später standen die beiden Kisten immer noch im Flur. Allein ihr Anblick regte mich auf. Liebe und Hass sind manchmal untrennbar verbunden, und die Verbindung setzt, wie quecksilbriges Amalgam, fortwährend ein toxisches, merkwürdiges Gefühl von Sehnsucht frei. Das ist das Schlimme. Die Sehnsucht bleibt, trotz allem. Die beiden Kisten waren die letzte Verbindung zu ihm, ein Souvenir aus Flora und Literatur.

Inmitten des Trubels im Terminal stellte Quim sich vor und streckte mir die Hand entgegen. Einen Moment lang blickte ich verständnislos darauf. Offenbar gab es also tatsächlich Wesen, die sich spontan zu etwas hinreißen ließen. Ein Fremder sprach an der Bar eines überfüllten Flughafens einfach so eine bedrückte Frau an, die gerade ihr Meeting für den nächsten Tag abgesagt hatte.

»Paula«, antwortete ich. Gibt es eine spezielle Klangfarbe der Stimme, mit der man einen Flirt beginnt?

Er lächelte, und auf seinen Wangen bildeten sich zwei Grübchen.

»Das glaub ich nicht. Du siehst nicht aus wie eine Paula.«

»Ach ja? Aber du ganz nach einem Quim.«

Dafür, dass ich eine blutige Anfängerin war, machte ich meine Sache ganz gut, fand ich.

Er lachte, und sein Blick fiel auf meine noch volle Tasse Kräutertee. Er rümpfte die Nase.

»So was trinkst du? Ich wollte gerade ein Glas Wein bestellen. Bist du dabei?«

Ich zuckte mit den Schultern.

»Zwei Gläser von diesem Wein hier«, sagte er zum Kellner hinter dem Tresen und deutete auf die Karte.

»*Excuse me, Sir?*«

Mit einem entschuldigenden Grinsen quittierte Quim, dass er versehentlich in unsere Muttersprache verfallen war, und wiederholte die Bestellung in übertrieben nasalem Englisch. Mir entschlüpfte ein leises Lachen, eine müde Reaktion meines Körpers. Dann begann er, über Wein, Kellereien, Herkunftsbezeichnungen und Trauben aus verschiedenen Anbaugebieten zu reden, während ich im Geiste nachrechnete, wie viele Stunden Schlaf ich vor meiner Nachtschicht bekommen würde, wenn ich am nächsten Morgen hoffentlich gegen zehn Uhr in Barcelona wäre. Plötzlich fand ich ihn langweilig. Zu viel Theater, zu einstudiert, zu simpel.

»Ich muss telefonieren«, fiel ich ihm rücksichtslos ins Wort und legte das Geld für meinen Tee auf den Tresen. »Mach's gut, war nett mit dir.«

Er nickte bloß. Und dann radierte die Enttäuschung in seinen Augen sämtliche Spuren des Blendwerks aus, das die Spielregeln des Flirts ihm abverlangt hatte. Wie ein offenes Buch sah ich ihn nun vor mir, mit seinen Grübchen und diesem Lächeln in den dunklen Augen, mit diesem Blick, der tausend Dinge verhieß und mich trotz meiner Abfuhr einlud, zu bleiben und mich zu amüsieren. Urplötzlich musste ich an Carla denken, an ihre ersten Whatsapps an Mauro, die auf ihr Spiel mit dem Feuer schließen ließen, auf betörende Parfüms, knalligen Lippenstift, Schmetterlinge im Bauch und den unwiderstehlichen Wunsch, alles haben zu wollen, selbst die kleinen Alltäglichkeiten, die nur mir gehörten, wie ihm den Krawattenknoten zu binden oder ihm einen Brotkrümel vom Mundwinkel zu wischen, während wir überlegten, ob wir den Rest der Suppe einfrieren sollten. Die Gedanken an sie gaben den Ausschlag. Ich ließ mich von dem einladenden Blick dieses Fremden mitreißen, der einfach über meinen Rückzieher hinwegging und noch einmal einen Vorstoß wagte.

»Wenn ich aufhöre, über Wein zu palavern, bleibst du dann noch ein bisschen?«

Wir tranken weiter Wein. Draußen schneite es heftig. Im Licht der Scheinwerfer auf dem Flugfeld war zu sehen, wie der Wind die Flocken vor sich hertrieb. Drinnen, im Terminal, fühlte ich mich wie in einer dieser Schneekugeln aus Glas. Ich hatte mir immer eine gewünscht, aber nie eine bekommen. Der Wunsch war mir immer zu peinlich gewesen, wenn jemand mir etwas schenken wollte. Ich sagte zu Quim, die Kugel sei wohl zu heftig geschüttelt worden, mir würde sich schon alles drehen.

»Ich muss mal. Kann ich meine Sachen bei dir lassen oder verschwindest du damit?«, fragte ich danach im Spaß.

»Sei unbesorgt. Ich warte hier auf dich. Geh nur.«

Er taxierte mich und überlegte wohl, was er von meinem schlanken Körper, meinen müden Gesichtszügen und von der weinseligen, abstrusen Situation halten sollte.

»*Keep your belongings safe when you fly*«, scherzte ich, glitt vom Barhocker und wankte davon.

Hinter mir hörte ich sein ungezwungenes, leises Lachen.

Ich war inzwischen ganz schön betrunken. Nach drei Gläsern Wein war meine Steifheit wie weggeblasen, und ich ließ mich von dieser Mischung aus Gefühlsüberschwang und Trunkenheit davontragen.

Im Vorraum der Toilette spritzte ich mir Wasser ins Gesicht. Ich fühlte mich angenehm beduselt, geradezu aufgekratzt, wagte aber nicht, mir im Spiegel in die Augen zu schauen. Ich wollte mir nicht selbst begegnen, nicht die dunklen Ränder unter meinen Augen sehen. Ich wollte nichts wissen, weder von mir noch von dem Schatten, der mir eine Auszeit zu gewähren schien.

Sicher standen die Kisten inzwischen nicht mehr neben der Wohnungstür. Vielleicht hatte Carla Nacho um ein paar Kleidungsstücke gebeten, einen Schal, irgendetwas, in dem sie noch Erinnerungsspuren an meinen – nicht ihren – Mann finden konnte, und die Aussicht auf den ersten One-Night-Stand meines Lebens schien mir die perfekte Rache dafür zu sein. Ich kämmte mich und frischte mein Make-up auf. Der Wein führte mir die Hand. Aus einer der Kabinen kam eine alte Frau mit pelzbesetzten Boots, das Gesicht hundemüde vom stundenlangen Warten. Während sie sich am Waschbecken nebenan die Hände wusch, warf sie mir einen bösen Blick zu, aber vielleicht bildete ich mir das auch nur ein, weil ich schon im Vorhinein selbst mit mir ins Gericht ging. Sie murmelte etwas in einer mir unbekannten Sprache und stapfte auf ihren Bärentatzen hinaus.

Quim war noch da, als ich an den Tresen zurückkehrte.

»Da, für dich. Ein Andenken.«

Er drückte mir eine Flughafentüte mit einem Päckchen in die Hand.

Die Verlegenheit, die mich bei angenehmen Überraschungen immer befällt, sorgte für eine gewisse Ernüchterung.

»Aber ... warum?

»Nicht fragen. Aufmachen.«

Ich wagte nicht, ihn anzusehen, während ich behutsam die kleine Schachtel aus der Plastiktüte fischte. Darin befand sich eine Glaskugel mit einem Schneemann. Es war eine dahingepfuschte, grellbunte Billigkugel, an deren Fuß ein schiefer Aufkleber mit dem Schriftzug »Amsterdam« prangte. Der Schneemann hatte ein tumbes, trauriges Lächeln, das meinen Gemütszustand gefährlich zum Kippen brachte, und der falsche Schnee fiel bei Weitem nicht so langsam und elegant wie bei einer der Glaskugeln, die ich mir immer gewünscht hatte. Es war eine abgeschmackte Version meines Traums. Und trotzdem fühlte ich mich zu einem dankbaren Blick genötigt.

»*Touchée.*«

Ich schüttelte die Kugel ein paarmal, und wir betrachteten den herabrieselnden Schnee.

»Noch ein letztes Glas, dann lass ich dich ziehen, okay?«, sagte ich.

Urplötzlich begehrte ich ihn, ganz banal.

Er erzählte mir, er sei Schreiner, aber noch viel lieber würde er kochen. Ich antwortete, ich sei Neonatologin, und es gäbe nichts, was ich lieber täte.

»Wow! Ich habe noch nie mit einer Expertin für Frühchen Wein getrunken.«

»Und ich hatte noch nie Lust, mit einem was anzufangen, der Tische und Stühle baut.«

Überrascht sah er mich an und lehnte sich dann gelöst zurück. Ich hatte ihm die Arbeit abgenommen.

Ich hingegen konnte nicht fassen, dass ich mich gerade so weit aus dem Fenster gelehnt hatte. Zugleich fühlte ich mich aber auch irgendwie befreit. Dennoch wurde ich rot und blickte schnell auf meine Schuhe, damit er es nicht bemerkte. Sanft legte er mir seine Fingerspitzen unters Kinn und hob mein Gesicht an.

»Gehen wir?«

Am Taxistand wartete eine elend lange Schlange. Doch der Alkohol ließ uns die Zeit vergessen, und auf einmal saßen wir in einem Kastenwagen hinter zwei Italienerinnen, die an diesem Morgen geheiratet hatten und ihre Flitterwochen in Amsterdam verbrachten. Im Verkehrschaos ging es nur im Schritttempo voran. Am Straßenrand türmte sich dreckiger Schnee, und ein Stück weiter vorn verlieh das Blaulicht eines Polizeiautos allem einen prophetischen, irrealen Schein. Eine der Italienerinnen behauptete steif und fest, ich würde Laura Antonelli ähneln. Quim googelte die Schauspielerin in seinem Handy und pflichtete ihr bei, dann schaute er mich an und lächelte einnehmend. Ich ein vor Kälte schlotterndes Nervenbündel, er mit seinen beiden Grübchen die Ruhe selbst, Mauro tot, Carla allein und die letzten Kisten waren endlich fort.

Die Italienerinnen setzten uns vor einem Hotel in der Nähe des Flughafens ab, Quim gab ihnen dafür etwas Benzingeld, alles war unwirklich, wie Erinnerungsfetzen eines Traums, und zum Abschied umarmten sie uns so herzlich, als würden wir uns schon ein Leben lang kennen. Der Kastenwagen fuhr davon und zog eine Spur trügerischer Glückseligkeit hinter sich her, während der unablässig auf uns herabrieselnde Schnee alles zudeckte: den Flughafen, Amsterdam, Holland, Nordeuropa und jene neue Welt, die ich gerade zum ersten Mal betrat.

Quim ging zur Rezeption, kam gleich darauf wieder zurück und bat mich um meine Bordkarte.

»Die Fluggesellschaft übernimmt die Kosten«, sagte er erfreut und strich sanft über meine Fingerspitzen, als ich ihm die Karte gab.

»Deine Hände sind ja eiskalt, Paula. Aber das ändern wir gleich. Ich brauche nur noch einen Moment.«

Er zwinkerte mir mit dem Lächeln eines Lausbuben zu, seine roten Lippen glänzten – und auf einmal begehrte ich ihn nicht mehr.

Verschämt strich ich mir eine Haarsträhne hinters Ohr und zog die Handschuhe wieder an, unsicher, was ich mit meinen Händen und mit diesem Flirt anfangen sollte, der sich schon überlebt hatte, bevor groß was passiert war. Völlig unverhofft kamen mir die Ratschläge meines Vaters in den Sinn, die er mir damals mit auf den Weg gab, als ich begann, abends länger auszugehen und anderswo zu übernachten. Wenn wir am nächsten Morgen zusammen frühstückten, fragte er nie, wie der Abend zuvor verlaufen war, oder machte mir irgendwelche Vorwürfe. Mit einer Bedächtigkeit, die mich jedes Mal fast zur Weißglut brachte, strich er stattdessen Butter auf seinen Toast. Er fragte nicht, wie der Abend gewesen war, sondern ließ sich lang und breit darüber aus, welche Folgen Beziehungen in meinem Alter haben konnten. Stets ermunterte er mich dabei, ihn alles zu fragen, was mich beschäftigte, und erinnerte mich immer wieder mit Nachdruck daran, dass ich mir vor allem Respekt verschaffen solle.

Ich stellte ihm nie eine Frage. Meine Mutter hatte ich kaum gekannt, aber ich ahnte, dass mit ihr jede Chance auf weibliche Vertrautheit verschwunden war, die diesen verunglückten Gesprächen mit meinem Vater notgedrungen fehlte. Mein Wissen bezog ich darum aus Büchern und über meine wesentlich aufgeweckteren Mitschülerinnen am Gymnasium, das reichte mir, um meine ersten Schritte in die Welt der Erwachsenen genauso einsam zu unternehmen, wie ich bisher alles getan hatte …

Nicht zu fassen: Ich war im Begriff, mich auf ein spontanes Abenteuer einzulassen, und wer kam mir in den Sinn? Mein Vater! Der Gedanke an ihn war kindisch und vollkommen unpassend, doch er verstärkte mein Unbehagen an der Situation im gleichen Maße wie meine bohrenden Schuldgefühle. *Mauro ist erst einen Monat tot, Paula,* echote es in mir und vor meinem geistigen Auge sah ich einen Kalender, vier einzelne Wochen mit ihren Mondphasen und rot markierten Feiertagen. Mein Magen krampfte sich zusammen, am liebsten wäre ich davongerannt, denn ich hatte das Gefühl, gerade eine Riesendummheit zu begehen.

Ich blickte zur Rezeption hinüber, wo die junge Frau Quim gerade die Zimmerkarte reichte. Für einen kurzen Moment hob sich ihr Blick wie zufällig vom Empfangstresen und blieb an mir hängen, und mich überkam das Gefühl, als könnte mir jeder ansehen, was ich vorhatte.

Ich ging die paar Schritte zurück zur Drehtür am Eingang der Hotellobby. Dort holte ich tief Luft und versuchte mir selbst einzureden, dass ich Lust auf das hatte, was gleich geschehen würde. Die eisigen Flocken auf meiner Kleidung begannen zu schmelzen und durchnässten meine Wollhandschuhe bald bis auf die Haut, die Wirkung des Weins war kaum noch zu spüren. In mir wuchs die Angst vor der eigenen Courage … da spürte ich Quims Hand auf meiner Schulter. Und er nickte mir zu.

In der nüchternen Stille des Aufzugs fuhren wir nach oben. Er streckte die Hand nach mir aus. Seine fremde, kräftige, raue Hand. Das kommt vom Holz, dachte ich, und mit Holz kenne ich mich nicht aus. Ich hielt in einem Hotelaufzug Händchen mit einem Schreiner, von dem ich gerade mal den Vornamen kannte.

Der Teppich schluckte unsere zaghaften Schritte, als wir das Zimmer betraten. Da waren wir also, in einem stinknormalen Hotelzimmer mit seinen typischen Geräuschen und Gerüchen, doch durch die bloße Tatsache, dass ich einen Fremden an meiner Seite hatte, bekam der Raum etwas Verruchtes.

Quim trat ans Fenster und zog die Gardinen ein Stück zur Seite.

»Findest du nicht auch, dass es immer stärker schneit? Krass, nicht wahr?«

»Ich muss morgen spätestens um zehn in Barcelona sein.«

Ich stellte die Glaskugel auf den Nachttisch, und bevor mich der Blick des Schneemanns abermals herausfordern konnte oder noch so ein Wort wie *»krass«* mich dazu bringen würde, einen Rückzieher zu machen, legte ich meine Arme um Quim und biss ihn zart in die Unterlippe. Er schob mich sanft von sich und fuhr mir mit dem Zeigefinger langsam über die Lippen.

»Ich mache nicht nur Tische und Stühle.«

»Wie …?«, fragte ich verwirrt.

»Ich arbeite mit einem Architekten zusammen, der nachhaltige Häuser baut. Ich kümmere mich um das Holzständerwerk.«

Ich nickte vage und beschwor ihn mit einem Blick, endlich den Mund zu halten und anzufangen.

Wir rissen uns hastig die Kleider vom Leib, heftig keuchend, er vor Begierde nach mir, ich vor Wut auf Mauro und die beiden Kisten, vor Groll auf den Tod und den verdammten gecancelten Flug. Ich versuchte, den fremden Körper nicht genau anzuschauen, und dennoch stellte ich unweigerlich Vergleiche an. Zu meinem Bedauern musste ich feststellen, dass er bedeutend stärker und kraftstrotzender war als Mauro, und er schien auch daran gewöhnt, sich nackt zu zeigen, oder besser gesagt, sich zur Schau zu stellen. Mein Blick wanderte über im Fitnesscenter gestählte Muskeln, und ich überraschte mich dabei, wie ich etwas mit allen Sinnen genoss, was ich immer als oberflächlich und nebensächlich abgetan hatte. Er ließ mich gewähren und verging dabei selbst vor Lust. Gebräunte Haut, eine spielerische Zunge, ein stattliches Glied, was wollte ich mehr? Je mehr ich daran denken musste, dass erst vier Wochen seit dem schrecklichen Tag vergangen waren, und je tiefer mir der Kalender in die Haut stach, desto heftiger erbebte ich, desto heißer wurde mir. Ich hatte nicht mal Zeit, das Tattoo auf seinem rechten Bizeps zu betrachten oder zu überlegen, ob mir sein rasierter Oberkörper gefiel. Als ich Quims Erektion spürte, ließ ich mich einfach gehen. Er war meine Trophäe, dieser Körper voller Leben, und ich fand, dass ich ihn verdient hatte, sogar in all der Wut, mit der ich mich ihm hingab.

Bonobos haben ungezügelten Sex. In der Regel dauert er etwa zehn Sekunden. Sex ermöglicht es Bonobos, sich in den anderen hineinzuversetzen. Beim Sex geht es den Bonobos nicht um Orgasmus oder Befriedigung, manchmal hat er nicht mal etwas mit Fortpflanzung zu tun. Sex ist für einen Bonobo etwas Zufälliges, Einfaches, wie jede andere soziale Interaktion. Sex ist ein

Ersatz für Aggressivität, er befördert den Austausch und dient zum Abbau von Spannungen oder zur Versöhnung.

»Was denkt die Paula, die nicht wie eine Paula aussieht?«

Wir lagen mit zerwühltem Haar und leerem Blick unter der Daunendecke, und er strich mir mit dem Finger über die Wange.

»Nichts.«

Im Zimmer hing der Dunst des Lasters, und draußen schneite es noch immer.

Selbst in der düsteren Welt der Bestatter ist manchmal ein Fünkchen Komik verborgen. Denn wie sonst soll man auf einen Urnenkatalog reagieren, der für die Fans von Ökokisten biologisch abbaubare Gefäße feilbietet?

Vor der Auswahl der Urne mussten wir uns allerdings erst mal zwischen normaler und fein gemahlener Asche – »mit der Textur von Schnee« – entscheiden. Ich war mit deiner Schwester im Beerdigungsinstitut. Du weißt, dass ich sie noch nie leiden konnte; sie ist das Ebenbild deiner ach so hochverehrten Mutter, nur ausgekochter. Aber sie hatte mich darum gebeten, und ich tat ihr den Gefallen. Nicht, weil sie mich gebraucht hätte, deine Schwester doch nicht. Nein, ich habe sie begleitet, weil ich dich noch immer liebe.

Als wir festlegen sollten, welche Aschetextur uns lieber sei, fiel mir nichts Besseres ein, als loszulachen. Eine reine Übersprunghandlung. Tief in meinem Innern war mir nur bang ums Herz, ist es bis heute, aber in dem Moment musste ich einfach lachen. Deine Schwester starrte mich fassungslos an. Lachend erkundigte ich mich, was genau der Unterschied zwischen beiden Varianten sei, doch noch bevor der in förmlichem Grau gekleidete Mann antworten konnte, war ich wieder ernst und winkte ab.

»Wir nehmen die normale Variante«, sagte ich.

Tage später, nachdem ich den durchdringenden Geruch menschlicher Asche, deiner Asche, gerochen hatte und nicht mehr aus der Nase bekam, war ich froh, nicht die Schnee-Variante gewählt zu haben. Schnee wird für mich weiterhin nach klarem, gefrorenem Wasser schmecken. Erinnerst du dich? Einmal hast du Ostern am Sauth-deth-Pish-Wasserfall in den Pyrenäen den Mund voll Schnee genommen und mich damit geküsst. Zwei Tage später hattest du eine Halsentzündung. Und ich war stinksauer, denn wir wollten irgendwohin fahren und konnten nicht, weil du mit Fieber im Bett lagst. Manchmal war ich absichtlich grausam und ungerecht zu dir. Wieso weiß ich nicht. Vermutlich werden wir alle über die Jahre des Zusammenlebens ein bisschen gemein.

Asche mit der Textur von Schnee: Wieso muss eigentlich etwas so Abstoßendes wie der Tod um jeden Preis verschönert werden?

6

Ich habe die Ereignisse, mit denen der Horror begann, inzwischen in Gedanken so oft durchgespielt, dass sie mir vorkommen, als würde ich einen detaillierten Polizeibericht studieren. In einem Polizeibericht werden die Ereignisse möglichst lückenlos rekonstruiert. Leerstellen sind der wahre Albtraum. Die bohrende Ungewissheit reißt mich im Morgengrauen aus dem Schlaf und lässt mich danach nicht mehr zur Ruhe kommen.

Natürlich muss so ein Bericht auch objektiv sein: Frau, 42, nicht vorbestraft, wohnhaft in Barcelona, schält in ihrer stillen, blitzsauberen Küche eine Orange und achtet sorgsam darauf, dass die Schale am Stück bleibt. Auch ihr Vater macht das so. Als sie noch ein Kind war, hat er ihr immer erzählt, dass sie nie heiraten würde, wenn die Schale risse, und sie hat jedes Mal insgeheim gedacht, wenn sie heil bliebe, käme bestimmt ihre Mutter zurück. Jetzt, als Erwachsene, weiß sie, dass sie von einer Orange bestenfalls Vitamin C zu erwarten hat, und während sie gedankenverloren auf einer Spalte der Zitrusfrucht herumkaut, fragt sie sich, ob die Spülmaschine inzwischen nicht zu groß ist. Ob sie überhaupt noch eine braucht. Und ob die Küche für ihren spärlichen Appetit jetzt nicht total überdimensioniert ist. An all das denkt sie und ahnt nicht, dass der Mann, der ihr wenige Stunden zuvor beim Mittagessen eröffnet hat, es tue ihm unendlich leid, doch es gebe da eine andere, darum sei es wohl besser, er ziehe aus, ihre Beziehung funktioniere doch schon lange nicht mehr, dass dieser Mann, den sie bestürzt, mit fiebrigem Blick angeschaut hat, im gleichen Moment im Krankenhaus sein Leben aushaucht.

Das Telefon klingelt.

Die Jacke hängt im Flur.

Es ist Februar.

In der klammen Kälte Barcelonas sind ihre Finger gelb.

Allabendliche Rush Hour.

Taxi. Noch einmal Gelb. Und Schwarz. Künftig wird alles Schwarz sein.

Zwei Kugeln, kurz nacheinander auf mich abgefeuert. Zwei Kugeln namens Betrug und Tod.

Ich trage sie noch immer tief in mir, und je nachdem, welches Einschussloch gerade heftiger brennt, macht der Schmerz aus Mauro einen Verräter oder einen Heiligen.

Als das Handy in meiner Handtasche klingelte, war ich mir sicher, dass er es war. Denn wir waren erst wenige Stunden zuvor in Unfrieden auseinandergegangen. Darum ließ ich es klingeln und aß verstört eine Orangenspalte nach der anderen. Ihr Saft lief an meinem Handgelenk herab. Sein überraschendes Geständnis im Restaurant am Strand hatte einen bitteren Geschmack hinterlassen, mein Mund war wie ausgedörrt. In einer Stadt am Meer spielen sich Tragödien gewöhnlich vor einer dramatisch schönen Kulisse ab, doch nach Mauros Worten blieb das Tosen aus. Die Wellen rollten weiter sanft auf den Sand, sie erinnerten mich an den Saum eines weißen, über gebräunten Beinen schwingenden Sommerrocks.

Immerhin weckte der Saft der Orange meine Lebensgeister

und half mir, meine Gedanken zu ordnen. Das Telefon klingelte, und ich wollte ihm nur sagen, er brauche nicht noch nachzukarten, es sei ohnehin zu spät. Aber es schrillte so durchdringend, dass ich heute manchmal denke, ich ahnte im Grunde bereits, am anderen Ende würde mir jemand sagen, Mauro sei tot. So als hätte ich sein Ende geradezu heraufbeschworen. Als hätten ihn mein Hass und meine Wut, die mich in diesen Stunden innerlich ausdörrten, umgebracht.

Genervt verdrehte ich die Augen und kramte in der Tasche schließlich nach dem unablässig klingelnden Handy. Zu meiner Verblüffung sah ich auf dem Display Nachos Namen und begann zu fluchen. Hatte Mauro seinen besten Freund dazu gebracht, mich anzurufen, um die Wogen zu glätten? Ich dachte noch: »Wir sind erwachsen, du Idiot, wie kommst du dazu, nach einem solchen Schlag in die Magengrube deinen Freund vorzuschicken?« Stocksauer drückte ich auf den grünen Button.

Mauro hat es nie ohne Nacho gegeben, er gehörte quasi zum Inventar. Wir hatten von Anfang an eine herzliche, fast schon innige Beziehung, und ich schätzte sein offenes Wesen und seine Ironie. Er war ein Teil von Mauros Leben. Sie leiteten gemeinsam einen kleinen Verlag, der seit einiger Zeit endlich erfolgreich war, aber befreundet waren sie schon seit ihrer Kindheit, als die Welt der Erwachsenen noch in weiter Ferne lag. Mit Nachos Frau verstand ich mich leider nicht halb so gut; gezwungenermaßen musste ich jedoch mit ihr auskommen, weil wir oft zu viert essen gingen oder uns an den Wochenenden trafen. Es fällt mir wahnsinnig schwer, außerhalb meines beruflichen Umfelds neue Leute kennenzulernen, ich finde zu anderen einfach nicht den Draht, den ich zu meinen Kollegen im Krankenhaus habe. Tiefschläge meistern wir gemeinsam, wir lassen es aber auch ordentlich krachen, wenn wir Erfolge zu feiern haben. Wir sind Verbündete, die dieselbe Sprache sprechen.

Bei Nachos Frau wusste ich dagegen nie, wie ich mit ihr umgehen oder worüber ich mit ihr reden sollte. Mehr noch, mit ihrem geradezu schon besessenen Kinderwunschgeplapper ging Montse mir einfach nur auf die Nerven. Was interessierte es mich, ob sie ihre fruchtbaren Tage hatte oder was die beiden anstellten, damit es endlich klappte, so vertraut waren sie und ich nicht. Mauro hätte es zwar gern gesehen, wenn wir uns besser verstanden hätten, aber in meinen Augen sind erzwungene Freundschaften nichts als Heuchelei, und darum habe ich mir mit ihr nie sonderlich Mühe gegeben. Ich mochte Nacho, doch ich sah nicht ein, warum ich deshalb auch gleich seine Frau ins Herz schließen sollte. Irgendwann bekamen sie Zwillinge, wonach unsere Treffen zu viert seltener wurden. Ohne die Zwillinge und diese Frau, die verzückt vom Stillen erzählte, als wäre es das achte Weltwunder, und dabei offenbar völlig ausblendete, dass ich den größten Teil des Tages auf einer Neugeborenen-Station verbrachte, und ohne dieses Wir-machen-alles-gemeinsam-Getue fand ich die Treffen mit Nacho wieder bedeutend netter. Ich mochte ihn als Mensch und hatte nichts dagegen, wenn er sich abends bei uns einnistete, unsere Routine aufmischte und die Biervorräte leer trank, die ich extra für ihn heranschaffte. Wenn ich für ihn besonderes Craft-Bier kaufte, machte er mir vor Mauro Komplimente und frotzelte, ich sei mit Gold nicht aufzuwiegen, sein Freund habe mich gar nicht verdient. Nur darum besorgte ich unermüdlich bayrisches Weißbier, Schwarzbier, belgisches Leichtbier und schottisches Starkbier, die ganze Palette rauf und runter, und kredenzte ihnen Gerste und Hopfen wie edle Tröpfchen. Mir gefiel der Gedanke, dass Mauro stolz auf mich war, wenn ich seinen Freund so umsorgte.

»Paula? Na endlich!«

»Ich will nichts hören, Nacho, wirklich. Du kannst ihm ausrichten, er kann sich das sparen. Du brauchst dich nicht zum Affen machen … Ich will nichts mehr von ihm wissen!«

»Paula, stopp! Mauro hatte einen Unfall! Ein Auto … das Fahrrad. Nimm sofort ein Taxi ins Hospital Clínic. In zehn Minuten schieben sie ihn in den OP. Ich warte im Foyer auf dich, am Eingang zur Carrer Villaroel.«

»Was? Komm, lenk nicht ab, ich weiß alles, er hat es mir heute Mittag gesagt, beim Essen«, führte ich meine vorher zurechtgelegte Standpauke einfach weiter, ohne den Inhalt seiner Worte zu begreifen.

»Paula! Mauro hatte einen Unfall! Du musst sofort herkommen!«

Er legte zuerst auf. Ich gleich danach, geschockt und empört über die Art, wie er mich zuletzt angeschrien hatte. Wie konnte er mir eine solche Hiobsbotschaft einfach so vor den Latz knallen? Wenn ich den Eltern der Frühchen erklären muss, dass die Dinge nicht gut stehen, bringe ich es ihnen in wohldosierten Häppchen bei. Schlechte Nachrichten darf man nicht einfach so herausbrüllen. Natürlich bleibt die Schreckensbotschaft letztlich die gleiche, aber dosiert kann das Gegenüber die Information besser verdauen. Ich dachte noch, den knöpfe ich mir später vor, das macht der nicht noch mal mit mir, bevor ich kopflos ohne Jacke aus dem Haus rannte.

Als mir unten auf der Straße die Februarkälte ins Gesicht schlug, machte ich noch einmal auf dem Absatz kehrt und rannte zurück. Zusammenhanglose Worte wirbelten mir durch den Kopf: *Unfall, Taxi, Mauro, Fahrrad, OP, komm, sofort,* während ich die Jacke vom Garderobenhaken riss und dann hinter mir wieder die Tür ins Schloss knallte. Es dauerte mir zu lange, bis der Aufzug kam, also hastete ich die drei Stockwerke die Treppe hinunter. Das Trommeln meiner Absätze auf den Stufen hörte sich an wie ein Militärmarsch.

Es war ein Wettlauf gegen die Zeit. Unzählige Male habe ich im Nachhinein nachgerechnet, wie viele Minuten ich durch die vergessene Jacke verlor. In der ersten Woche nach seinem Tod spielte ich die Szene mehrmals nach und stoppte die Zeit mit dem Handy. Es waren jedes Mal zwei Minuten, sieben Sekunden und variierende Zehntelsekunden, je nachdem, ob ich den Schlüssel schneller oder langsamer ins Schlüsselloch bekam. Entsetzt beschwor mich mein Vater, damit aufzuhören, aber mir half die Aktion. Anders als alles andere hatte das Messen der Zeit einen Zweck, eine Berechtigung; es hatte etwas Methodisches, und ich konnte mich schuldig fühlen. Das Messen der Zeit band mich an den Moment vor der Katastrophe. Zu diesem Moment wollte ich zurück. Dort bleiben für immer. Meinetwegen auch noch ein paar Stunden früher, am Meer, direkt nachdem er mir den Laufpass gegeben hatte. Denn Trennung hin oder her, immerhin würde er noch leben. Das Messen der Zeit schien mir die einzige Möglichkeit, zumindest seinen Tod aufzuhalten.

Ein Polizeibericht sollte vollständig sein. Es war Mittwoch, kurz nach Schulschluss., und Scharen von Kindern stürmten aus dem Schultor jubelnd vor Freude, dass es mich schauderte. Es war Schulschluss, und überall in der Stadt holten Eltern, die nicht ahnen konnten, was mich trieb, ihre lieben Kleinen ab.

Sie parkten ihre viel zu klotzigen Autos mit gesetztem Blinker in zweiter Reihe oder auf dem Bürgersteig und verschärften so die ohnehin angespannte Verkehrslage. Erbost stieß der Taxifahrer nach allen Seiten wüste Beschimpfungen aus. Die Kinder strömten, in einer Wolke aus Mortadella-, Kölnisch Wasser- und Mandarinenduft, in dem Moment aus der Schule, als über Barcelona eine trübe Sonne unterging, in eben dem Moment, in dem der letzte Pinselstrich zu Mauros Lebensportrait hinzugefügt wurde: traumainduzierter intrakranieller Überdruck, Koma, Herzstillstand. Die OP war nicht mehr nötig.

Wir Menschen verteilen unser ganzes Leben lang Noten, von der Wiege bis zur Bahre. Wir bewerten erworbenes Wissen, eine Augenfarbe, liebkoste Hinterteile, Häuser, in denen wir wohnen, Länder, die wir bereisen. Alles um uns herum zu gewichten ist uns ein inneres Bedürfnis. Versterben Patienten mit Polytrauma in den ersten Stunden nach einem Unfall, was bei rund dreißig Prozent der Schwerstverletzten vorkommt, wird das in der Sterblichkeitsstatistik als »zweiter Gipfel« bezeichnet. Am Morgen hatte ich noch einem neugeborenen, properen Jungen mit vollem Haarschopf beim Apgar-Test gute acht Punkte gegeben, und am Nachmittag vergab im Schockraum eines anderen Krankenhauses ein Arzt mit einem grotesken Schnurrbart bei Mauros Einweisung eine Fünf für Kopf und Nacken, Abdomen, Lendenwirbelsäule und Beckengürtel. Im Punktesystem der Verkehrsunfall-Verletzungsgrade entspricht eine Fünf einem kritischen Zustand mit ungewisser Überlebenschance.

Als ich eintraf, herrschte längst Gewissheit: Mauro war tot.

»Es ist ganz schnell gegangen …«, erklärte uns besagter Arzt.

Nacho nahm meine Hand und drückte sie fest, er merkte gar nicht, wie fest, und als wäre es der Refrain eines Liedes, das wir auswendig kannten, warteten wir so Hand in Hand auf den zweiten Teil der Floskel:

»… Wir haben unser Möglichstes getan. Es tut mir sehr leid.«

Sie hatten sich vor dem Verlag voneinander verabschiedet. Während ich konzentriert Nachos Bericht lauschte, so als läge es in meiner Macht, der Geschichte noch eine andere Wendung zu geben, brachte sein unablässig wippendes rechtes Bein die Stuhlreihe im Warteraum zum Vibrieren. Nacho wollte schon hineingehen, während Mauro sich den Helm aufsetzte. Sein Freund habe sich dann aber noch mit einem Klingeln verabschiedet, erzählte Nacho, immer noch unter Schock, und nippte dabei an dem Plastikbecher mit Wasser, den uns irgendwer in die Hand gedrückt hatte. Ein trockener Mund ist der Vorbote des heulenden Elends, dessen Fluten sich im Inneren in einem gewaltigen Stausee sammeln.

Nacho hatte sich daraufhin noch einmal umgedreht, um Mauro zuzuwinken, und der hatte gelächelt. Sekunden später, die Tür hatte sich noch nicht hinter ihm geschlossen, hörte Nacho den Aufprall. Von links war urplötzlich ein Auto aufgetaucht. Der Fahrer hatte offenbar die rote Ampel missachtet.

Die sorgsam gewählten Sätze, mit denen Nacho das Geschehene schilderte, habe ich übernommen. Ich habe mir seine Erzählweise, den Rhythmus, die Reihenfolge der Sätze zu eigen gemacht, es gibt jedoch Lücken, und die sind schlimm und tückisch. Wenn ich nicht schlafen kann, lasse ich die Szene wieder und wieder vor meinem geistigen Auge ablaufen, um sie zu füllen. Die Naturwissenschaftlerin in mir muss alles erfassen, als handele es sich um eine Forschungsstudie, nicht das kleinste, scheinbar noch so unwichtige Detail darf mir entgehen. Ich muss herausbekommen, ob sich noch mehr Menschen in unmittelbarer Nähe des Unfallorts befanden, weshalb sie dort waren und was sie taten, als Mauro mit seinem Fahrrad schon am Boden lag, ich muss wissen, ob er Nacho vorher noch erzählt hatte, dass ich endlich Bescheid weiß, ob sie bereits über seinen Auszug aus unserer Wohnung gesprochen hatten und darüber, dass ich mich im Restaurant am Strand nicht hatte umarmen lassen, als er mich irgendwie beruhigen wollte. Und nachts stelle ich mir auch die Geräusche vor, die es vermutlich in dem Moment auf der Straße gegeben hatte, denn ich weiß nur von der Klingel und dem Aufprall. Von anderen Geräuschen hat Nacho nichts erzählt. Ein Lächeln, ein verhängnisvoller Knall und Mauros erschrockener Blick hinter den Brillengläsern, die wie durch ein Wunder nicht zerbrochen waren. Mehr nicht.

Im Warteraum der Klinik musste ich während Nachos stockender Erzählung die ganze Zeit auf einen winzigen Fleck auf seinem Hemd starren, einen kleinen Punkt im charakteristischen Dunkelrot getrockneten Blutes, das Tor zum Grauen. Dann ging die Tür auf, Mauros Eltern und seine Schwester stürzten herein, und wir fielen uns alle in die Arme. Umschlungen standen wir da, unsere Köpfe berührten sich fast. Körper, die vom Schluchzen geschüttelt wurden, Knie, die drohten, nachzugeben, und ich, ich stützte sie, geistesabwesend, ungläubig, seltsam distanziert und mehr als auf alles andere auf das aufdringliche Parfüm der Frau fixiert, die so etwas wie meine Schwiegermutter gewesen war, und darauf, zu verstehen, dass sie gerade den Tod von ihrem Sohn und Bruder beweinten. Denn Blut ist immer dicker als Wasser. Mutter, Vater, Schwester. Da waren sie, die ganze Sippe.

»Sind Sie die Angehörigen von Mauro Sanz?«

Eine Viertelstunde vorher, noch allein im Raum, waren Nacho und ich, der Choreografie der Angst folgend, sofort aufgesprungen. Doch jetzt war seine Familie da, und die Verzweigungen des Stammbaums ächzten unter einem Schmerz, der nicht meiner war. Kein Schmerz ist wie der andere. Ein Vater fühlt anders als eine Mutter, diese anders als eine Schwester, und eine Ehefrau wiederum anders als eine Frau, die ein paar Stunden zuvor verlassen worden ist.

Etwas schob sich zwischen mich und die Realität. Ich war vollkommen erstarrt, ich konnte nicht einem verwundeten Tier gleich klagen wie Mauros Mutter oder in Tränen ausbrechen wie sein Vater. Er, der reservierte, wortkarge Universitätsdozent mit einem Doktortitel in Geografie und Raumplanung, schluchzte hemmungslos. Es war unerträglich, doch es gelang mir nicht, mich ihren Fingern zu entwinden, die sich verzweifelt in meine Schultern krallten und mich so zwangen, Teil dieser Familie zu sein. Angesichts ihres Verlusts nahmen sie mich in ihren Kreis auf und wiesen mir eine Rolle zu, die in den folgenden Monaten ein ungeahntes Gewicht bekommen würde. In Entscheidungen, die wir nicht selbst treffen, zeigt sich, wer wir sind und was aus uns werden wird.

Die Frau, 42, nicht vorbestraft und wohnhaft in Barcelona, weint nicht, spricht nicht und kann keinen klaren Gedanken fassen. Dann sieht sie, wie eine junge Frau den Warteraum betritt. Sie ist groß, schlank und bewegt sich mit der Eleganz einer

Ballerina, mehr kann besagte Frau im ersten Moment nicht erfassen. Erhobenen Hauptes schaut sich die Ballerina um, als würde man von allen Seiten aus nach ihr rufen. Der Gegensatz zwischen ihrer Schönheit und den erstarrten Mienen der übrigen im Raum könnte größer nicht sein. Und als wäre das noch nicht genug, stellt sie mit ihrer Jugend alles und jeden um sich herum in den Schatten. Sie ist eine wahre Lichtgestalt. Langes, glattes, glänzendes Haar, schwarz, eindeutig ihre Naturhaarfarbe. Ein Gesicht wie gemalt. Makellose Haut. Kein einziges Fältchen, nichts ist schlaff, die Zeit hat keine Spuren hinterlassen; alles an ihr wirkt perfekt, und sie ist von einer betörenden Aura umgeben. Doch allmählich wird auch sie Teil der verzweifelten Atmosphäre, von der Tür aus blickt sich die Ballerina weiter suchend um, eine zittrige Hand vor dem Mund, mit der anderen umklammert sie die Henkel ihrer Ledertasche. Und dann ruft Nacho:

»Carla!«

Nacho sprang auf und lief zu ihr, legte ihr die Hände auf die Schultern und sagte etwas. Das Einzige, was er ihr sagen konnte. Ihre Beine gaben nach, als wären sie aus Gummi, die Handtasche glitt ihr aus der Hand, Nacho konnte sie gerade noch um die Hüfte packen und führte sie dann zu unserer Stuhlreihe, wo sie auf den Sitz neben mir sank. Sie war mit einem Mal leichenblass, und ihre Lippen waren blutleer. Mit überraschend reif klingender Stimme wiederholte sie immer wieder: »Nein, das kann nicht sein, du lügst. Sag mir, dass das nicht wahr ist. Nein, nein, du lügst.« Sie wirkte so hilflos, dass ich aus einem Impuls heraus einen Arm um ihre Schultern legte und ihr meinen Becher mit Wasser reichte. Es war nicht ich, die da handelte, sondern die professionelle Paula, die sich von Berufs wegen in Notfällen eine Rüstung anlegt.

»Paula, das ist Carla«, murmelte Nacho.

Ich warf ihm nur einen wütenden Blick zu. Er sollte wissen, dass er als mein Freund versagt hatte, und schuldbewusst schlug er die Augen nieder.

Carla. Die ganze Wucht eines Namens. Carla, ein Ort, eine Tatsache, ein verdächtiger Duft, eine Erzählung, eine bittere Erinnerung, ein heiseres Lachen, ein Verdacht, der vielleicht schon lange mit Mauro und mir zusammengewohnt hatte. Carla, eine vor mir verborgene Welt.

Abrupt hielt sie in ihrer Litanei inne und schaute auf. Offenbar sagte ihr mein Name etwas. Sie musterte mich mit ihren verweinten, mandelbraunen Augen und schluckte. Immerhin. Und ich, ich verschanzte mich noch mehr hinter meiner Rolle als medizinischer Profi, schlug den mitfühlenden Ton an, den ich mir für die Gespräche mit erschütterten Eltern zugelegt hatte, die das Schlimmste erwarteten, wählte behutsam die richtigen Worte, die die abweisende Stille durchbrechen konnten, und fragte sie, ob sie vielleicht jemanden anrufen wolle. Es war mir ein Bedürfnis, ihr verstehen zu geben, dass Mauro immer eine starke Frau an seiner Seite gehabt hatte, eine Frau, die eine solche Situation spielend meisterte und sich nicht aus der Fassung bringen ließ, nicht mal durch ihre Anwesenheit. Nur zu gerne hätte ich allerdings in diesem Moment Mauro angeschrien und angespuckt, aber einem Toten konnte ich nun mal keine Vorwürfe mehr machen: »Siehst du? Ich bin also doch nicht verrückt. Ich wusste, da ist was im Busch!« Viele Male war mir der Gedanke gekommen, dass es eine andere geben könnte, aber ich hatte Angst gehabt, mich lächerlich und klein zu machen, wenn ich ihm mit einer so abgedroschenen Unterstellung kam.

Sie verfiel wieder in ihre Tirade, das könne einfach nicht wahr sein. Die Hände vors Gesicht geschlagen, jammerte sie vor sich hin; ich war ihr nun völlig egal, warum hätte sie sich auch weiter für mich interessieren sollen. Ich kam mir albern vor.

Genau in dem Moment wurde mir das ganze Ausmaß der Katastrophe bewusst: Mauro war nicht mehr da.

Stunden ohne jedes Zeitgefühl, Stunden im Nebel zwischen Schlafen und Wachen. In der Eingangshalle des Krankenhauses begrüßte ich eintreffende geschockte Verwandte und Freunde und erstattete Bericht, benutzte wieder und wieder die gleichen Worte, die selbst Tage später an so beklemmenden Orten wie der Leichenhalle, der Kirche, dem Friedhof noch wie Maschinengewehrsalven in meinen Leib einschlugen.

Das Fahrrad.

Die Ampel.

Gerade mal dreiundvierzig Jahre.

Das kann nicht sein. Ich kann es nicht fassen, Paula.

Was für ein Unglück.

Wie lange haben wir uns nicht gesehen, Paula.

Mein Beileid, Paula.

Verdammt, Paula, es tut mir so leid.

Du musst jetzt gut auf dich aufpassen, hörst du?

Manche weinten, während sie mir kondolierten. Mir. Wo war jetzt die Ballerina?

Ein Polizeibericht sollte leicht verständlich sein. Er geht damit weiter, dass Mauros Schwester in der Eingangshalle auftaucht, ein zerknülltes Papiertaschentuch in der Hand, die Augen verquollen, die Nase rot, die Gesichtszüge erschöpft. Ein paar Tage lang werden wir alle so aussehen, und ich habe zudem keinerlei Muskelkraft. Besagte Frau, 42, nicht vorbestraft und wohnhaft in Barcelona, wünscht seine Schwester in diesem Moment dahin, wo der Pfeffer wächst, aber ihr Vater hat sie dazu erzogen, bestimmte Gefühle im Zaum und befreiende Worte für sich zu behalten. Anders als er mit seinem Klavier hat sie allerdings kein Ventil, um sie anderweitig rauszulassen, und so beherrscht sie sich, wie allein sie es vermag.

»Wenn es mir morgen ein bisschen besser geht, rufe ich dich an, wenn du nichts dagegen hast, Paula.«

» … «

»Vielleicht … vielleicht hat er dir gegenüber irgendwann mal erwähnt, ob er beerdigt oder eingeäschert werden will? Mit uns hat er über so was ja nie gesprochen.«

Die Zeitform, in der seine Schwester spricht, erschüttert die Frau. Ganz beiläufig wird Mauro dadurch zur Vergangenheit.

»Ist es dafür nicht zu früh?«, fragt sie tonlos.

»Wie meinst du das?«

Die Frau weiß nicht, was sie darauf antworten soll. Für sie ist es jedenfalls zu früh, um ihn für unwiederbringlich tot zu erklären. Zu früh, um über seine Beisetzung nachzudenken. Zu früh, um es auch nur in Ansätzen zu realisieren und zu akzeptieren.

Seit jener Nacht macht sich in unserer Wohnung ein Schatten breit, etwas Bleiernes, das mit mir heimkommt und sich auf den Möbeln, an den Wänden und in den Polstern des Sofas niederlässt. Es setzt sich auf den Türklinken fest, in der Keramikschale im Flur, in meinen Kleidern, den Laken, auf der Zahnbürste.

Es macht sich in meinem Spiegelbild bemerkbar, in der Kaffeemaschine, in der Stimme des Fernsehnachrichtensprechers, im unaufhörlich klingelnden Telefon.

Ein paar Tage lang war dazu noch die Stimme von Mauros Schwester wie eine schwärende Wunde auf verbrannter Haut. Sie ließ das Bleierne anwachsen, bis es monströse Ausmaße annahm, mit Worten wie *Todesanzeige, Leichenhalle, Urne, Kranz, Sarg, Blumen.*

Blumen. Pflanzen. Blumen. Mauro.

Versonnen blickte ich hinaus, auf unsere Terrasse, aber seine Schwester zerrte mich gleich wieder zurück, zurück zu all den von ihr mitgebrachten Broschüren und Papieren des Beerdigungsinstituts, die dem traurigen Ende des Lebens partout ein schönes Gesicht verpassen wollten, damit man es wieder ansehen und eines Tages vielleicht sogar wieder Frieden mit ihm schließen mochte.

»Echt jetzt, Paula? Habt ihr wirklich nie darüber geredet, welche Art von Grabstätte er besser fand?«

Wortlos zuckte ich mit den Schultern und biss mir in die Innenseite der Wangen. Am liebsten hätte ich sie geschlagen, damit sie endlich aus meiner Wohnung verschwand. Grabstätte! Es machte mich fassungslos, dass diese Frau in einem solch verstörenden, schmerzlichen Moment einen derart kühlen Kopf bewahren konnte, um ein so abgedroschenes, völlig abwegiges Wort wie *Grabstätte* zu wählen. Mauro und ich hatten über Autos und Reisen gesprochen, hatten uns wegen der Kinder gestritten, die wir nicht bekommen hatten, oder hatten uns ausgemalt, wie er irgendwann mit Glatze und ich mit weißen Haaren aussehen würden. Ich hatte lamentiert, zwischen zwei Menschen gäbe es in einer Beziehung keine üblere Fallgrube als eine Hypothek, und lachend hatten wir uns geschworen, niemals in Rente zu gehen. Weiter waren wir mit unserem Zukunftsentwurf nicht gekommen. Darüber, welche Grabstätten wir einmal haben wollten, hatten wir nie auch nur ein Wort verloren.

»Einäschern«, stieß ich hervor, um dem Ganzen ein Ende zu machen. »Wir hatten eine Lieblingsbucht. Lassen wir ihn einäschern, bitte.«

Das Grauen beenden.

Es durch Rituale verkürzen.

Das Vokabular des Todes schnellstmöglich loswerden.

Seinen Leichnam loswerden.

Sauer auf ihn sein, weil er ein derartiger Lügner war.

Und um ihn trauern wegen all dem anderen.

All dem anderen, das unrettbar verloren war.

Dass ich die Jacke vergaß und zurücklief, um sie zu holen, hatte mich zwei Minuten, sieben Sekunden und ein paar Zehntelsekunden gekostet. Und auch die Kinder hatten mich aufgehalten, die sich johlend bis zum nächsten Morgen verabschiedeten, in die in zweiter Reihe geparkten Autos kletterten und sich von ihren umsichtigen Müttern den Sicherheitsgurt anlegen ließen. Für sie gab es einen Sicherheitsgurt. Für sie gab es ein Morgen.

Er hätte noch am Leben sein können. Ich hätte laut seinen Namen rufen können und wäre an seiner Seite das letzte Bild gewesen, das sein sterbendes Gehirn noch erzeugen konnte, der letzte Sinneseindruck. Wäre ich nur schneller gewesen.

Zwei Minuten, sieben Sekunden und ein paar Zehntelsekunden. Du vergisst eine Jacke, und die Tragödie wächst ins Unermessliche; plötzlich ist nicht mehr der Unfall, ja nicht einmal der Tod mehr das Unfassbare. Du vergisst eine Jacke, und das Unfassbare ist, dass du nach all den Jahren nicht an seiner Seite warst, um ihm in den letzten Minuten seines Lebens beizustehen, seine Hand zu halten. Ich war nicht da, um ihn in die Arme zu nehmen, und auch nicht, um ihm zu verzeihen.

Seit du nicht mehr da bist, erwarte ich bei jedem Telefonklingeln nur noch Werbeanrufe, in denen man mir einen anderen Anbieter aufdrängen will, oder neue Hiobsbotschaften. Noch immer zucke ich jedes Mal erschrocken zusammen, wenn es schellt. Dieses *noch immer* ist wie eine zweite Haut. Noch immer erschrecke ich, noch immer wache ich nach Luft ringend auf, noch immer wende ich mich schnell ab, wenn ich auf der Straße ein Fahrrad sehe. Gedankenlos decke ich auch noch immer freitagabends den Tisch für zwei. Oder taste beim Kreuzworträtsellösen auf dem Sofa nach deiner Hand und frage: »Regenschutz mit sechs Buchstaben?« Und da die Antwort dann ausbleibt, seufze ich nach wie vor. Noch immer lese ich aber auch wieder und wieder deine Nachricht an sie: »Wenn ich könnte, würde ich mit dir durchbrennen, Carla.« Und ich sehe mir auf deinem Handy auch noch immer das Video an, in dem sie in Neoprenanzug, Schwimmweste und mit Helm lachend die Linse bespritzt und dir eine Kusshand zuwirft, bevor sie in ihrem Schlauchboot einen tosenden Wildbach hinabfährt. Wenn in euren Chats mein Name auftaucht wie ein lästiges Ärgernis, werde ich noch immer rot vor Zorn. Aber weißt du was, Mauro? Wenn das Telefon jetzt klingelt und ich nach dem ersten Schreck drangehe, wenn irgendwer von der Bank anruft und nach dir beziehungsweise dem Inhaber des Anschlusses fragt, dann genieße ich es, ihnen zu sagen, du seist nicht da, und wünsche mir dabei sehnlichst, dass sie sich nicht damit zufriedengeben, sondern fragen, um wie viel Uhr du zu erreichen seist, damit ich ihnen antworten kann, dass sie nicht mehr mit dir sprechen können, nie mehr – weil du tot bist. Ja, ich gestehe, ich genieße ihren kleinen Schock und suhle mich in ihrer Betroffenheit, wenn sie dann stottern: »Oh, das tut mir leid. Entschuldigen Sie die Störung.« Dann lege ich auf, und alles ist auf einmal leer. Ich lade aber noch immer dein Handy auf und warte, bis es ganz entladen ist, als wärst du tatsächlich noch da, und als könnten solche Trivialitäten dich noch am Leben halten.

7

»Man könnte Eis schmelzen und aus dem Wasser künstliche Wolken machen, meinst du nicht auch, Paula?«

Martina schält mit ihren kleinen Fingern eine Kastanie und sinnt schon seit einer geraumen Weile darüber nach, wie man Regen in Dürregebiete transportieren könnte. Die Kleine ist ein Ebenbild ihrer Mutter, sie bewegt sich genau wie sie, hat ihre blauen Augen, und auch in ihrer Ausdrucksweise und ihrem Auftreten als kleine Tyrannin, der die Welt zu Füßen liegt, ähnelt sie ihr. Und genau wie bei ihrer Mutter gewinnen auch bei Martina urplötzlich ihre Sanftmut oder der Schalk wieder die Oberhand und erobern die Herzen ihrer Untertanen zurück. Ich fürchte, ich bin die Einzige, die immer wieder auf dieses Spiel reinfällt. Ich weiß mit Kindern in ihrem Alter einfach nicht recht umzugehen; mir sind die Federgewichte lieber, die sich mit ihrem Start ins Leben schwertun. Größere Kinder, die schon problemlos reden, laufen und essen können, vermitteln mir oft das Gefühl, dass sie mich nicht brauchen. Und dennoch, wenn ich mit Lídias Mädchen zusammen bin, spüre ich oft, dass sie mir, ohne eine Gegenleistung zu erwarten, eine große Dosis unschuldiges Glück bescheren, und womöglich gibt es für einen trauernden Erwachsenen kein wirksameres Heilmittel, als sich davon mitreißen zu lassen.

Martinas Schwester ist gewaltig in die Höhe geschossen. Innerhalb eines guten Jahres hat sie sich in eine übellaunige, hormongesteuerte Zicke verwandelt, die sich hinter einem tief in die Augen fallenden Pony und ihrem Handy verschanzt. Sie lümmelt auf ihrem Stuhl am anderen Ende des Tisches und tippt die ganze Zeit darauf herum, ignoriert uns vollkommen, so als endete die Welt an der Tischkante. Und der Vater der Kinder, der sich bis eben noch mit mir über die Präsidentschaftskandidaten der Demokraten und Republikaner bei den US-Wahlen unterhalten hat, schläft jetzt auf dem Sofa, den Kopf im Nacken und mit offenem Mund. Auf seiner Brust liegen noch Krümel der *panellets*, süßer, in Pinienkernen gewälzter Mandelbällchen, die es zum Nachtisch gegeben hat. Ich würde sie ja wegwischen, will ihn aber nicht wecken, und außerdem ist es ein köstlicher Anblick, ihn mal nicht so aufgeplustert zu sehen wie sonst im Wachzustand.

Ich versuche, so gut ich kann, die typische Schläfrigkeit nach dem Essen zu unterdrücken und blicke, wie immer, wenn ich hier bin, zu einem der Fotos auf dem Fernsehschrank. Es zeigt Lídia und mich in der Atacama-Wüste, kaum älter als zwanzig und braungebrannt. Man sieht uns an, wie sehr wir damals unseren Aufbruch ins Erwachsenenleben und die große Freiheit genossen. Wir hatten uns im ersten Jahr des Medizinstudiums kennengelernt und waren in den darauffolgenden Semesterferien zu dieser unvergesslichen Reise aufgebrochen. Lídias Führungsqualitäten waren mir gleich aufgefallen. Schon eine Woche nach Unibeginn hatte sie sich als Studentensprecherin aufstellen lassen und Arbeitsgruppen ins Leben gerufen, und sie ging so vertraut mit den Professoren um, als hätte sie schon ihr halbes Leben an der Fakultät verbracht. Sie war im ersten Semester Medizin, wie ich, doch im Gegensatz zu mir bewegte sie sich völlig ungezwungen zwischen all den neuen Gesichtern.

Sie war von zierlicher und zugleich athletischer Statur und kleidete sich salopp, aber immer gepflegt. Ich beneidete sie um die forsche Art, mit der sie sich zwischen den Kommilitonen bewegte oder Argumentationsketten in Gang setzte, die mehr als einen Professor in Bedrängnis brachten.

In den ersten paar Monaten wechselten wir kaum ein Wort miteinander, obwohl ich sie längst im Visier hatte. Doch ich traute mich nicht, ich konnte mir einfach nicht vorstellen, dass sich jemand, der so beliebt war wie sie, mit mir abgeben würde. Wir kamen erst ins Gespräch, als sie mich um meine Mitschrift aus der Zellbiologie-Vorlesung bat.

»Was soll denn das heißen?«

Irritiert zeigte sie auf mein Gekrakel.

»Tut mir leid, der Typ spricht so schnell, dass man kaum mitkommt.«

»Dafür hast du schon eine vielversprechende Mediziner-Sauklaue. Das könnte ebenso gut Sanskrit oder Kyrillisch sein, Frau Doktor.«

Sie lachte, und zwischen ihren Schneidezähnen blitzte die kleine Lücke, die ihr bis heute etwas Schelmisches verleiht.

Mit ihren ausladenden Gesten und der lebhaften Mimik beim Reden wirkte Lídia auf mich wie ein Ausbund an Energie und Selbstsicherheit. Ich dagegen war zurückhaltend und überlegte mir jedes Wort, bevor ich den Mund aufmachte.

Unsere erste Begegnung war nur kurz, doch mir war sofort klar, das war eine Freundschaft fürs Leben. Auch wenn oder gerade weil wir so verschieden waren. Mit der Zeit sollten wir nämlich erfahren, wie wunderbar wir uns ergänzten: Was der einen fehlte, wurde durch das ausgeglichen, was die andere zu viel hatte.

Im Laufe der Jahre hat sich Lídias Führungsanspruch abgemildert, und auch das Bedürfnis, uns wie früher ständig zu sehen oder zumindest einmal am Tag miteinander zu telefonieren, hat – bedauerlich, aber wahr – nachgelassen. Ihr Leben mit Mann, Kindern, Schulferien und Stundenplänen hat auch nicht mehr so recht zu meinem Leben gepasst. Aber seit Mauro nicht mehr da ist, ist bei uns beiden wieder der Wunsch nach der einstigen Nähe erwacht. Ihr ist es ein Bedürfnis, mir zu zeigen, dass sie für mich da ist, auch wenn es ihr dabei vermutlich mehr um sie selbst geht als um mich. Doch ich mache ihr daraus keinen Vorwurf, sie hat nun mal ein großes Ego. Und mir wiederum kommt es durchaus zupass, dass ich mir hemmungslos alles von der Seele reden kann, wenn sie nur lang genug nachbohrt. Und es hat auch gutgetan, ihr, nach langem Zögern, schließlich doch noch zu erzählen, dass Mauro ausgezogen wäre, wenn das Auto nicht über die rote Ampel gerast wäre.

Ich beginne nachzurechnen, wie lange ich Lídia schon kenne, was mir mit meinem vom Muskateller benebelten Hirn einige Schwierigkeiten bereitet, und sehe dabei die kleine Martina an, damit sie nicht denkt, ihre tollen Ideen dazu, wie man künstlich Regen erzeugt, seien mir egal.

Wie auf einem Abakus lasse ich die Jahre Revue passieren. Die einzelnen Kugeln auf dem imaginären Rechenschieber ergeben in der Summe unser ganzes Leben: das Studium, ihre Hochzeit, unsere Zeit als Assistenzärztinnen, das Jahr, in dem Mauro und ich uns kennenlernten, Lídias erste Schwangerschaft, unsere Spezialisierung auf Kinderheilkunde, Reisen, Freunde, das Jobangebot im selben Krankenhaus, die neue

Wohnung, meine Entscheidung für die Neonatologie, ihre zweite Schwangerschaft … Als ich schließlich auf die denkwürdige Zahl komme, springe ich auf.

Ich finde Lídia beim Aufräumen in der Küche, mit der laufenden Spülmaschine im Hintergrund. Die Locken fallen ihr ins Gesicht, während sie die Reste des Essens aus den Schüsseln in ein paar Tupperdosen füllt. Lídia ist eine typische Tupper-Frau. Die Behälter, die sie in allen Größen und Farben besitzt, sind ihr Ein und Alles. Das scheint zwar so gar nicht zu der einstmals coolsten Studentin der Fakultät zu passen, aber bis heute kann man sie nun mal in keine Schublade packen.

»Du, Lídia, weißt du …«, sage ich und trete zu ihr an die Arbeitsplatte.

»Ja, ich weiß schon. Die Mädels streiten mal wieder, und Toni schnarcht auf dem Sofa, stimmt's?«

»Nein, das meine ich nicht. Weißt du, seit wie vielen Jahren wir uns schon kennen?«

»Was …?«

»Seit fünfundzwanzig Jahren!«

»Ernsthaft? Fünfundzwanzig? So alt sind wir schon?«

Überrascht starre ich sie an, während ihr Blick zum Spülbecken gleitet und ihre geschäftigen Hände innehalten. Dass sie eher an die verstrichene Zeit denkt als daran, dass das ein Anlass zum Jubeln ist, hätte ich nicht gedacht.

»Das müssen wir feiern, findest du nicht?«

Ich gebe ihr einen Klaps auf die Hüfte und schüttele meine Hände, als wären sie Rumba-Rasseln, aber meine Euphorie wird offenkundig nicht erwidert.

»Weißt du, welcher Tag heute ist, Paula?«

»Natürlich weiß ich das, Liebes. Komm mir jetzt nicht damit. Aber fünfundzwanzig Jahre, Lídia! Ist das nicht ein hervorragender Grund, einen trinken zu gehen?«

Sie trocknet sich an einem Küchentuch die Hände ab, dreht sich zu mir um und streicht sich eine Locke aus dem Gesicht.

»Paula … Ich will dir ja nicht zu nahe treten, aber ich finde, es bringt nichts, wenn du so tust, als wäre heute ein Tag wie jeder andere.«

Urplötzlich ist meine gute Laune wie weggeblasen. Ihre Worte legen sich um mein Herz wie die Nebelschwaden, die heute Morgen über dem Friedhof hingen. Der erste November. Ein Tag, dem Gedenken der Toten geweiht. Als würde man nicht ohnehin jeden Tag an die Toten denken.

Schon in aller Herrgottsfrühe die erste und einzige Nachricht auf dem Anrufbeantworter:

»Guten Morgen, Paula, mein Schatz. Das ist heute sicher ein schwerer Tag für dich. Ich wollte Mama Blumen bringen, ich meine nur, falls du mitmöchtest. Es sieht nach Regen aus, darum nehme ich ein Taxi. Ich habe mir gedacht, wir sollten dieses Jahr zusammen zum Montjuïc fahren. Gib mir Bescheid, dann richte ich mich auf dich ein, hörst du?«

Das Pfeifen des Anrufbeantworters. »Keine weiteren Nachrichten.«

Die gibt es nie.

Ich war neben dem Telefon zu Boden geglitten. Eine Zeitlang saß ich da und starrte auf einen Spalt zwischen zwei Dielenbrettern des Parketts, in dem vergeblichen Versuch, die aschgraue Gewitterwolke zu ignorieren, die meinen guten Vorsatz zunichtemachen wollte, so zu tun, als wäre heute ein Tag wie jeder andere. Ich legte mir zurecht, wie ich meinem Vater sagen konnte, dass seit bald neun Monaten jeder Tag schwer war und dass es seit dem Tod meiner Mutter vor fünfunddreißig Jahren bereits 12 798 schwere Tage gegeben hatte, 12 798 Tage, an denen mir nur ein Schwarz-Weiß-Foto auf dem Nachttisch geblieben war. Eine so lange Zeit müsste eigentlich ausreichen, damit ein Vater verstand, dass die Tochter keinen bestimmten Tag im Jahr brauchte, um sich an die Toten zu erinnern. Und auf dem Montjuïc habe ich heute ohnehin nichts verloren. Mauros Asche ist nicht allein dort.

Als ich zurückrief, habe ich mich letzten Endes dann nur bedankt und gesagt, mir wäre leider nicht gut, ich würde mich wie zerschlagen fühlen und wohl eine Grippe ausbrüten. Fromme Lügen, und eine spontane Schutzbehauptung, weil ich einen Rappel bekam und wusste, dass ich, wie immer, allein damit klarkommen musste und niemandem erklären konnte, was mich umtrieb, nicht einmal Lídia oder meinem Vater. Wenn zwei Dinge – der überwundene und irgendwo im Hinterkopf des kleinen Mädchens abgespeicherte Tod meiner Mutter und der in meinen Gedanken so präsente, Unruhe stiftende, noch frische Tod von Mauro – plötzlich zusammenkommen, ist das ausgesprochen verstörend, und die eigene Welt gerät gehörig ins Wanken.

Die dunkle Gewitterwolke steigt jetzt in große Höhen hinauf. Von dort oben bekomme ich eine leise Ahnung, wie mein Leben von nun an verlaufen wird. Es ist furchtbar, keine Spur mehr davon zu finden, wie es bis vor Kurzem noch war. Dabei ist es doch noch gar nicht so lange her. Neun Monate sind doch noch keine Zeit. Aber sie reichen aus, um im Mutterleib ein Leben heranwachsen zu lassen. Oder eines Toten zu gedenken.

Allerheiligen.

Allerseelen.

Mama.

Mauro.

Die Tage werden kürzer, und in der Natur scheint alles zu sterben. Das Meer, das Salz auf der Haut, die erfrischende Wassermelone, wo sind sie hin? Wo ist das Lachen geblieben, wo das Licht?

»Wenn du willst, komme ich mit.«

»Wohin?«

»Wohin wohl, Paula? Auf den Friedhof natürlich. Ich lasse die Mädchen bei Toni, und wir fahren rasch hin. Willst du noch Blumen kaufen?«

»Stopp!«

Bevor ich aus der Küche laufen kann, packt sie mich und schließt mich in ihre Arme. Gereizt mache ich mich frei und rücke ein paar Schritte von ihr ab.

»Du kannst von Glück reden, dass wir uns noch nicht kannten, als ich sieben war und meine Mutter gestorben ist! Keine fünf Minuten hätte ich es mit dir ausgehalten! Warum machst du so ein verdammtes Gewese darum?!«

Die dunkle Wolke senkt sich auf meine Freundin herab, doch trotz allem bin ich froh, dass ich so explodiert bin. Es hilft mir, zu verstehen, was in mir vorgeht.

Aber erst mal gewinnt noch die dunkle Seite die Oberhand, die es mir verbietet, mich zu entschuldigen. Jedenfalls für den Moment. Soll Lídia doch ruhig auch mal von der Bitterkeit kosten, die mir seit Monaten das Leben vergällt, sie mit ihrem Leben ohne Brüche, mit ihren bildhübschen, gesunden Töchtern und immer einer Patentlösung für alles, mit ihren Tupperdosen und ausgewogenen Mahlzeiten, mit ihrem Mann, der sorglos auf dem Sofa einschläft, während ich mit ihm rede, mit ihrem Spleen, christliche Rituale zu begehen, oder keltische, oder was auch immer heute ansteht. Sie mit ihrem Leben ohne Tote. Hier, Lídia, hier hast du ein bisschen von meinem Schmerz. Ich schenk ihn dir, viel Spaß damit.

»Ich mache kein Gewese darum, Paula. Aber du tust so, als ob nichts wäre, und ich mache mir Sorgen, dass es plötzlich Klick macht und bei dir eine Sicherung durchbrennt, denn dann wird alles noch viel schlimmer.«

Auf ihrem Hals und ihrem Gesicht flammen rötliche Flecken auf, aber trotzdem: Was weiß denn sie schon vom Schmerz?! Sie hat keine Vorstellung, wie er sich verändert, sich ausdehnt, einen zu beherrschen beginnt: Etwa, wenn man bis zum Morgengrauen auf dem Sofa sitzt, um nicht ins Bett gehen zu müssen. Oder wenn einem auf dem Weg zur Arbeit bei neuen Ohrwürmern im Radio der Gedanke kommt, dass er sie nie hören wird; wenn man mit dem grünen Pullover, den er sich in Reykjavik gekauft hat, im Arm einschläft oder die letzten gerösteten Sesamkörner verwendet, die man zusammen auf dem Markt gekauft hat. Was hatten wir gelacht, als wir das Einschlagpapier auf der Marmorarbeitsplatte in der Küche auseinanderfalteten, um den Sesam in ein Glas zu schütten, und entdeckten, dass es sich um eine Zeitungsseite mit Kontaktanzeigen handelte. Jeder dieser Momente wiegt schwer, und in der Summe ergibt sich das Ausmaß der Leere, die ich empfinde, wenn ich mich damit abzufinden versuche, dass ich schon vor seinem Tod in seinen Zukunftsplänen keine Rolle mehr spielte.

Vermutlich hat Lídia ja recht, es könnte alles noch viel schlimmer sein, und womöglich weiß ich auch noch nicht alles. Leider hält uns die dunkle Wolke in einem gordischen Knoten gefangen, und es bedürfte schon eines Wunders, ihn zu durchschlagen. Aber vielleicht kann eine Freundschaft ja genau das: Womöglich kann sie das Wunder bewirken, dass einem alles nicht mehr ganz so schlimm vorkommt, dass ich mich beruhige und dass durch den vertrauten Umgang mit ihr endlich wieder ein wenig Normalität in mein Leben einkehrt.

»Ich wollte das nicht sagen, Lídia, entschuldige. Hätte ich dich doch nur mit sieben Jahren schon gekannt! Ich gehe morgen hin, oder irgendwann anders. Vielleicht aber auch nie, Lídia. Ich hasse Friedhöfe. Wer geht schon gern auf den Friedhof? Was soll man da?«

»Genau deshalb habe ich es ja vorgeschlagen. Heute sind wenigstens viele Leute dort, und bunte Blumen. Ich fahr dich hin. Es wird dir guttun, dort an ihn zu denken.«

»Ich mag aber nicht auf dem Friedhof an ihn denken.«

Ich sehe sie flehend an. Sie soll mir sagen, dass meine Mutter und Mauro irgendwo um uns herum sind, fern der Gedenktafeln mit ihren Namen auf einer nummerierten Grabnische, weit weg von all dem Marmor, der den Unbilden der Vergänglichkeit trotzt.

Mauros Asche wurde, aufs Gramm genau, auf zwei Plastiksäckchen aufgeteilt. Mein Säckchen kam in eine biologisch abbaubare Urne und wurde verbotenerweise von mir im Meer vor unserer Lieblingsbucht versenkt. Das andere landete, brav dem mütterlichen Gebot folgend, in einer Grabnische auf dem Montjuïc. Was für ein Zustand bis in alle Ewigkeit, und das ausgerechnet bei einem so gewissenhaften, methodisch denkenden Mann wie Mauro.

Aufgeregt drückt Martina mit ihrer Schulter die Küchentür auf. Sie verbirgt etwas in ihren kleinen Fäusten und kommt ganz langsam auf uns zu, um uns ihr Geheimnis zeigen.

»Schaut mal!«

Beim munteren Klang ihrer Stimme kullert eine Träne über meine Wange, die ich verstohlen mit dem Ärmel meines Pullis abwische.

Als die Kleine vor uns steht, öffnet sie die Hände und wirft jubelnd kleingeschnittene Streifen aus Alufolie hoch in die Luft.

»Seht ihr? Ich kann es regnen lassen!«

Ich schaue nach oben und stelle mir vor, ich sei noch mal fünf Jahre alt. Bei Säuglingen öffnen sich die Tränenkanäle erst vier bis sechs Wochen nach der Geburt. Weinen hat keine konkrete physiologische Funktion, es ist nur eine Folge der Stimulation des vegetativen Nervensystems. Ich gebe mir Mühe, meine Tränen zu kontrollieren. Ich befehle mir, damit aufzuhören, und es gelingt mir tatsächlich.

Die silbernen Streifen trudeln in Zeitlupe herab, und mit ihnen geht auf ganz Barcelona ein reinigender Regen nieder, auch auf den Cementiri del Sud-Oest am Montjuïc mit seinen unzähligen Grabnischen. Eine davon, mit einer verwitterten Marmorplatte hinter einem Strauß fröhlicher, leuchtend gelber Blumen, die mein Vater heute sicher hingebracht hat, gehört meiner Mutter Anna. Die andere ist neu, der Zement, der sie versiegelt, kaum ausgehärtet. Bestimmt hat sie ihm eine weiße Blume gebracht, denn, Paula, ob du es willst oder nicht, ein bisschen hat Mauro auch ihr gehört.

8

Die Novembertage vergehen im Einheitsgrau, und ich finde einfach keine Ruhe. Ich arbeite viel, schlafe wenig, esse noch weniger und hänge zu viel meinen Erinnerungen nach. Ich kann nichts dagegen tun. Ich habe die Kontrolle über mich verloren.

Nach meiner Schicht im Krankenhaus gehe ich im Park von Collserola regelmäßig joggen, wo ich mich in der Hoffnung, danach bald einschlafen zu können, bis zur Erschöpfung verausgabe. Neulich habe ich den Artikel eines Professors für Psychologie gelesen, der an der Universität von Texas die Auswirkungen von Schlafentzug erforscht. Er hat darin einleuchtend dargelegt, dass Psychosen, Halluzinationen und Beeinträchtigungen grundlegender kognitiver Fähigkeiten normale Folgeerscheinungen sind, wenn ein Mensch über längere Zeit nicht ausreichend schläft. Dauerhafter Schlafentzug wird auch als Foltermethode eingesetzt und »weiße Folter« genannt, weil er keine sichtbaren körperlichen Spuren hinterlässt und daher vor Gericht nur schwer nachzuweisen ist. Mit meiner Weigerung, auf Santis Rat hin ein paar Tage frei zu nehmen, um zur Ruhe zu kommen, bin ich zu meinem eigenen Aufseher, meinem eigenen Folterknecht geworden. Strafe, Verhör, Abschreckung. Doch welches Ziel ich damit verfolge, ist nicht klar. Also jogge ich. Ich jogge und achte ganz bewusst auf meine Atmung, die Minuten, die Sekunden, die Pulsschläge. Ich renne vor mir selbst davon.

Auf meiner Laufstrecke treffe ich immer auf andere Jogger, egal, wie früh ich hinkomme. Deshalb gefällt es mir dort. Denn das Gefühl, dass in meinem Leben etwas fehlt, laugt mich zunehmend aus.

Heute Morgen bin ich in einer menschenleeren Ecke des Parks, direkt unterhalb des Fabra-Observatoriums, stehen geblieben und habe mich kurz, nach Luft ringend, gegen eine Bank gelehnt. Es roch nach feuchtem, frischem Moos, und ich schloss die Augen. Die schwache Herbstsonne wärmte mein Gesicht. Ich fühlte mich so geborgen, dass ich den Moment bewusst auskosten wollte. Zwei Vögel badeten lustig zwitschernd neben mir in einer Pfütze.

Nachdem meine Mutter krank geworden und dann binnen weniger Monate gestorben war, hatte sich mein Vater mit Leib und Seele der Ornithologie verschrieben. Wie besessen verplante er fortan jedes Wochenende für irgendeine Expedition, und ich zockelte mit dem Fernglas um den Hals und meinen zwei schlecht geflochtenen Zöpfen hinter ihm her. Ich hatte keine Wahl, es war wie eine Buße. Dann schloss sich mein Vater einer Ornithologengruppe an, die zu Forschungszwecken Beringungen vornahm. Er markierte Vögel, berechnete die Überlebensraten einzelner Arten und hielt ihre Fortpflanzungserfolge auf gelben Karteikarten fest, die er mit akribischer Besessenheit führte. Nachdem er über fünfhundert Vögel von fünfzig verschiedenen Arten beringt hatte, verliehen ihm seine neuen Freunde den Titel »Beringungsexperte«. Still beobachtete ich ihn in all den Jahren bei seinem Hobby und wünschte mir, er würde mich nur ein einziges Mal mit solchem Feingefühl berühren wie seine Vögel und auch meinen Knöchel mit einem nummerierten Metallring versehen, damit ich die Chance hätte, ihm etwas über mein Alter und meine große Sehnsucht mitzuteilen, wie ein Zugvogel zurück an den Ort zu fliegen, an dem wir vor nicht allzu langer Zeit noch zu dritt waren.

Er schenkte mir Poster von Vögeln, die ich noch nicht kannte. Als ich älter wurde, füllten sich die Zimmerwände meiner Schulfreundinnen mit angesagten Popmusikern, während bei mir ein Poster mit in Katalonien nistenden Schwalben und Mauerseglern hing, ein zweites, das unter der Überschrift »Amazon parrots« fünf Reihen mit Papageien in verschiedenen Grüntönen zeigte, und eines in Braun- und Ockertönen mit sämtlichen Greifvögeln der Iberischen Halbinsel.

Mein Vater glaubt felsenfest daran, dass bestimmte Vögel es in Bezug auf ihre Intelligenz locker mit Primaten und sogar mit Menschen aufnehmen können. Bis heute kommt er immer wieder auf dieses Thema zurück, das ich stets zu umschiffen versuche, weil seine Vögel für mich in erster Linie die Wesen waren, die an die Stelle meiner Mutter getreten sind. Die Invasion der Vögel in unser Leben war sein Versuch, einen Staudamm aufzuschütten, um nicht von der Trauer überflutet zu werden. Sie sollten mich das erstickte Schluchzen meines Vaters vergessen lassen, der in jenen ersten Wochen nach dem Tod meiner Mutter nachts stundenlang bitterlich am Klavier, auf dem Sofa und sogar auf dem Berberteppich weinte, den sie seinerzeit begeistert bei einem Antiquitätenhändler in Südfrankreich gekauft hatte. Für meinen Vater waren die Vögel zunächst ein Staudamm und dann ein Hobby, das ihm neue Freundschaften bescherte und ihm sein Lächeln zurückbrachte. Schon als Kind lernte ich daher, seine Art der Trauerbewältigung nicht zu hinterfragen, auch wenn es mir manchmal peinlich war, wenn er neue Bekanntschaften beeindrucken wollte und mich die

Namen der Vögel aufsagen ließ. Ich begriff, dass für uns beide alles leichter zu ertragen war, wenn ich sein Spiel mitmachte. Mein Vater ist ein pragmatischer Mensch, und so dachte er wohl, wenn sich manche Vögel mit einem Gehirn, das tausendmal kleiner war als meins, bis zu zweitausend verschiedene Melodien merken konnten, dann müsse ich mit meinem doch eigentlich auch fähig sein, etwas gegen die grenzenlose Leere zu tun, die meine Mutter hinterlassen hatte. Folglich machte ich mehr Exkursionen mit als jedes andere Kind in meinem Alter und ließ ihn meine Zimmerwände mit Vogelpostern zukleistern, bis ich mit zwanzig von zu Hause auszog, ohne ihm je zu beichten, dass Vögel mir in Wahrheit eine Heidenangst einjagten. Ihre zuckenden Köpfe, die reisigdürren Krallen und ihr warmer, zitternder, gefiederter Körper in meiner Hand, wenn ich sie für ihn zum Beringen festhalten sollte, erfüllten mich jedes Mal mit Abscheu.

Dennoch habe ich tatsächlich alle ihre Namen auswendig gelernt, inklusive ihrer wissenschaftlichen Bezeichnungen. Im Laufe der Jahre habe ich die meisten allerdings wieder vergessen, waren sie als Schutzpanzer doch inzwischen unnütz geworden. An diesem Morgen war ich mir darum nicht sicher, ob die Vögel in der Pfütze im Park Girlitze oder Zeisige waren. In einer melancholischen Anwandlung und ohne groß nachzudenken, habe ich sie mit dem Handy fotografiert und das Bild meinem Vater geschickt. Keine zehn Sekunden später kam seine Antwort. »Ein Erlenzeisigmännchen. Siehst du nicht den schwarzen Kopf? Kommst du am Sonntag zum Mittagessen? Küsschen.«

Am Sonntag mit meinem Vater essen. Schon wieder. Ein tolles Sonntagsprogramm für eine Zweiundvierzigjährige! Voll plötzlicher Wut stampfe mit dem Fuß auf, um die Vögel zu verscheuchen, und reiße neben mir von einem Busch einen Zweig ab, ohne darauf zu achten, dass er Dornen hat. Prompt bohrt sich eine davon in meine Fingerkuppe. *Siehst du, Pauli? Das ist Karma. Das hast du davon, dass du so sauer geworden bist.* Ich frage mich, ob das damit gemeint ist, wenn es heißt, die Toten sprächen zu einem. *Tut's weh? Das ist ein* Rubus ulmifolius, *der hat richtig fiese Dornen, aber im August ist er voller reifer schwarzer Brombeeren. Nächstes Jahr könntest du sie ernten und Marmelade daraus kochen, was hältst du davon? Wäre das nicht was für dich?* Aber so banal kann es eigentlich nicht sein. Wenn die Toten zu einem sprechen, muss das doch dramatischer sein, die Wolken am Himmel müssen aufreißen wie auf einem Gemälde von Turner, in den Baumkronen um mich herum muss es wie verrückt rauschen und im Hintergrund muss zumindest Beethoven erklingen, oder? Das was ich da gehört zu haben glaube, ist nur meine Erinnerung, die mir einen Streich spielt und mir billige Kopien des Originals einflüstert. Das ist alles. Ich lächele resigniert.

Es dauert einen Moment, bis es mir gelingt, den Dorn aus dem Finger herauszudrücken. Von meinem Standort im unter dem Hausberg Tibidabo gelegenen Parc de Collserola schweift mein Blick danach zum blauen Streifen des Meeres am Horizont, das für mich immer eine Fluchtmöglichkeit darstellt. Mit dem metallischen Geschmack des Blutes im Mund suche ich in seinem Anblick Trost und streiche mit der anderen, eiskalten Hand geistesabwesend über mein Handy. Da sind meine Finger auf einmal schneller als der Verstand und machen sich selbstständig. Sie tippen auf das Display, bis sie die Kontakte aufgerufen haben, und scrollen durch die Namen, hoch und runter, wieder und wieder, von A bis Z, von Z bis A, bis sie schließlich doch bei Q innehalten. Quim. Wieder schaue ich in die Ferne, hinaus aufs Meer. Und dann sehe ich mich in nächster Nähe um. Ich geniere mich. Was soll ich ihm sagen? Man kann doch nicht einfach jemanden anrufen, nachdem man monatelang nichts von sich hat hören lassen, und ihn bitten, zu kommen und mit einem zu schlafen, damit man zur Ruhe kommt. Und trotzdem … irgendwie habe ich das Gefühl, dass er einfach Ja sagen würde, mir den Gefallen täte, ganz natürlich und voller Verständnis, dass er weder Fragen stellen würde noch es irgendwelche Konsequenzen hätte, es nur diese erotische Verbindung gäbe, von der ich mir erhoffe, das zu bekommen, was ich brauche, um endlich wieder schlafen zu können: das Gefühl, von einem anderen Menschen berührt zu werden, daran erinnert zu werden, dass ich existiere, und dass es jemanden gibt, der nur zu gern die Knöpfe des Korsetts der Trauer öffnet, das mir die Luft abschnürt. Ich wünsche mir sehnlichst, dass meine Wohnung mit Geräuschen angefüllt wird, dass ich mich im heißen Atem der Worte wärmen kann, die mir ein Lebender ins Ohr raunt. Meine Finger zucken, sie wollen endlich das Profil mit seinem Namen drücken, nervös zappeln sie am Rand des Displays – es ist ein Spiel mit dem Feuer.

Lass das Licht an, ich möchte dich sehen.

Es war in einem anderen, ebenso sterilen Nullachtfünfzehn-Hotel, doch er erforschte jeden Winkel meines Körpers mit derselben Lust wie zuvor in Amsterdam. Automatisch drückt mein Verstand die Erinnerung weg, löscht das Bild seiner tief in mein Fleisch gegrabenen Hände, der Wärme seiner Haut, des sanften Wimpernschlags, als er mit rhythmischen Bewegungen in mich eindrang, und unseres verschämten Lachens über das quietschende Bett. Aber meine Finger sind stärker und huschen triumphierend zurück zu seinem kurzen, kraftvollen Namen. Quim. Die kleine Wunde, wo der Dorn die Fingerkuppe verletzt hat, brennt, als ich seinen Namen drücke, diesen Namen mit einem *i*, der genauso sticht wie vorhin der Brombeerdorn, als ich ihn laut ausspreche. Ein kurzer Name, wie gemacht für einen kurzen Flirt. Erwartungsvoll presse ich das Telefon ans Ohr. Es klingelt einmal, zweimal, mein Herz klopft so laut, dass mein T-Shirt bebt, dreimal. Die Mailbox springt an, und ich lege auf.

»Fahr zur Hölle!«

Wutentbrannt bücke ich mich zum Boden und schleudere eine Handvoll Sand ins Leere, verfluche den bescheuerten Einfall, ihn anzurufen. Vergiss ihn, Paula, ein für alle Mal.

Doch wenn das nur so einfach wäre. Man müsste im selben Moment vergessen können, in dem man es sich vornimmt. Es müsste auf der Stelle funktionieren. Denn sonst wird das Erinnern zu einer Erniedrigung. Oder zu einem Akt des Widerstands. Ich will ihn nicht vergessen. Ich habe keine Lust mehr, noch länger in Trauer zu versinken, mir die Haare zu raufen, Vasen zu zerschmettern oder mich unter meine Decke zu verkriechen, ich will von einem Mann, der nicht mein Vater ist, zum Essen eingeladen werden, wieder leben wie früher und mir mit einem Hauch von Koketterie eine aufregende Nacht gönnen. Das ist es, was ich will, nur das, so widersprüchlich es auch klingt: Ich muss einen Schritt nach vorn machen, um wiederzufinden, was ich verloren habe.

Ich warte den ganzen restlichen Tag auf das Klingeln des Telefons und lege mir alles Mögliche dafür zurecht, dass er nichts von sich hören lässt, von vollkommen harmlosen Gründen –

eine neue Nummer, ein kaputtes Handy, kein Empfang – bis zu hochdramatischen – dass er nichts mehr von mir wissen will, dass ihm etwas Schlimmes zugestoßen ist und er nicht telefonieren kann, dass er tot ist, so wie Mauro. Es könnte doch sein, oder? Ich atme tief durch, richte mich auf und werfe mir vor, neuerdings aus jeder Mücke einen Elefanten zu machen. Es ist alles noch wie gehabt, die Wolken, das Meer, die Schlaflosigkeit, meine Toten. Es ist niemand sonst gestorben, Paula. Resolut suche ich meine Joggingschuhe und gehe noch mal laufen.

Zum Abendessen gönne ich mir eine Tütensuppe, ein Glas Wein und einen Apfel. Eine ungesunde Kombination. Ich sollte mehr und besser essen, nicht diese schrecklichen Instantsuppen, aber mir ist kalt, und ich kann tun und lassen, was ich will, ich bin eine alleinstehende Frau, die nach der Arbeit heim in eine leere Wohnung kommt. Ich muss kein gutes Vorbild für meine Kinder sein oder dafür sorgen, leckere Mahlzeiten zum Auftakt eines gemütlichen Abends zu servieren. Es steht mir frei, zu einer mürrischen Einsiedlerin zu werden. Ich weiß, vielleicht ist das die falsche Einstellung, aber es ist keiner da, der sie mir ausreden könnte.

Ich trinke mein Glas aus, und nachdem ich mir noch ein paarmal Wein nachgeschenkt habe, weckt der Gedanke, Quim noch einmal anzurufen, plötzlich meine Lebensgeister. Noch zweifle ich, ob ich es wirklich tun soll, und diese Ungewissheit löst in mir ein angenehmes Kribbeln aus. Doch dann verwerfe ich den Plan sofort wieder. Er hat bestimmt gesehen, dass ich am Morgen angerufen habe, und da er sich daraufhin nicht gemeldet hat, kann das nur bedeuten, dass nichts mehr zu machen ist. Es mag paradox klingen, aber es tut gut, dass sich zu den ewiggleichen Hintergrundgeräuschen sonstiger Tage – den Fernsehnachrichten und den Schritten der Nachbarn im Treppenhaus – heute die bange Frage gesellt, ob er mich zurückruft. Ich bitte dich, Paula, du bist zweiundvierzig Jahre alt, auf so was zu hoffen ist kindisch!

Unten fällt die Haustür ins Schloss. Anscheinend ist mein Gehör in letzter Zeit schärfer geworden, sicher eine Folge des Habachtzustands, in den ich verfalle, sobald ich einen Fuß in die Wohnung gesetzt habe, die jetzt mir allein gehört. Ich gieße mir noch einen Schluck Wein nach und linse zum x-ten Mal auf das Display des Handys, während ich im Treppenhaus Thomas höre, mit Begleitung. Es ist sie. Ich erkenne das Klappern ihrer hohen Absätze. Schlüssel klirren, sie unterhalten sich auf Englisch und lachen, eine Sprache, in der es keine Barrieren gibt. Thomas hat sie mir vor ein paar Tagen unten bei den Briefkästen vorgestellt. Eine ganzjährig sonnenbankgebräunte Blondine in einer schwarzen Lederhose. Sie ist um einiges älter als Thomas, bestimmt an die fünfzig, und hat sicher eine Stange Geld dafür hingelegt, dass sie sich so gut gehalten hat. Es umhüllt sie der süße Duft einer Frau, die einen Mann zu ködern versteht, aber der verletzliche Blick in dem hübschen Gesicht sprengt alle Klischees. Ich höre, wie Thomas' Wohnungstür aufgeht, und beim nächsten Geräusch will mir das Herz zerspringen. Ein spontaner Kuss. Der Hall im Treppenhaus trägt die Geräusche der sich immer wieder aufeinanderpressenden und sich lösenden Lippen zu mir. Wie ich das vermisse. Ich fühle mich leer und sehne mich so sehr nach diesem Balztanz, dass ich meine aufkeimende Wut hinunterschlucken muss. Ohne zu wissen, wie es kommt, stehe ich auf einmal mit dem Weinglas in der Hand in der dunklen Diele und presse das Ohr an die Tür. Die weiße Folter. Sie hinterlässt keine körperlich sichtbaren

Spuren, aber der Verstand geht auf Tauchstation, und das Herz rast. Und das alles wegen eines Kusses. Ich brauche Schlaf. Ich brauche diesen verdammten Kuss.

Quim wird nicht anrufen. Apathisch betrachte ich mich beim Abschminken im Spiegel. Ich bin bleich, von einer fahlen Blässe, die an die samtweichen, mit feinen Falten durchzogenen Gesichter in Klausur lebender Nonnen erinnert. Kommt das nur mir so vor oder sehe ich für meine Bekannten auch so aus? Ob es wohl wissenschaftliche Studien gibt, die belegen, dass die Summe aus einem Mangel an Sex, Schlaf und menschlicher Zuwendung plus einem Überschuss an Traurigkeit die Haut aschfahl werden lässt?

Vielleicht finde ich ja einen Artikel darüber.

Das Strahlen aus meinem Gesicht ist verschwunden.

Meine Augen sind nur noch kleine Schlitze.

Ob meine Medizinerfreunde wohl schon über den Mangel an Progesteron, Endorphinen und Kollagen munkeln?

Morgen früh laufe ich einen Kilometer mehr als bisher.

Verlieren ältere Frauen und Männer ihren Partner, treten sie in eine Phase des Lebens ein, in der die Trauer sie wie ein schützender Mantel umgibt. Niemand käme auf die Idee, sich über ihr auf Eis gelegtes Sexleben oder ihre rostenden Liebeskünste noch irgendwelche Gedanken zu machen. Jüngere Frauen und Männer hingegen, die plötzlich allein dastehen, fallen aus Zeit und Raum und gelten als Sonderlinge, die eingehend beobachtet und mit Mitleid verbrämten Fragen bombardiert werden müssen. Sie haben sich gefälligst zu berappeln: Jung und fruchtbar, wie sie sind, muss es für sie doch noch jemanden geben, der das gewisse Kribbeln im Bauch und die Lust wieder weckt! Auf dieses Drängen eine Antwort zu finden, fällt den jungen Frauen und Männern nicht leicht, ein Handbuch mit einem Kapitel über den Tod in der Blüte des Lebens muss erst noch geschrieben werden. Und so schweigen sie. Denn ihrem Gegenüber können sie ohnehin nicht begreiflich machen, dass ihnen mit dem toten Partner auch ein Teil der eigenen Lebensgeschichte geraubt worden ist.

Ich gehe zu Bett, ohne müde zu sein, und nehme wieder den Roman zur Hand, in dem eine ältere Witwe einem ebenfalls verwitweten Nachbarn vorschlägt, die Nächte miteinander zu verbringen, um nicht allein zu sein und mit dem anderen vor dem Einschlafen noch ein Weilchen reden zu können. Nur, um die Wärme eines anderen Menschen unter der Decke zu spüren, mehr nicht. Ich habe noch keinen halben Absatz gelesen, als ich in der Wohnung über mir eindeutige Geräusche vernehme. Vor ein paar Wochen hat es angefangen. Ich höre die sonnenbankgebräunte Blondine mit dem freundlichen Blick auf Englisch stöhnen. Je nach Sprache klingt lustvolles Stöhnen unterschiedlich, es sind keine unartikulierten Laute, Lustschreie drücken sinnlichen Genuss in der Sprache desjenigen aus, der sie ausstößt. Schon bald ertappe ich mich dabei, wie ich den Geräuschen aus der Wohnung über mir mehr Aufmerksamkeit schenke, als es der Anstand erlaubt. Ich klappe das Buch zu. Zwischen meinen Beinen kribbelt es, die Sexspiele im Stockwerk über mir bringen etwas in mir zum Vibrieren. Ich schlage meine Lektüre wieder auf, versuche mich darauf zu konzentrieren, doch dann höre ich Thomas' ekstatisches Keuchen. Vor lauter Neid würde ich am liebsten anfangen zu heulen, wie ein kleines Mädchen, das partout etwas will, was es nicht haben kann. Ich will leben, mich wieder spüren, mich häuten wie eine Schlange und die vertrocknete Hülle der Trauer hinter mir lassen. Auf dass ein Junge die verdorrte Haut findet, sie mit einem Zweig vom Boden aufhebt und der davonkriechenden Schlange mit ihrer glänzenden neuen Haut und ihrer unbändigen Lebenslust bewundernd nachschaut. Schließlich werde ich doch müde, das Buch kippt mir aufs Gesicht, und ich schlafe mit einem letzten Gedanken ein. Es ist, als ob Mauro neben mir sagte: »Was du da liest, ist der letzte Schund, Paula. Versuch's endlich mal mit den Russen.«

In den gewöhnlichen Träumen verarbeiten wir lediglich die Geschehnisse des Tages. In den besonderen hingegen ist es wie in einem Zirkus, in dem der Vorhang hochgezogen und der Blick auf eine Manege mit ihrer Welt aus Magie und Illusion freigegeben wird. Thomas' Finger spielen mit meinen Brustwarzen, wie ein Dieb, der ungeduldig die Kombination eines Safes herausfinden will. Ich höre ein Telefon klingeln, bin aber zu faul, mich aus der Wärme dieses Traums zu lösen. Ich mag es, Thomas' Hand auf meiner Haut zu spüren. *It's fine, go on.* Das Telefon klingelt weiter am Ende eines Flurs, der so lang ist wie mein Traum seltsam. Ich fahre aus dem Schlaf hoch, verärgert über mich selbst und rot vor Scham, meinen Nachbarn in diese erregende Fantasie verwickelt zu haben. Es ist vier Uhr früh. Eine Haltestelle, an die mich die U-Bahn auf ihrer nächtlichen Fahrt in den letzten Monaten schon oft geführt hat. Ich steige jedes Mal aus, ich kenne die Haltestelle inzwischen gut, und sie kennt mich. Zum Bersten volle Papierkörbe, vom schmutzigen Boden aufsteigender Ammoniakgeruch. Ich hole tief Luft und offenbare der dunklen Station meine Ängste. Manchmal bleibe ich, um zu sehen, wer es länger mit geschlossenen Augen aushält, andere Male, um dem Reiben meiner Wimpern auf dem Kissenbezug oder dem Sekundenzeiger des Weckers zuzuhören. Sehr oft verliere ich dabei dann die Kontrolle. Obwohl ich weiß, dass ich meine Arme bei mir behalten muss, fasse ich nach links und spüre die leere Matratze.

Ich stehe auf, gehe ins Bad, um mir das Gesicht mit kaltem Wasser zu waschen. Mit trockenem Mund und leichten Kopfschmerzen lege ich mich zurück ins Bett, da setzt urplötzlich mein Herz aus. Das Telefon aus meinem Traum hat einen realen Namen. Er steht auf dem Display meines Handys. Ein verpasster Anruf. Quim.

Vier Uhr und sechs Minuten. Eine komische Uhrzeit, um jemanden anzurufen, aber ich darf nicht noch mehr Anschlüsse verpassen und Züge davonfahren lassen, also hole ich tief Luft und lasse sie langsam und konzentriert wieder ausströmen wie jemand, der sich auf einen Bungeesprung vorbereitet. Ich sortiere meine Gedanken, hole noch einmal Luft und tippe auf seinen Namen. Bitte, bitte geh ran. Und mein Flehen wird erhört.

»Paula?«

»Hallo, Quim. Entschuldige die späte Störung. Du hast eben bei mir angerufen?«

Bei den ersten Worten klingt meine Stimme heiser und schüchterner als nötig. Ich räuspere mich und schließe die Augen, wie es fromme Mütterlein tun, die zur Buße ein Vaterunser und zwei Ave-Marias beten. Wir tauschen ein paar Belanglosigkeiten über verpasste Anrufe und die Uhrzeit aus, die keinen interessieren. Wen kümmern objektive Fakten, wenn gleich ein Meteorit auf der Erde einschlägt?

»Ist alles in Ordnung, Paula?«

Mein Ja kommt so schnell, dass er es kaum wahrnehmen kann.

»Ich wollte dich bloß fragen, ob du meinst, wir könnten uns mal wieder treffen. Deshalb habe ich angerufen.«

Es will mir nicht gelingen, souverän zu klingen. Jetzt, da ich mit verschreckter Stimme ausspreche, was mich seit Tagen umtreibt, komme ich mir so lächerlich vor, dass ich das Gefühl habe, mich entschuldigen zu müssen.

»Tut mir leid, ich schlafe noch halb.«

Ich stoße ein leises, gequältes Lachen hervor.

»Paula, ist wirklich alles in Ordnung?«

»Ja, ja …«

» … «

»Quim, hör zu, ich glaube, ich muss mich bei dir entschuldigen.«

Es entsteht eine unbehagliche Stille. Am anderen Ende der Leitung ist nur sein Atem zu hören. Ich kann ihm nicht die Wahrheit sagen. Die Macht eines so großen Wortes wie *Tod* ist nicht zu unterschätzen.

»Es ist lange her, Paula …«

Es klingt nicht vorwurfsvoll, aber er spricht nicht weiter, um mir Raum für eine Erklärung zu geben.

»Das stimmt. Verzeih mir. Ich weiß nicht, was ich sagen soll.«

»Ich hatte Angst, dir wäre etwas zugestoßen.«

Vor Schreck schlage ich mir die Hand vor den Mund und muss erst mal tief einatmen, bevor ich mich zu sagen traue:

»Ich würde dich gern sehen. Was meinst du?«

Er seufzt.

»Und danach verschwindest du einfach wieder?«

Diesmal bin ich diejenige, die schweigt. Darüber habe ich mir keine Gedanken gemacht, weiter als bis zum Verlangen nach seinem Körper bin ich nicht gekommen. Mir wird schlagartig klar, wie oberflächlich und egoistisch ich seit Mauros Tod handle.

»Das sollte ein Scherz sein, Paula«, sagt er nun, selbstsicher wie immer. »Und es geht dir ganz bestimmt gut?«

»Ich habe vor der nächsten Nachtschicht ein paar freie Abende. Wann würde es dir passen?«

»Tja, ich bin zurzeit in Boston. Ich habe zwar noch kein Ticket, aber eigentlich will ich Silvester zurück sein. Ich rufe dich an, sobald ich wieder in Katalonien bin. Okay?«

Boston. Während ich seit Monaten um mich selbst kreise, ist das Leben bei ihm weitergegangen. Mir liegt die Frage auf der Zunge, was zur Hölle er in Boston macht. Ob er da eines seiner Ökohäuser baut. Oder ob es jemanden gibt, der in der verschneiten Stadt in einem kleinen Apartment auf ihn wartet und ihm spätabends, wenn er mit Sägespänen im Haar nach Hause kommt, vom Sofa aus entgegenruft: *»Darling, there is some chicken in the fridge!«* Aber ich will den Bogen nicht überspannen.

»Okay.«

»Also dann, bis bald.«

»Quim?«, rufe ich überstürzt in mein Handy.

»Ja?«

»Danke.«

Es dauert einen Tick zu lange, bis er antwortet.

»Ich danke *dir,* dass du angerufen hast.«

Boston. Ich lege mich hin und starre nach oben, jedes Wort sezierend, als wäre unsere Unterhaltung an die Decke projiziert.

Das Gespräch war unbeholfen und kurz – aber immerhin, ich habe mit Quim telefoniert. Verblüfft stelle ich fest, dass sich meine Gesichtszüge entspannen und ich auf einmal laut lache. Ein altes Gefühl ist erwacht und flüstert mir zu, dass ich einen ersten Schritt gemacht, den Anfang des Pfades aus meinem Kaninchenbau gefunden habe. Meine weitere Selbstzerstörung wird erst mal verschoben. Zumindest bis Silvester.

Da, plötzlich, zupft mich der Schatten jedoch am Pyjamaärmel. *Wo soll dieses Glück hinführen?*, herrscht er mich an.

Lass mich in Ruhe!, fauche ich zurück.

Und zu meiner Überraschung verstummt er für diese Nacht.

Wir lagen im Bett, zwischen uns das eingeschaltete Handy. Mit der Brille auf der Nasenspitze hast du konzentriert ein Buchmanuskript gelesen. Du trugst einen frisch duftenden Pyjama, und ich hatte meine Füße um deine geschlungen. Oben am Himmel stand der zunehmende Mond im ersten Viertel, und auf der Terrasse war die automatische Bewässerung auf halb zwölf programmiert. Die Wecker waren gestellt – meiner auf zwanzig nach sechs, deiner fünf Minuten später –, damit wir am nächsten Morgen pünktlich aus dem Bett springen würden. In der wenigen gemeinsamen Zeit, die unsere aufzehrenden Jobs uns ließen, herrschte zwischen uns die innige, angenehm berechenbare Vertrautheit eines Paares ohne Kinder. Wir hatten uns an die Stille, die saubere, ordentliche Wohnung, unseren Lieblingsvietnamesen im Eixample-Viertel und den Japaner in Gràcia gewöhnt, uns in unserem pragmatischen Leben und der individualistischen, wenn nicht gar egoistischen Geisteshaltung eingerichtet, dass uns das alles vollauf genüge. Regelmäßig, wie der Monsun, den man fürchtet und dennoch erwartet, brachen allerdings auch hitzige Streitgespräche über uns herein: Dein sehnlicher Wunsch, Vater zu werden, war mit meinem vagen, unterentwickelten Mutterinstinkt gänzlich unvereinbar. Höhere Säugetiere, die wir waren, wussten wir jedoch unsere Kommunikationsfähigkeit zu nutzen, die einer Beziehung ja auch solche Vorteile wie Nahrung, Ruhe, Sicherheit und Gesellschaft brachte. Das ist bei allen Paaren so, Mauro. Wie alle anderen lernten wir, als wir zusammenkamen, auf allen Ebenen zu kommunizieren, die Chemie stimmte, und auch die Sprache unserer Körper, wir sahen und fassten uns sehr gerne an. Mit den Jahren suchten wir dann allerdings immer weniger Blickkontakt, wenn wir einander etwas erzählten, und berührten uns auch nicht mehr ständig, wenn wir bei Tisch um den Ölspender baten oder den anderen beim Schuhebinden stützten. Mir reichte das Minimum an Zärtlichkeit aus, in meinen Augen war mehr auch nicht nötig, um unsere Beziehung in Gang zu halten. Ich kannte ja auch keine andere Art zu lieben. Aber wir haben uns geliebt. Und ich habe dich auch in jener Nacht geliebt, als ich dir mit einem Ruck das Manuskript aus der Hand riss.

»Das musst du sehen, Mauro, das ist genial!«

Du warst ganz schön sauer. Meinetwegen hattest du den Faden verloren, aber ich brachte dich gut gelaunt zum Schweigen.

In dem Video, das in sämtlichen sozialen Medien kursierte, zeigte Chris Hadfield, Kommandant an Bord der Raumstation ISS, dass Tränen im All nicht nach unten fallen. Die fehlende Schwerkraft führt dazu, dass sich die Flüssigkeit am Augenrand sammelt und von dort in einem großen Tropfen zum Beispiel über den Nasenrücken balancieren kann.

Über mein Laptop gebeugt schauten wir uns gemeinsam an, wie der Astronaut das Wasser von einem Auge zum anderen kullern ließ, und zappten danach zum nächsten Video, in dem Hadfield seine Version von David Bowies ›Space Oddity‹ zum Besten gab. Er schwebte in der ISS und ließ in der Schwerelosigkeit seine Gitarre kreisen, während hinter ihm im All die Erde zu sehen war, umhüllt von der Atmosphäre und mit unzähligen

Lichtpunkten, die der Weite der Kontinente eine gewisse Wärme verliehen. Mit den Fingern hast du im Takt der Musik auf mein Laptop geklopft. Du warst ein Fan von Bowie.

»Unglaublich!«

»Ich wusste, dass es dir gefällt«, antwortete ich fröhlich.

»Es ist unglaublich, dass wir hier unten Tag für Tag wie eine Herde von Schafen zur Arbeit trotten und es das höchste der Gefühle ist, wenn wir für ein paar kümmerliche Wochen im Sommer in einem überfüllten Touristenort Urlaub machen können, während diese Glückspilze da oben durchs All schweben und eine völlig andere Perspektive aufs Leben haben. Sie wenigstens bekommen eine Ahnung davon, was das Weltall ist.«

Wäre ich an diesem Punkt aufmerksamer gewesen, Mauro, hätte ich beleidigt erwidern können, dass ich das schwarze Schaf war, das dir inmitten deiner gleichförmigen Herde ein bisschen Zerstreuung bot und Zuneigung schenkte. Ich hätte sagen können, dass es uns doch nicht schlecht ging, zumindest empfand ich das damals so, du etwa nicht mehr? Ich hätte dir versprechen können, die eine oder andere Schicht zu tauschen, um mehr Zeit für uns zu haben und nicht nur bei der Möglichkeitsform zu bleiben. Aber ich lachte nur über die in der ISS schwebende Gitarre und machte einen albernen Kommentar über Kommandant Hadfields Schnäuzer.

»Wenn ich noch einmal auf die Welt käme, würde ich auf keinen Fall in einem Verlag arbeiten. Ich würde Astronaut.« Mit einem überzeugten Nicken nahmst du die Brille ab und sahst mich an. »Im Ernst, Paula. Ich würde Astronaut.«

Noch einmal auf die Welt kommen. Du musstest sterben, um in dieser Erinnerung noch einmal geboren zu werden. *Astro-*

naut leitet sich vom griechischen *ástron,* »Stern«, und *nautes,* »Seefahrer«, ab. Bist du jetzt irgendwas in der Art? Wo bist du jetzt? Ja, du musst jetzt Astronaut sein, es geht gar nicht anders. Du warst ein guter Mensch, Mauro, und darum hat dir jemand einfach deinen letzten Wunsch erfüllt. »Komm zurück«, bitte ich dich manchmal, »komm zurück, meinetwegen auch zu ihr, wenn es nicht anders geht.« Nur: Mein Flehen ist sinnlos, Mauro. Und am Ende bleibt nur die entsetzliche Leere.

9

»Guten Morgen, Santi. Ich habe dir ein Croissant mitgebracht. Aus deiner Lieblingsbäckerei. Und als Krönung dazu: einen Thermobecher Kaffee von zu Hause.«

Santi und ich teilen schon seit Jahren unsere Leidenschaft für Kaffee. Genauer gesagt, seit meiner ersten Nachtschicht in der Neonatologie. Die Erschöpfung in seinem Gesicht stand damals in krassem Gegensatz zu meiner Überdrehtheit dieser ersten Nacht. Ungeduldig hatte ich hinter diesem Hünen vor dem Kaffeeautomaten gewartet, während sich das flüchtige Röstaroma im Stationszimmer ausbreitete.

Ich hatte mich zusammenreißen müssen, um ihn nicht noch weiter mit tausend Fragen zu bedrängen, da ich ihn schon die ganze Nacht gelöchert hatte. Sehnsüchtig fieberte ich dem Moment entgegen, in dem wir wegen eines Herzstillstands, einer Reanimation im Kreißsaal oder was auch immer von unseren Stühlen aufspringen müssten. Ich musste einfach endlich das Gefühl haben, gebraucht zu werden. Es war Santi, der mit einem Smalltalk über Kaffee das Eis zwischen uns brach.

»Wusstest du, dass Koffein nicht nur wachhält, sondern auch gut fürs Gedächtnis ist?«, sagte er, während er auf den Knopf für schwarzen Kaffee drückte.

»Ja, Koffein stimuliert das Erinnerungsvermögen und schützt vor dem Vergessen. Und außerdem verbessert es das Reaktionsvermögen. Und um eine Aufgabe konzentriert auszuführen, braucht es weniger Hirnaktivität. Schon bei einer Dosis von fünfundsiebzig Milligramm kommt es zu signifikanten Verbesserungen«, spulte ich mein Wissen ab.

Verwundert wandte er sich zu mir um und schaute mich an, als käme ich von einem anderen Stern. Ich zuckte mit den Schultern. Mir lag auf der Zunge, ihm auch noch zu erzählen, wie brillant ich es fand, dass Frühgeborenen zur Behandlung eines primären Atemstillstands intravenös Coffeincitrat verabreicht werden konnte, damit die Kleinen das Atmen nicht vergaßen, aber ich wollte nicht schon bei unserem ersten Gespräch außerhalb der Frühchenstation durchblicken lassen, wie verschroben ich manchmal war.

Sein Kaffee war fertig. Mit spitzen Fingern fasste er den heißen Becher am Rand, um sich nicht zu verbrennen, stellte sich neben mich und prostete mir damit zu.

»Auf deine erste Nachtschicht. Möge sie immer so ruhig sein wie heute. Und auf den Kaffee beziehungsweise die Plörre, die diese blöde Maschine ausspuckt.«

Statt einer Antwort lächelte ich nur. Ich konnte ihm ja schlecht sagen, dass Ruhe gewiss nicht das war, was ich mir für die Zukunft erhoffte. Ich wusste nicht, wie ich ihm erklären sollte, wie sehr ich darauf brannte, Verantwortung zu übernehmen und mein Wissen unter Beweis zu stellen, all das, was ich in den vielen Jahren meiner Ausbildung gelernt hatte. Wie hätte ich ihm denn sagen können, dass mich gerade der Adrenalinausstoß bei der Arbeit lockte und ich darum lieber auf hektische, fordernde Nachtdienste anstoßen würde?

Im Laufe der Jahre haben wir oft zusammen vor dem Kaffeeautomaten gestanden. Wenn viel los ist, baut uns die Erinnerung an jene erste Nachtschicht immer wieder auf. Und darum bringe ich, wenn ich um acht Uhr morgens komme und weiß, dass seine Schicht zu Ende ist, ihm manchmal Kaffee mit, um ihn ein bisschen damit zu verwöhnen.

In dieser Nacht hatte ich nur wenige Stunden geschlafen, aber im Vergleich zu der miserablen Schlafqualität der letzten Monate doch überdurchschnittlich gut. Beim Aufstehen war ich voller Tatendrang gewesen und wollte gerne daran glauben, dass es nun endlich vorwärtsging. Die Aussicht auf Quims Anruf nahm ich als vielversprechendes Zeichen, dass sich die Dinge bald ändern würden.

Energiegeladen traf ich im Krankenhaus ein, zog mich blitzschnell um und holte den Kaffee und das Croissant aus meiner Tasche. Als ich mit meinem »Guten Morgen, Santi. Ich habe dir ein Croissant mitgebracht …« in den Konferenzraum rauschte, sah mir Santi schon entgegen. Neben ihm stand ein junger Mann, der keinen weißen Kittel, sondern nur ein Besucherschild der Klinik trug.

»Guten Morgen, Frau Doktor Cid. Komm, ich möchte dir Eric vorstellen.«

Frau Doktor Cid bin ich nur, wenn irgendwas nicht rundläuft, sonst nennt er mich Paula.

Besagter Eric schüttelte meine Hand und hielt sie fest, während Santi mich daran erinnerte, dass er der Osteopath war, der in Absprache mit der Universität bei uns eine Studie über die Rolle des Tastsinns bei der osteopathischen Manualtherapie von Frühgeburten durchführen sollte.

»In den nächsten anderthalb Jahren wird Eric immer mal wieder herkommen.«

Ich rang mir ein Lächeln ab. Santi hatte mir zwar von der

Studie erzählt, aber ich war davon ausgegangen, dass die Ethikkommission kein grünes Licht geben würde. Ich hielt es nicht für richtig, Externe in unserem Krankenhaus arbeiten zu lassen. Und es ging mir auch gegen den Strich, dass Santi mit keinem Wort erwähnt hatte, dass die Studie schon längst genehmigt war. Und jetzt stand dieser junge Osteopath vor mir, etwas zu breitbeinig und mit einem Oberkörper, mit dem er problemlos an einem Wettkampf im Gewichtheben hätte teilnehmen können. Er war nervös. Seine Hände schwitzten. Wie zum Teufel sollte er so meine Frühgeborenen behandeln?

Ich weiß, ich darf Menschen nicht vorschnell verurteilen. Ich darf auch nicht einfach die Papiertüte mit dem Croissant auf den Boden werfen und darauf herumtrampeln. Aber für einen kurzen Moment dachte ich ernsthaft darüber nach.

»Eric hat mir gerade erzählt, dass er in seiner Forschungsstudie nicht nur organische und somatische Aspekte berücksichtigen möchte, sondern auch den Bereich der Emotionen und Beziehungen. Stimmt's, Eric?«

»Ja, genau … Ich glaube, dass es interessant und hilfreich wäre, wenn wir zeigen könnten, dass Berührungen nicht nur bei der Diagnostik und osteopathischen Behandlung eine zentrale Rolle spielen, sondern auch bei der Entwicklung der Beziehung zwischen dem Arzt beziehungsweise Pfleger und dem kleinen Patienten.«

Erwartungsvoll schauten die beiden mich an.

Ernsthaft, eine Studie? Das, was der junge Mann gerade so nachdrücklich vorgetragen hatte, war doch so dermaßen logisch, dass es geradezu lächerlich war, dafür eigens eine Studie durchzuführen. Ohne ein Wort zu sagen, verschränkte ich die Arme vor der Brust.

»Wie ich dir neulich schon sagte, Paula, wollen wir uns bei der Studie auf Kinder konzentrieren, die noch eine ganze Weile bei uns auf der Intensivstation bleiben müssen. Eric hat sich die Krankenakten genau angesehen und hält Ivet und Mahavir für interessante Fälle. Wir haben den Eltern der beiden das Projekt erläutert, und sie sind einverstanden.«

»Entschuldigst du uns bitte einen Moment, Eric?«

Am Ellenbogen zog ich Santi in die hinterste Ecke des Raums, wo die Computer standen, baute mich vor ihm auf und sah ihn wütend an. Leise stieß Santi zwischen den Zähnen hervor, ich solle kein Drama machen, wir hätten über das Thema bereits gesprochen und jegliche Art von Forschung würde von der Klinikleitung hochwillkommen geheißen.

»Mahavir …«

Ich sprach nicht weiter. Ich konnte ja schlecht sagen, dass keiner außer mir den Jungen anfassen durfte. Santi würde bei solch einem kindischen Verhalten zu Recht aus der Haut fahren.

Energisch schob mich mein Chef zurück zu dem jungen Mann, der sich durch die Unterbrechung nicht hatte aus der Ruhe bringen lassen.

»Also, Frau Doktor«, sagte Santi reserviert, »kannst du nach der Schichtübergabe bitte einen Kittel für Eric organisieren? Er fängt gleich heute an.«

In dem Moment betraten Vanesa und Marta fröhlich plaudernd den Raum. Als sie den Osteopathen erblickten, verstummten die beiden schlagartig. Dass Marta auf ihn stehen würde, war zu erwarten gewesen. Sie verschlang ihn regelrecht mit ihren Blicken. Ich verdrehte die Augen. Als wären Santi und ich überhaupt nicht da, stellten die beiden Assistenzärztinnen sich dann gleich selbst vor, und Eric quittierte die eitle Koketterie mit einem verführerischen Lächeln. Zu allem Überfluss kam dann noch heraus, dass der Osteopath und Vanesa viele Jahre lang im Sommer auf demselben Campingplatz gezeltet hatten, wie klein doch die Welt war. Von da an drehte sich das Gespräch nur noch um sie. Wortlos drückte ich Santi die Croissant-Tüte und den Thermobecher Kaffee in die Hand.

»Ach, Paula. Jetzt hab dich nicht so.«

Und damit brachte er das Fass zum Überlaufen.

»Ich soll mich nicht so haben?! Was ist daran zickig, dass ich hier auf der Intensivstation keine fremden Leute haben will, die unsere Kinder befingern? Hast du dir mal überlegt, welchen Stress es für die Kleinen bedeutet, wenn ein Fremder sie berührt?«

»Das psychologische Team begrüßt seinen Ansatz und will bei der Studie mitarbeiten. Du solltest dich etwas flexibler zeigen, Paula.«

»Das psychologische Team? Und was sagen die aus der Reha dazu?«

»Ich glaube, es ist nicht der richtige Zeitpunkt, um darüber zu streiten. Du bist Profi, Paula, aber du überschreitest die rote Linie.«

»Welche Linie meinst du, Santi?«

Im selben Augenblick musste der Osteopath irgendetwas Lustiges gesagt haben, denn Marta brach in schallendes Gelächter aus.

»Ich versuche dir schon seit einer geraumen Weile zu vermitteln, dass du dich nicht so in die Arbeit verbeißen sollst, Paula. Du solltest dir Zeit nehmen, um über das, was passiert ist, nachzudenken. Es bringt dich nicht weiter, wenn du mehr Schichten übernimmst als die beiden Assistenzärztinnen zusammen.«

»Santi, deine väterlichen Sprüche kann ich bald nicht mehr hören«, wehrte ich mich aufgebracht. »Es geht mir gut, ist das jetzt ein für alle Mal klar? Und außerdem, was soll das jetzt?«

Ein paar Sekunden lang sagte er nichts. Zwischen den breiten Lamellen der Rollos fiel das Licht der soeben aufgehenden Dezembersonne direkt in seine Augen. Geblendet schirmte er sie mit der Hand ab und sagte dann:

»Das Krankenhaus ist nicht dein Zuhause, Paula. Und es sind nicht deine Kinder.«

Ich schluckte. Mein Blick fiel auf Santis Schuhe. Mein Vater hatte die gleichen. Bequeme Altherrenschuhe ohne jeden ästhetischen Schick, mit dicken, dämpfenden Gummisohlen, die sich perfekt jeder Bewegung der Füße anpassen. Wer solche Schuhe trägt, weiß, was er tut, der denkt praktisch und lässt sich nicht von Gefühlen hinreißen.

Eingehüllt in das Echo seiner letzten Sätze stand ich reglos da, während Santi auf die jungen Ärztinnen zuging und sie mitsamt dem Pflegepersonal an den runden Tisch bat.

»Nun aber los, meine Damen, ich will nach Hause. Lasst uns die Übergabe machen.«

Der Osteopath blieb unschlüssig in seiner Ecke stehen, während Santi uns über die Nachtschicht informierte. Ich beteiligte mich lebhaft an der Diskussion und tat so, als hätte mir die unverblümte Offenheit meines Mentors, der mich mein ganzes Berufsleben hindurch begleitet hatte, nichts ausgemacht, ja, ich rang mir sogar ein Lächeln ab, als er den beiden Assistenzärztinnen einen Schluck von dem Kaffee anbot, den ich ihm mitgebracht hatte, und scherzte, sie hätten während ihrer Zeit bei uns hoffentlich gelernt, die Mitglieder ihres künftigen Teams mindestens so gut zu umsorgen, wie ich es tat. Es gibt Menschen, die in ihrem Job eine Koryphäe, aber im Sich-Entschuldigen eine absolute Niete sind.

Das Krankenhaus ist nicht dein Zuhause, Paula. Und es sind nicht deine Kinder. Ich wollte nicht darüber nachdenken. Seine Worte sollten nicht mal den oberen Temporallappen passieren, wo das Wernicke-Zentrum auditive Informationen in Bedeutungseinheiten umwandelt. Nein, ich wollte seinen Worten keine Bedeutung verleihen. Das ging nicht. Und überhaupt: Was wusste er denn schon von mir?

Nachdem Santi fort war und auch die Schwestern sich verzogen hatten, rückte Marta nah an mich heran und flüsterte mir kichernd ins Ohr, ich solle mich unbedingt an den Osteopathen ranmachen, der Typ sei der Hammer. Was fanden die nur alle an ihm?

Meine Hand knallte wie ferngesteuert auf den Tisch, und ich sprang auf.

»Schluss jetzt! Hör auf, Marta, es reicht. Was glaubst du eigentlich, wo du arbeitest?! Bei der Kleinen auf der Drei ist die Diagnose noch immer nicht klar. Du gehst erst nach Hause, wenn wir wissen, was ihr fehlt. Und du, Vanesa, beeilst dich mit den Testergebnissen von Raquel. Ich brauche sie noch vor heute Mittag. Kommt endlich in die Gänge, die Zeit rast.«

Völlig perplex starrten die beiden mich an. Marta verzog beleidigt das Gesicht und eilte mit Vanesa aus dem Raum.

Mit gerunzelter Stirn packte ich meinen Notizblock und den Stift.

»Du da!«, wandte ich mich dann an den Osteopathen, der meinen Ausbruch mit großen Augen beobachtet hatte.

»Ja, Paula?«

»Für dich immer noch Doktor Cid, verstanden? Und jetzt mitkommen.«

Im Umkleideraum warf ich ihm voller Gehässigkeit einen Kittel zu, der ihm eine Größe zu klein war. Noch nie zuvor hatte ich mich so aufgeführt. War das mein neues Ich? Eine grantige, alleinstehende Frau, deren Highlights im Leben sich auf ihre Arbeit und die sonntäglichen Mittagessen mit ihrem Vater beschränken, einem ehemaligen Werbejingle-Komponisten, der sie erst nach Hause gehen lässt, wenn sie gemeinsam überlegt haben, ob er seine neueste zuckersüße Komposition mit dem Titel ›Bella‹ einen Halbton tiefer oder vielleicht sogar nach Cis-Dur transponieren soll? Eine alleinstehende Frau, die als Mittel gegen ihre Schlaflosigkeit jeden Tag ein paar Minuten länger joggt, Artikel aus Fachzeitschriften in sich hineinfrisst und ständig nach dem Handy greift, weil sie auf dem Display den Namen eines Schreiners zu finden hofft, der nicht wieder angerufen hat? Eine Frau, die ihren dreiundvierzigsten Geburtstag nicht feiern will, weil sie glaubt, keinen Grund mehr zum Feiern zu haben, die einen kalten Bilderrahmen mit dem Foto einer Johannisnachtfeier aus glücklichen Zeiten küsst und jeden Samstagabend auf die beiden Töchter ihrer besten Freundin aufpasst, damit die, jetzt, da die Mädchen größer sind, ihrer Beziehung neuen Schwung verleihen kann? Der Mann ihrer Freundin ist Banker und im Laufe der Jahre ziemlich wortkarg geworden, aber immerhin ist er noch da, er riecht nach dem Eau de Cologne, das sie und ihre Töchter ihm zu Weihnachten geschenkt haben, und beansprucht mit seiner überkorrekten

Kleidung etlichen Platz im Schrank für sich. In seiner Jugend, also vor noch gar nicht allzu langer Zeit, hatte er noch Joints geraucht und mit großer Hingabe Julio Iglesias imitiert. Doch seit er in einen Frack gesteckt worden war und Lídia das Versprechen gegeben hatte, ihr in guten wie in schlechten Tagen, in Gesundheit und Krankheit treu zu sein und sie für den Rest seines Lebens zu lieben, zu achten und zu ehren, kiffte und sang er immer weniger, und nach dem ersten Ultraschallbild schließlich gar nicht mehr. Und mit der zweiten Schwangerschaft redete er nach Tisch mit seinem Pfannkuchengesicht über Geburten und Babybrei. Und trotzdem ist er nach all den Jahren immer noch da, und trotz seiner manchmal mürrischen Miene behandelt er Lídia nicht wie Luft. Wenn er nach Hause kommt, kann sie ihm erzählen, ob es auf der Umgehungsstraße viel Verkehr gegeben hat oder ob er den Elektriker kommen lassen muss, weil die verdammte Dunstabzugshaube komisch brummt. Ihm mag zwar die Vitalität von einst fehlen, doch er wünscht ihr noch jeden Abend eine Gute Nacht und wacht jeden Morgen neben ihr auf.

Ist die mürrische Despotin also tatsächlich mein neues Ich? Tritt sie an die Stelle der stets politisch korrekten Paula und lässt unverblümt und unerbittlich dem Monster freien Lauf, das in ihrem Inneren tobt, weil jetzt alles keine Rolle mehr spielt? Wenn sie schon morgens aufstehen und sich dazu anhalten muss, zu atmen, ist es sicher besser, alle Skrupel über Bord zu werfen und von niemandem mehr etwas zu erwarten.

Ich ließ die Tür des Umkleideraums hinter uns ins Schloss fallen und hastete hektisch den Flur entlang, im Schlepptau den Osteopathen. Vor der Intensivstation blieb ich schließlich keuchend stehen.

»Ich bin, wie ich bin, und lasse mich von niemandem verbiegen, ist das klar?«

»Wie bitte?«, fragte er verdattert.

Ich drehte mich zu ihm um. Ich war so mit mir selbst beschäftigt gewesen, dass ich alles um mich herum ausgeblendet hatte. Ich durfte nicht länger nur um mich selbst kreisen, ich musste wieder darauf achten, was sonst noch in der Welt passierte. Vielleicht sollte ich zur Beruhigung etwas einnehmen, um endlich schlafen zu können ... Andererseits ... in einer schwierigen Lebenslage sollte man nicht gleich zu Medikamenten greifen. Das, woran ich litt, war einfach nur das pure Leben. Das Leben, das gerade Halt auf freier Strecke gemacht hatte. Denk dran, was du den Eltern deiner kleinen Patienten, die kaum Fortschritte machen oder schon monatelang in der Klinik sind, gebetsmühlenartig eintrichterst, Paula. Sie sollen mal wieder an den Strand fahren, im Barceloneta-Viertel essen gehen und sich die Wintersonne ins Gesicht scheinen lassen, ihre Kleinen seien schließlich in guten Händen. Ich schloss die Augen und zwang mich, mir das Meer vorzustellen.

»Doktor Cid? Ist alles in Ordnung?«

Ich spürte eine Hand auf meiner Schulter. Als ich die Augen aufschlug, stand der Osteopath mit besorgter Miene direkt vor mir. Der Kittel spannte dermaßen über seiner breiten Brust, dass er wie Superman wirkte, der jeden Moment von seiner übernatürlichen Kraft und Energie Gebrauch machen würde. Ich bekam einen Lachanfall. Sicher hielt er mich für total übergeschnappt. Und wenn ich ehrlich war, konnte ich dem nach dieser Entgleisung auch nicht mehr viel entgegenhalten.

»Entschuldige bitte mein Benehmen von vorhin.«

»Kein Problem, Doktor Cid«, erwiderte er verwirrt.

»Paula. Nenn mich einfach Paula. Du kannst mich gerne duzen. Eigentlich hatte ich gedacht, der heutige Tag fängt gut an, aber dann … Es tut mir leid.«

»Ich verstehe schon, keine Sorge.«

Ich hätte nicht übel Lust gehabt, ihm an den Kopf zu knallen, dass er gar nichts verstand, aber ich biss mir gerade noch rechtzeitig auf die Zunge.

»Willkommen auf der Frühgeborenen-Intensivstation, Eric. Wasch dir die Hände, mach den Kittel auf, damit die Knöpfe nicht gleich abplatzen, und dann stelle ich dich meinen kleinen Lieblingen vor. Nur eins noch, bevor wir reingehen …«

Er nickte erwartungsvoll.

»Von deiner Studie bin ich nicht überzeugt.«

»Aber der Oberarzt sagte doch, das Team sei einverstanden, und ich dachte …«

»Ich habe nie eingewilligt. Ich habe nichts gegen die Osteopathie, im Gegenteil. Aber ich glaube nicht, dass es das ist, was meine beiden Sorgenkinder gerade weiterbringt.«

Kurz senkte er den Kopf, doch dann schaute er mich freimütig an.

»Danke für deine Offenheit, Paula. Ich kann gut verstehen, dass es erstmal irritierend ist, wenn jemand von außerhalb die Kinder behandeln will, die ihr in- und auswendig kennt. Aber ich bin hundertprozentig von dem überzeugt, was ich ihnen Gutes tun kann. Vertrau mir.«

Vertrauen.

Vertrau ihm, Paula, vertrau darauf, dass nicht die stärksten oder intelligentesten Arten überleben, sondern die, die sich am besten an veränderte Umstände anpassen können. Lass dich auf die Veränderung ein, Paula.

Wir gaben uns die Hand. Dann öffnete ich die Tür zur Intensivstation und schob ihn hinein. Santi kann sagen, was er will. Wenn hinter mir die Tür zu meiner Abteilung ins Schloss fällt und die Geräusche der Welt nur noch gedämpft hereindringen, bin ich zu Hause.

Die Schwarze Witwe lebt zwölf Monate im Jahr allein, mit einer makabren Besonderheit: Nach der Paarung frisst sie ihren Partner auf. Dieses grausame Ritual hat ihr den Namen beschert.

Dann gibt es da noch Hanna Glawari, die Figur, die Victor León und Leo Stein für Franz Lehárs Operette ›Die Lustige Witwe‹ erfunden haben, eine junge, schöne Millionärswitwe, die aus Gründen der Staatsräson wieder heiraten soll.

Und schließlich gibt es mich. Ich bin weder eine Spinne, noch war ich mit dir verheiratet, und daher fällt niemandem ein treffender Begriff für mich ein. Ich passe nicht recht in diese Welt, in der anscheinend alles und jeder klassifiziert und archiviert werden muss.

In der Antarktis gibt es keine Spinnen. Und in der Luft oder im Meer ebenso wenig.

10

Als wir damals eine Wohnung suchten, war uns die Lage wichtiger als der Preis. Nachts sollte es schön ruhig und tagsüber alles gut erreichbar sein. Mauro sehnte sich nach einer Terrasse, ich nach viel Licht. Alle anderen Träume verfolgten wir, jeder für sich, bei der Arbeit. Wir suchten eine Wohnung zum Mieten, denn gemeinsam eine zu kaufen kam für mich zu dem Zeitpunkt nicht infrage. Es hätte mich erdrückt wie ein Eheversprechen, so als hätten wir das Aufgebot bereits bestellt, oder wie der Kauf eines Hundewelpen, für den wir, glaubt man der Statistik, rund zwölf Jahre verantwortlich wären. Mein Vater hätte es natürlich lieber gesehen, wir hätten uns eine Wohnung gekauft, so wie viele Leute aus bescheidenen Verhältnissen, die den Drang verspüren, sich Besitz zuzulegen, sobald sie finanziell einigermaßen gut dastehen. Ich war zwar seine Tochter, doch für mich galt das nicht. Für mich war eine Eigentumswohnung nie ein erstrebenswertes Ziel. Denn alles, was auf Dauerhaftigkeit angelegt ist, kann einem von jetzt auf gleich und ohne jede Vorankündigung entrissen werden. Das verhält sich so mit Müttern, Wohnungen und Hunden. Und auch mit der Liebe.

Schon immer hatte ich voller Bewunderung die Fassaden der herrschaftlichen Häuser in anderen Teilen Barcelonas bestaunt. Mein Wunsch, aus meinem Viertel herauszukommen, sollte nun Wirklichkeit werden. Ich war mir bewusst, dass ich damit den Schmelztiegel von Sant Antoni hinter mir ließ, das

Viertel meiner Kindheit, in dem sich Gerüche, Farben und Bewohner unterschiedlicher Herkunft mischten. Als Kind hatten mich die Betriebsamkeit, die verschiedenen Hautfarben der Menschen, das in seine Einzelteile zerfallende und sich immer neu zusammenfügende Stimmengewirr, das quirlige, sich im stetigen Wandel befindliche Leben rund um den Markt fasziniert, aber als Erwachsene war ich von dem anschwellenden Lärmpegel, den ständigen Baustellen und den ins Aberwitzige steigenden Wohnungspreisen nur noch genervt. In den Straßen reihten sich zunehmend die immergleichen Ketten aneinander und verdrängten schonungslos die kleinen Einzelhandelsläden, die es dort schon seit Jahrzehnten gegeben hatte. Doch vor allem bereitete mir meine Vergangenheit Unbehagen. Und ich war überzeugt, dass das wahre Leben anderswo stattfand.

Darum zog ich mit Mauro ans andere Ende der Stadt, in ein schickes Karrée in einem der höher gelegenen Viertel. Für die meisten Bewohner ist hier der Schein wichtiger als das Sein, was sich auch in ihren Häusern und Wohnungen manifestiert. Was hinter den Türen und der Maskerade eines sorgfältigen Make-ups und aufgespritzter Lippen sowie blank polierter Herrenslipper passiert, geht niemanden etwas an, das verbirgt ein beunruhigender Mantel des Schweigens. Die Leute hier sind konservativ und klammern sich an ihre trügerische wirtschaftliche Sicherheit. Dass alles auch ganz anders kommen könnte, ist für sie undenkbar, und so geistern sie wie Schlafwandler durch ihre eigene Traumwelt. Es überrascht mich immer wieder, wie viele Menschen sich hier sonntags auf dem Kirchvorplatz drängen, geschniegelte und gestriegelte junge Leute, die alle gleich aussehen, Familien, deren Sprösslinge allesamt Zahnspangen, Polohemden oder viel zu große Seidenschleifen im Haar tragen. Mich würde interessieren, welche Bitten sie jeden Sonntag an Gott herantragen, was sie zu beichten oder wofür sie zu danken haben. Nach der Messe wird dann rasch das traditionelle Grillhähnchen zum Mittagessen besorgt, und das war's dann für den Rest der Woche mit der Frömmigkeit. Im Winter, wenn in den Pyrenäen Schnee liegt, und in den Sommermonaten ist von diesen Familien jedenfalls keine Spur zu sehen, und man begegnet nur noch eleganten älteren Damen, deren gepflegte Hunde wohlgenährter sind als alle Kinder am Horn von Afrika zusammen.

Ich bin in dieses Viertel gezogen, um mich neu zu erfinden. Sant Antoni hatte mich geprägt und ich wollte diese unsichtbare Tätowierung einfach loswerden. Was das Viertel meiner Kindheit wertvoll machte, lernte ich erst schätzen, als ich fortgezogen war.

Jedenfalls hatte ich damals eine feste Stelle im Krankenhaus bekommen und sehnte mich nach einem Neuanfang. Mein Vater hatte mich dazu erzogen, im Leben vorwärtszukommen, und ich war davon überzeugt, mit dem Umzug in das neue Viertel endlich auch die fleißige Paula hinter mir zu lassen, die die Namen sämtlicher Vogelarten auswendig kannte, und mich mit meinem guten Gehalt in der Mittelschicht einrichten zu können. Und nicht zuletzt glaubte ich fest daran, auch meinen Vater damit glücklich zu machen. Eine Adresse oberhalb der Avinguda Diagonal brachte einen neuen Status mit sich, selbst wenn er nur aufgesetzt war. Und die Nachbarn im Viertel waren mir herzlich egal. Ich verspürte keine Ambitionen, so zu werden wie sie, ich wollte nur eine andere werden, nicht mehr und nicht weniger. Um mein Image aufzupolieren, habe ich meine Wurzeln verraten. Ich mochte es, durch die sauberen Straßen zu flanieren. Und ich ließ mich von der Oberflächlichkeit ihrer Anwohner blenden, die mir angenehme, wenngleich unechte Glücksgefühle bescherte. Schon früher, als ich mir einen Umzug in dieses Viertel noch lange nicht leisten konnte und noch mit einer Übersetzerin aus Cáceres zusammenwohnte, die zu jeder Tages- und Nachtzeit Querflöte übte, hatte ich mich in ihre Wohnungen mit den schmiedeeisernen Balkongeländern hineingeträumt und mir vorgestellt, wie ich irgendwann mal in einer davon leben würde, allein, mit einem kleinen, klapprigen Motorroller, der an der Straßenecke parkte und mich bequem zu meiner Arbeit ins Krankenhaus brächte, Woche für Woche, Jahr für Jahr.

Nur dann, eines Tages, wie aus heiterem Himmel, passiert es. Du verliebst dich zum ersten Mal im Leben richtig. Du bist dreißig Jahre alt, dein Körper schüttet Dopamin, Serotonin und Oxytocin aus, und du beginnst, lockerer zu werden. Du ziehst bei dem Mädel aus Cáceres aus, und da du deinen Vater nicht um Geld bitten willst, bist du bereit, mit dem Mann zusammenzuziehen, und zwar in die Wohnung, die dir so sehr gefällt und die du schon mehrmals besichtigt hast, in dem Haus mit dem rosafarbenen Sgraffitomuster auf der Fassade. Der Mann, Mauro, ist geheimnisvoll und intelligent. Er fasziniert dich. Und darum machst du auch bereitwillig Abstriche an deinem früheren Lebensentwurf, wirfst seine Unterwäsche zusammen mit deinem Lieblings-T-Shirt in die Waschmaschine, fährst statt eines Motorrollers Auto, reist mit ihm gemeinsam an Orte, die bis dahin deine geheimen Zufluchtsorte waren, lernst seine Familie kennen und stellst ihm im Gegenzug deine kleine, nicht ganz so normale vor. Und zudem beschließt du, nicht zu viel darüber nachzudenken.

Gemeinsam eine Hypothek aufzunehmen kam für mich dann aber wirklich nicht mehr infrage, daher mieteten wir die Wohnung. Wir fühlten uns in ihr von Anfang an wohl. Sie bildete den perfekten Rahmen für unsere eher nüchterne Art, uns zu lieben.

Gleichwohl dachte ich viel über unsere Beziehung nach, darüber, was es hieß, dass Mauro nun zu mir gehörte. Hätten wir eine Eigentumswohnung gekauft, hätten wir gleich heiraten können. Da wir es nicht taten, war es ein wenig so, als hätte ich einen gemieteten Mann. Er war sehr aufmerksam, auf eine geradezu altmodische Art, dennoch war ich mir nicht sicher, ob ich ihn mit Haut und Haar und für alle Ewigkeiten »besitzen« wollte. Er gefiel mir sehr, ich war gern mit ihm zusammen, mehr gab es dazu nicht zu sagen. Ich mochte unsere Gespräche und genoss es, wenn er mir vorlas, ich mochte es, wie er sich über bestimmte Politiker empörte, sich für Themen wie Tier- und Pflanzenschutz engagierte, die anderen vollkommen egal waren, und für Naturschutzorganisationen spendete. Und an Sonn- und Feiertagen sah ich ihm vom Schlafzimmer aus zu, wie er auf der Terrasse seine Pflanzen umsorgte.

Eines Morgens – wir wohnten damals erst ein paar Jahre zusammen – kam er von draußen herein, in der Hand eine kleine Hacke. Es war Sommer, und er hatte Schweißperlen auf der Stirn. Unter seinen Fingernägeln klebte feuchte Erde. Er fing an, von dem allseitigen Neuanfang im September zu sprechen, vom bevorstehenden Herbst und davon, mit unseren Freunden etwas zu feiern. »Ich habe für nächstes Jahr Erdbeeren gepflanzt«, sagte er dann und warf mir dabei einen Blick zu, der von Verlobung sprach.

Die Liebe sorgt für die Ausschüttung chemischer Botenstoffe, darum gibst du nach. Und dann ist mit einem Mal der Herbst da, die Blätter fallen von den Bäumen, und plötzlich steckt ein Ring an deinem Finger.

Wenn man bereits eine längere Zeit zusammengelebt hat, gewöhnen sich die Nervenenden im Gehirn an die erhöhten Phenylethylamin-Werte im Blut. Damals reichte das Level dieser chemischen Verbindung, zu deren Stoffgruppe auch die Amphetamine gehören, noch dafür aus, dass ich den Ring erfreut annahm und die Bedenken ausblendete, die sich tief in mir wie ein Seebeben regten. Im Krankenhaus zog ich ihn ab und legte ihn in meinen Spind, in dem ich auch meine Handtasche und die Kleidung verwahrte. *So wie der Ring keinen Anfang und kein Ende hat, so soll euer Bund ewig währen.* Für mich klang das wie eine Drohung. Darum sperrte ich die verlobte Paula für ein paar Stunden weg, und währenddessen diente mir die Zartheit der Neugeborenen als Vorwand, wegen der fahnenflüchtigen Geste kein schlechtes Gewissen zu haben.

Auch Jahre später zog ich den Ring bei der Arbeit noch ab, nahm es aber längst nicht mehr wahr. Er hatte inzwischen eine kleine Furche in meinen Ringfinger gedrückt, und ich hatte bereits zweimal nein gesagt, nein, ich wolle nicht heiraten. Mauro zog seinen Antrag zurück. Wir stritten uns. Wir vertrugen uns wieder. Und machten weiter wie bisher. Das rosafarbene Sgraffitomuster auf der Hausfassade, die Terrasse, das Licht, der Ring am Finger, unsere sich endlos in der Wäschetrommel drehende Unterwäsche, und unmerklich verschwindet das Begehren im Abfluss und es breitet sich stattdessen eine bequeme, wenn auch unfreiwillige, eintönige Ruhe aus. Den Ring steckte ich irgendwann in ein samtenes Kästchen. Als Vorwand genügte zu Hause ein Verweis auf die Größe – weißt du, er drückt ein bisschen, darum ziehe ich ihn nur noch zu besonderen Gelegenheiten an –, während ich das Gefühl nicht mehr loswurde, in der scheinbaren Normalität einer festen Beziehung gefangen zu sein. Beide Seiten hatten inzwischen so viel von ihrem früheren Ich aufgegeben, dass nicht mehr auffiel, was einengte und drückte wie der Ring. Es hatte etwas von einem Stockholm-Syndrom. Niemand hatte Schuld. Es passierte einfach.

Ich bin bei Thomas. Er schläft. Ich schaue hinunter auf die Straßen des zu dieser frühen Morgenstunde träge daliegenden Viertels. Die Weihnachtsbeleuchtung hängt schon. Weihnachten … Ich spüre einen Druck im Magen. Mit einer Hand massiere ich mir den Bauch.

Vor ein paar Stunden, als Lídia da war, habe ich meinen Verlobungsring noch einmal übergestreift. Ich habe ihn viele Jahre nicht mehr getragen; er wiegt an meinem Finger noch genauso schwer wie an dem Tag, an dem Mauro ihn mir überreichte. Mit dem Daumen lasse ich den Ring, der so lange im Kästchen gelegen hat, langsam um meinen Finger rotieren. Er sitzt wie angegossen, als wäre der Kreis der ewigen Wiederkehr nie gesprengt worden.

Bevor wir bei mir landeten, hatte ich Lídia bei ihren Weihnachtseinkäufen begleitet. Wie vorausschauend sie inzwischen doch war. Früher, als sie sich noch an der Uni engagierte oder im Handumdrehen Medizinereinsätze am anderen Ende der Welt organisierte, wo es weder Licht noch fließendes Wasser gab, gefiel sie mir besser. Aber das sage ich ihr natürlich nicht.

»Hast du dir schon überlegt, was du an deinem Geburtstag machen willst?«

»Ach, Lídia, lass gut sein. Ihr kommt zum Abendessen, Toni, die Mädchen und du, und das war's.«

»Nichts da, meine Liebe. Wir schmeißen eine Party, wie es sich gehört. Und bitte ohne meine Mädchen, die kriegen wir irgendwo unter. Und was mit Toni ist, sehen wir noch.«

»Du kannst manchmal ganz schön nerven.«

Sie kam mit hinauf in meine Wohnung und jammerte über die winterliche Kälte. Dreimal zog sie vor dem Spiegel ihre neue Jacke an und wieder aus, weil sie die Farbe irgendwie nicht überzeugte. Dabei plauderte sie, wie schon während des Shoppens, von einer Welt, die mich nicht mehr interessierte, von Geburtstagen, Filmen, neuen Restaurants oder Diskussionen mit Müttern von Mitschülerinnen ihrer Töchter, die sie auf die Palme brachten.

»Weißt du noch, wie ich dir letztes Mal von dieser Dumpfbacke von Elternvertreterin erzählt habe, die sich aufführt, als wäre sie die Vizepräsidentin des Senats höchstpersönlich?«

Während Lídia weiterplapperte, überlegte ich, ob ich auf Anhieb sagen könnte, wer die Elternvertreterin in der Klasse meiner Töchter wäre, wenn ich denn welche hätte. Wenn ich Töchter hätte, müssten sie mir immer alles haarklein erzählen. Wenn ich Töchter hätte, müssten sie mir jeden Morgen sagen, dass ich ihre Mutter bin. Lídia seufzte, sie könne diese Trulla nicht ertragen, zumal sie sie, wenn sie sich auf der Straße träfen, mal grüße und dann auch mal wieder nicht. Aber egal, immerhin hätte sie nichts mit dieser Clique von Klassenmüttern zu tun, sie habe auch so schon genug Arbeit am Hals, allerdings wollten sie ein paar Mütter jetzt unbedingt überreden, am letzten Schultag vor den Weihnachtsferien mit zum Kloster Montserrat zu fahren, um dort eine Krippe aufzustellen.

»Sehe ich so aus, als wäre ich scharf darauf, mit der Zahnradbahn auf einen Berg zu fahren, nur um ein Jesuskind in seine Krippe zu legen?«

Sie kam vom Hölzchen aufs Stöckchen, während sie in den Tüten mit ihren Einkäufen nach etwas kramte. In letzter Zeit jammert sie nur noch. Sie mache bei der Arbeit ständig Überstunden, und wieso? Weil sie den lieben langen Tag Kinder zu untersuchen hätte, deren hysterische Mütter einen simplen Schnupfen für eine unheilbare Krankheit hielten. Darüber hinaus würden ihre Eltern allmählich tüdelig und würden immer öfter vergessen, ob sie die Mädchen dienstags oder freitags von der Schule abholen sollten. Und Toni sei mal da und dann wieder nicht, wie das weiße Kaninchen eines Zauberers. Sie beschwert sich über die Bauarbeiten in ihrer Straße und darüber, dass der Kaffee kalt ist oder ihr Wollpullover kratzt, sie nörgelt an allem herum, wird immer dünnhäutiger. Wo ist die Selbstsicherheit hin, die ich früher so an ihr bewundert habe? Warum ist sie bloß so unzufrieden mit einem Leben, das es mehr als gut mit ihr meint? Es gibt Menschen, die in Krisenzeiten ihre Sternstunden haben, aber, wenn alles gut läuft, eingehen wie eine Primel. Dann langweilen sie sich, und die Aura erlischt, die sie zu etwas Besonderem gemacht hat. Sich einzugestehen, dass auch Freundschaften altern können, wie Bücher oder Filme, die irgendwann nur noch überholt wirken, ist keine Hilfe. Bei dem Gedanken wird mir elend. Ich kann mir nicht erlauben, noch mehr geliebte Menschen zu verlieren, deshalb lasse ich ihr Gejammere wohl oder übel stumm über mich ergehen.

Endlich hatte sie gefunden, was sie suchte. Ich solle mich aufs Bett setzen, meinte sie, und trug mir dann einen Lidschatten auf, der ihr zufolge meinen geheimnisvollen Augenausdruck betonte. Ich schaute sie skeptisch an, doch das konnte sie nicht davon abbringen, mir auch noch die Wimpern zu tuschen und mit einem vielsagenden Augenzwinkern ein exklusives Rouge mit dem Namen »Orgasm« aufzulegen. Resigniert ließ ich sie gewähren. Lídias Monolog rieselte unablässig auf mich ein, doch unter der sanften Berührung ihrer Finger entfernte sich ihre Stimme immer weiter, bis ich sie kaum mehr wahrnahm …

Als ich mit zwölf eine Zahnspange bekam, schickte mich mein Vater oft allein zum Zahnarzt, wenn er sich wegen dringender Aufträge nicht aus seinem Arbeitszimmer loseisen konnte. Er komponierte Jingles für Fernseh- und Radiospots, und damals stand Originalmusik in der Werbung noch hoch im Kurs. Ich hatte mich an das einsame Leben mit meinem Vater gewöhnt, doch dass er mich nicht zum Zahnarzt begleiten konnte, war eine Tragödie. Gestanden habe ich es ihm nie, aber ich hatte jedes Mal Panik davor. Nicht nur, weil es weh tat, wenn die Drähte der Klammer hinter den Backenzähnen nachjustiert wurden, sondern auch, weil ich das einzige Kind war, das allein kam. Zitternd und mit hochrotem Kopf saß ich im Wartezimmer, bis die Sprechstundenhilfe mich aufrief, und beobachtete verstohlen all die Mütter. Gelegentlich war auch mal ein Vater dabei, aber in der Hauptsache waren es Mütter, die seelenruhig in Zeitschriften blätterten und ihren Kindern einsilbige Antworten gaben. Die Mütter dufteten gut, und sie trugen Perlenketten und Armreifen, die klimperten, wenn sie die umgeschlagenen Hemdkragen ihrer Sprösslinge richteten oder Schnürriemen banden. Es waren sanfte Mütter darunter, fürsorgliche Mütter, aber auch Tigermütter. Mütter in einem Wartezimmer. Und ich beneidete die anderen Kinder darum. Daneben vermittelten mir die Besuche beim Zahnarzt allerdings auch ein Gefühl der Geborgenheit, wie ich es später nie wieder erfahren habe. Jedenfalls kann ich mich nicht erinnern, jemals sonst irgendwo noch einmal etwas so Sanftes gespürt zu haben wie die Hände der Zahnarzthelferinnen, wenn sie mir die ersten kalten Instrumente in den Mund steckten, bevor der Doktor kam. Ihr Zartgefühl war bei der Tragödie jedes Zahnarztbesuchs mein Rettungsanker. Mein Vater war mit seiner Rolle als alleinerziehender Witwer ziemlich gut zurande gekommen, aber zärtlich war er nie gewesen. Darum hatte ich nicht gewusst, wie dringend ich liebevolle Zuneigung brauchte, bis ich sie im antiseptisch riechenden Behandlungsraum des Zahnarztes erfuhr. Und jetzt, da Lídias Finger mich beim Schminken zart berührten, empfand ich ganz ähnlich.

»He, Paula. Bist du eingeschlafen? ... Sag, wo soll ich den Schminkkram hintun? Ich lass ihn dir hier, es steht dir so viel besser als mir.«

Als ich die Augen öffnete, zog sie gerade eine Kommodenschublade auf und legte das Rouge hinein. Und dann verstummte ihr Redeschwall mit einem Mal. Es kehrte eine Stille ein wie kurz vor einem Gewitter, wenn die Vögel tiefer fliegen und sich die Tiere ängstlich verkriechen.

»Paula, der Ring!«

Vorsichtig nahm sie ihn aus dem grünen Samtkästchen. Das Geräusch der winzigen Scharniere beim Zuklappen klang in meinen Ohren wie Donner. Das Gewitter war unausweichlich.

Der Ring.

Die Terrasse voller Freunde.

Lachen.

Trautes Einvernehmen.

Wir aßen.

Wir tranken.

Die Ausschüttung von Hormonen und Botenstoffen war noch in vollem Gange.

Mauros Pflanzen gediehen prächtig.

Wir machten es uns schön.

Wir feierten.

Wir lebten.

»Ich trage ihn schon seit ein paar Jahren nicht mehr. Er ist mir zu klein.«

Ich heuchelte Desinteresse, betrachtete den Ring in ihren Händen jedoch aus dem Augenwinkel.

»Meinst du etwa, das hätte ich nicht bemerkt? So einen herrlichen Diamanten übersieht man nicht.«

Den Ring krönte ein funkelnder Solitär, er wirkte schnörkellos und elegant. Sie hatte recht, er war ein ganz besonderes Exemplar.

»Du solltest ihn unbedingt wieder tragen, Paula.«

»Blödsinn«, protestierte ich.

Wir sahen uns an. Um nicht die Beherrschung zu verlieren, zählte ich die Sommersprossen auf ihrer Nase, aber dann traf ihr Blick auf meinen und wurde zum Spiegel. Ich sah mich, allein, ohne Kinder, ohne Hund, ohne Pflanzen, mit einem Ring in der Hand, der in seinem Kästchen zu nichts gut ist. Am Finger, das konnte ich in ihrem Blick lesen, wäre der Ring hingegen ein Statement und würde mir unbequeme Fragen ersparen: Er würde mich als Witwe ausweisen.

»Mauro hat dich sehr geliebt, Paula. Jeder hat mal eine Krise, erst recht in unserem Alter. Aber du warst die Frau seines Lebens.«

»Lass es, Lídia.«

Doch sie ließ sich nicht aufhalten. Sie zupfte sich eine Wollfussel vom Pulli und spielte damit herum, während sie über »diese Kleine« herzog und erklärte, dass die Affäre garantiert nicht lange gedauert hätte. Ich hätte mich ohrfeigen können, dass ich ihr von der Ballerina erzählt hatte, und überschlug innerlich, was »nicht lange« bedeutete, ob man all die Monate, die sie schon zusammen gewesen waren, als »nicht lange« bezeichnen konnte und ob die Zukunftspläne in Mauros Handy zu diesem »nicht lange« passten.

»Ich habe neulich mit Quim telefoniert«, fuhr ich ihr in die Parade, als sie gerade dabei war, mir ein Leben zu skizzieren, das es nie mehr geben würde. »Vielleicht sehen wir uns Silvester.«

Augenblicklich hellte sich ihr aufgewühlter Blick auf. Neugierig zog sie eine Augenbraue hoch und grinste. Und mein Herz raste. Schon seit Tagen bekam ich immer wieder Herzklopfen. Um weiterleben zu können, hat sich mein Körper in den letzten Monaten mit einer Rüstung gepanzert, aber nach jeder Schlacht entdecke ich kleine Risse darin, die mich schwächen und mir deutlich machen, wie meine Widerstandskraft schwindet. Ich frage mich, bis wann dieser Krieg noch dauern wird und wie lange ich noch standhalten kann.

Es ist mitten in der Nacht, draußen ist es stockfinster. Ich verspüre den Drang, mich verkriechen oder an der Uhr drehen zu wollen, damit die dunklen Stunden schneller vergehen. Der Frühling soll kommen. Es soll endlich hell werden, ich will arbeiten gehen. Im Schlafanzug sitze ich auf dem Sofa, das Handy liegt neben mir. Ich bin noch immer geschminkt, wie eine dumme Augustine in ihrer Garderobe nach der Vorstellung. Eine dumme Augustine mit einem Verlobungsring am Finger. Schon das zweite Glas Wein. Ich frage mich, ob ich früher auch so regelmäßig getrunken habe, und weiß, dass dem nicht so ist. Nicht in diesem Ausmaß, aber ich tue so, als würde ich das bezweifeln. Wer allein ist, muss manchmal hart mit sich ins Gericht gehen. Man darf sich nicht alles durchgehen lassen. Noch keine fünf Minuten, und der Alkohol des zweiten Glases zirkuliert durch mein Blut. Ich habe vor, hier sitzen zu bleiben, bis das Ethanol die Aktivität meines zentralen Nervensystems dämpft und ich einschlafe.

Aber der Plan, auf diese Art die Intensität meiner zerebralen und sensorischen Funktionen herabzusetzen, geht gründlich schief, wie so ziemlich alles in letzter Zeit. Also lasse ich meiner Neugier freien Lauf und tippe das Wort *Witwe* ins Textfeld der Google-Bildersuche ein. Ich begegne zwei Klischees: traurige, vereinsamte ältere Damen, von denen manche, aber längst nicht alle Schwarz tragen, und junge, attraktive, männermordende Vamps, die die Welt wissen lassen wollen, dass sie wieder auf dem Markt sind. Offenbar wird der neue Lebensabschnitt landläufig von diesen zwei Typen verkörpert. Aber für mich macht keiner von beiden Sinn. Vage erinnere ich mich an eine andere Witwe: eine Blume, über die sich Mauro und mein Vater unterhalten haben, als wir einmal nahe des Klosters Sant Pere de Rodes wandern waren. Auch sie ist auf Google zu finden, und auf einmal sehe ich die beiden wieder vor mir, wie sie, mit Rucksack und Bermudashorts, ins Gespräch vertieft vor einer Pflanze stehen blieben, auf deren langen Stängeln sternförmige hellviolette Blüten saßen, und ich mich auf ein Mäuerchen setzte, ungeduldig hoffend, dass es endlich weiterging, um noch rechtzeitig vor Sonnenuntergang an der Platja de les Clisques zum Baden zu kommen. Damals konnte ich noch nicht wissen, dass mir einmal der Name einer Spinne oder einer Blume unsichtbar in die Haut eintätowiert werden sollte.

Ich trinke das Glas in einem Zug aus und überfliege die Überschriften von Google News. Öffnen tue ich jedoch keinen einzigen Feed. Die Welt interessiert mich nicht mehr. Danach lese ich ein paar dienstliche Mails und schaue mir die Fotos an, die mir mein Vater geschickt hat, nachdem er am Sonntag mit seinen Freunden eine Paella gemacht hat. Mein Leben, mein Hier und Jetzt ist Ödland, eine einzige Wüste.

Kurzentschlossen springe ich auf, schnappe mir zwei frische Gläser aus der Küche, eine neue Flasche Wein und meine Schlüssel und laufe zu Thomas hinauf.

Ich klingele. Klingle Sturm, bis er aufmacht.

»Schau mich an. Sehe ich aus wie eine Witwe?«

»*It's fucking late, Paula! Come on in* … «

In seiner Wohnung riecht es nach Zigarettenrauch. Ich will wissen, ob seine Dunstabzugshaube funktioniert. Er kratzt sich am Kopf und erkundigt sich verschlafen, welche Frage er zuerst beantworten soll, die nach meinem Aussehen oder die zur Elektrik. Ich muss lachen. Sein verstrubbeltes Haar widersetzt sich jedem Versuch, es in Form bringen zu wollen. Ich puste gegen seinen Pony. Etwas Unverständliches vor sich hinmurmelnd winkt er mich ins Wohnzimmer, zieht dort eine Schallplatte von Stevie Wonder aus der Hülle, legt sie auf den Plattenteller und lässt behutsam die Nadel auf die Scheibe sinken. Als er sich zu mir aufs Sofa fallen lässt, reiche ich ihm ein Glas Wein. Der Tonabnehmer gleitet nun über die Rillen der Vinylplatte, es beginnt zu knistern, und ich frage Thomas, wieso die Menschheit im Zuge der Evolution ein so einmaliges Geräusch bloß habe loswerden wollen. Es müsse unbedingt in einem Museum konserviert werden, finden wir beide und stoßen darauf an. Dann kommt er bekümmert auf etwas zurück, das er mir schon einmal erzählt hat: Sein Mietvertrag läuft bald aus, und verlängern kann er ihn nicht, weil der Eigentümer die Wohnung seiner Tochter zur Hochzeit schenken will. Schweigend lassen wir unsere Blicke durch sein Wohnzimmer wandern. Ich streiche ihm über die Schulter und verspreche, ihn zu besuchen, wohin immer es ihn auch verschlagen wird. Ein Glas Wein später wippen wir auf dem Sofa zum Rhythmus von ›Part-Time Lover‹. Wir wiegen unsere Oberkörper, Schultern, Arme, Hände, sind aber zu erschöpft, um aufzustehen. Er pustet Rauchkringel in die Luft, und ich zerschnippe sie mit den Fingern im Takt der Musik. Seine Augen sind rot vor Müdigkeit. Ich weiß, dass er nur meinetwegen noch durchhält.

Wie viele andere haben wir keine Familie, sind weder Eltern geworden noch haben wir eine feste Beziehung. Wir sind erwachsen, ungebunden, frei wie der Wind. Vielleicht sind wir aber auch Gefangene genau dieser Freiheit. Ich weiß, dass die Blondine mit der schwarzen Lederhose gelegentlich über Nacht bleibt. Doch immer nur, wenn Thomas das will. Es ist seine Entscheidung, wann er Gesellschaft haben und wann er lieber allein sein will. Werde ich das von nun an auch so halten? Würde ich so leben, wenn Mauro nicht den Unfall gehabt hätte und zu Carla gezogen wäre? Thomas hat sein Single-Leben selbst gewählt, aber ich, der das Alleinsein früher so wichtig war, bin irgendwann unverhofft einem Menschen begegnet, der plötzlich alles ausfüllte und meinen Wunsch nach Eigenständigkeit in den Hintergrund treten ließ. Ich lernte, mit dem

Widerspruch zu leben. Erst ist es nur ein Kuss, dann noch einer, und noch einer, dann teilt man Persönliches, Vertrauliches, Intimes, irgendwann eine Wohnung und am Ende sein ganzes Leben. Soweit liegt alles in unserer Hand, wir haben mehr oder weniger die Kontrolle darüber … bis der Zufall zuschlägt und nur noch verzerrte Erinnerungen an das ehemalige Ich zurückbleiben. Und man weder vor noch zurück kann. Mein Alleinsein unterscheidet sich daher zwangsläufig von Thomas' Single-Leben. Denn von mir wird erwartet, dass ich das wieder ändere. Ich soll den Kratzer, den mir das Leben verpasst hat, mit Furnier belegen und mit Farbe übertünchen.

Meine Augenlider werden schwer. Am liebsten würde ich mich hier verkriechen, im gräulichen Tabakrauch meines Single-Freundes, der für mich eine Achtziger-Jahre-Platte nach der anderen auflegt. Als Thomas mir übers Haar streicht und sagt, er könne nicht mehr, er sei hundemüde und müsse morgen früh aufstehen, aber wenn ich wolle, könne ich auf seinem Sofa schlafen, nehme ich das Angebot gerne an.

Auf meinen flehentlichen Wunsch hin erzählt er mir dann noch mal, wie er in New York alles hinter sich gelassen hat und mit leeren Händen nach Barcelona gekommen ist, weil ein Roman von Juan Marsé ihn dazu verlockt hatte. Mauro liebte diese Geschichte. Ich bin froh, sie jetzt noch mal hören zu dürfen, und frage mich, ob das wohl damit gemeint ist, wenn es heißt, man könne die Toten spüren, tief drinnen, in einem selbst. Thomas spricht über die Entfernung und darüber, wie es ist, sich seine »Familie« selbst auszusuchen, sich neu erfinden zu müssen oder zugrunde zu gehen. Kurz hält er inne, um nachzuschauen, ob mir die Augen schon zufallen, dann steht er auf, breitet eine alte Wolldecke über mich und flüstert mir zu:

»*You don't look like a widow, you just look like a beautiful zombie.*«

Mit einem Lächeln im Gesicht schlummere ich auf seinem zimtfarbenen Sofa ein. Für ein paar Stunden schlafe ich tief und fest, bis mich das Prasseln des Regens weckt. Ich schaue nach draußen. Die meisten Häuser liegen im Dunkeln, nur ein paar Fenster sind schwach erleuchtet. So muss es sich anfühlen, solo zu sein. Es erschreckt mich, dass ich mich gerade so wohl fühle, weil es offenbart, wie sehr ich mich schon danach gesehnt hatte, bevor ich Mauro kennenlernte. Es zeigt mir aber auch, dass ich mit dem Alleinsein klarkommen kann. Es kommt mir vor wie eine Einladung, das Leben zu genießen und mich nicht unterkriegen zu lassen. Den Mutigen gehört die Welt, sage ich zu meinem Spiegelbild in der Fensterscheibe, und dann kehre ich beseelt von diesem Gefühl in meine Wohnung zurück, wo ich den Ring vom Finger streife und wieder in das samtene Kästchen lege. Dieses Mal für immer.

11

Eric untersucht erst Mahavirs Schädel und dann seinen gesamten Viszeraltrakt, der gerade mal so groß ist wie seine Hand. Er massiert das Frühchen ganz behutsam, und ich verfolge aufmerksam, was er tut. Nach den bisherigen vier Sitzungen hat sich Mahavirs Blähbauch deutlich verbessert, und an den Tagen, an denen er behandelt wurde, ist der Kleine auch ganz entspannt. Das habe ich Eric allerdings noch nicht gestanden. Koliken zu lindern ist dem Osteopathen mit dem eindrucksvollen Brustkorb jedoch noch nicht genug. Er wolle herausfinden, mit welchen Berührungen und Griffen er die Haut so stimulieren könne, dass es sich positiv auf das körperliche wie mentale Befinden der Frühgeborenen auswirkt, erklärt er mir. Ich kann ihm kaum in die Augen sehen. Immer wieder streiche ich mir fahrig übers Haar oder reibe mir den Nacken. Während er sich weiter über die positiven Effekte osteopathischer Behandlungsmaßnahmen auslässt, kratze ich mich hinter dem Ohr, dabei juckt es mich dort gar nicht. Doch ihm dabei zuzuschauen, wie hochkonzentriert er mit seinen kräftigen Händen den überaus zarten Mahavir im Inkubator behandelt, untergräbt meine Selbstbeherrschung. Es ist anrührend, zu sehen, mit welcher Hingabe Eric sich dem Kleinen widmet, und in mir flammt ein Fünkchen Neid auf. Er trägt abgewetzte Armbänder aus geflochtenem Leder des Athletic Club Bilbao, von dem er offenbar ein Fan ist. Sein Großvater väterlicherseits lebe noch immer in Getxo, erzählt er, als er merkt, dass mein Blick darauf ruht. Er selbst sei zwar in Barcelona geboren, könne sich aber noch gut daran erinnern, wie er als Neunjähriger auf den Schultern seines Großvaters den Spielern nach dem Gewinn der Vizemeisterschaft 1998 von der Ría aus zugejubelt habe. Dass er so an seinem Großvater und der Fußballmannschaft hängt, verleiht ihm etwas Verletzliches. Über Weihnachten wolle er mit ein paar Freunden nach Marokko reisen, erzählt er weiter, einfach aufs Geratewohl, mit Rucksack und ohne vorher irgendwelche Hotels zu reservieren. Lasst mich mitkommen, denke ich verzweifelt, lasse mir aber nichts anmerken, sondern konzentriere mich auf den Überwachungsmonitor. Er trägt keinen Ring am Finger. Auch jetzt im Winter ist seine Haut sonnengebräunt, und in seinem Nacken kringeln sich die Löckchen wie bei einem Kind. Ihn umgibt die Aura eines Unbesiegbaren, der Nimbus eines vom Leben verwöhnten Mannes, der es gewohnt ist, seine Ziele zu erreichen, da seine Eltern ihm in einer Mischung aus Zärtlichkeit und Disziplin schon von klein auf beigebracht haben, er sei der Beste. In wenigen Stunden werde ich erfahren, dass er in seiner Freizeit rudert und im Olympischen Kanal trainiert, und er wird versuchen, seinen Raucheratem mit Pfefferminzkaugummi zu kaschieren. Vorerst massiert er jedoch schweigend Mahavir in seinem Brutkasten, bis er sich auf einmal umdreht und mich anblickt.

»Meinst du, ich könnte heute doch mal die Zwerchfellregion bearbeiten? Vom vielen Weinen ist sie sehr verspannt. Ich denke, ich könnte sie lockern. Ich weiß, du hast schon mehrmals nein gesagt, aber ...«

»Nur zu«, unterbreche ich ihn in einem Anflug spontaner Sympathie.

Überrascht sieht er mich an und lächelt dankbar. Ich räuspere mich und kratze mich wieder an der Stelle hinter dem Ohr, die nicht juckt, bis ich schließlich meine nervösen Hände in den Kitteltaschen vergrabe. Von da an fällt kein Wort mehr.

Der Tag neigt sich dem Ende zu. Dunst taucht die Blumenrabatten vor dem Krankenhaus in ein bläuliches Licht. Als ich gerade in mein Auto steigen will, sehe ich den Osteopathen an der Parkplatzausfahrt stehen. Er versucht, eine Zigarette anzuzünden, und hält im Wind schützend eine Hand vor die Flamme seines Feuerzeugs. Ich muss an meine blitzsaubere Küche denken, das Brummen des Kühlschranks und an das fade Fertiggericht, das darin seit gestern auf mich wartet. Und dann fällt mir die Ballerina ein, und ich überlege, wie wohl ihr erster Schritt ausgesehen haben mag, als sie sich an Mauro herangemacht hat. Kurzerhand schließe ich das Auto ab und gehe zu Eric hinüber, ohne recht zu wissen, was ich eigentlich will. Will ich denselben Mut spüren, den sie damals empfand?

»Hey. Ich habe dich zufällig hier stehen gesehen …« Ich zeige auf mein Auto und kann es kaum fassen, wie albern sich dieser Satz angehört hat. Er aber scheint sich nicht daran zu stören. »Soll ich dich mitnehmen?«

»Nein, keine Sorge. Ich bin mit dem Motorrad da. Aber trotzdem danke.«

Verlegen blicke ich auf meine Schuhe, gebe mir dann aber einen Ruck.

»Übrigens, wir werden es wohl beim nächsten Ärztemeeting besprechen, aber ich wollte dir schon mal sagen, dass ich bei Mahavir Fortschritte bemerke. Zwar nur ganz kleine, aber immerhin.«

Erics Augen leuchten auf. Er schaut mich gespannt an, während er den Zigarettenrauch zur Seite pustet und ich über die veränderten Werte des Jungen spreche.

»Wahnsinn!«, meint er strahlend. »Damit hast du mir den Tag gerettet.«

Er zupft mit den Fingern einen Tabakkrümel von seiner Zungenspitze, und dann beginnt er voller Eifer von einer Studie zu berichten, bei der Schimpansenbabys von der Mutter durch eine durchsichtige Wand getrennt wurden, was mit der Situation im Brutkasten vergleichbar sei.

»Die Schimpansenbabys konnten ihre Mutter sehen, hören und riechen, aber nicht berühren. Und das hat bei allen zu einer chronischen Aktivierung der HPA-Achse geführt. Erst als die Affen Körperkontakt zu anderen Jungtieren hatten«, er hält inne, um an der Zigarette zu ziehen, »begannen sich die Jungen, die von der Mutter durch die Zwischenwand getrennt waren, normal zu entwickeln.«

Ich sage ihm nicht, dass ich mir schon öfter über diese Studie Gedanken gemacht habe, und lasse ihn in dem Glauben, dass mich sein Wissen beeindruckt. Ich kann es bildlich vor mir sehen, wie die aufgeregten Schimpansenbabys mit spitzen Schreien vergeblich Kontakt zu ihrer Mutter aufzunehmen versuchen. Schauen, riechen und hören darfst du sie, aber nicht berühren. Und sie kann dich auch nicht in die Arme nehmen. Die Grausamkeit einer durchsichtigen Wand … Plötzlich kann ich die Vorstellung nicht mehr ertragen. Ich lege meine Hand auf seinen Arm und frage, ob er etwas vorhabe, andernfalls könnten wir zur Feier von Mahavirs Fortschritten vielleicht etwas trinken gehen oder so.

Er grinst und sieht mir dabei in die Augen, als hätte er alle

Zeit der Welt und wäre von meinem Vorschlag nicht im Mindesten überrascht. So wirkt er auf mich noch jünger als sonst, und dennoch erwarte ich von ihm, dass nun er, ganz klischeehaft, die Initiative ergreift. Er drückt die Zigarettenkippe auf dem schmiedeeisernen Geländer neben uns aus und geht die paar Schritte zum Mülleimer. Es zeichnet sich ab, worauf es in dieser Nacht mit uns beiden hinauslaufen wird.

»Wo möchtest du gern hin?«

Er steckt sich ein Pfefferminzkaugummi in den Mund, und ich gehe verschämt auf ihn zu und flüstere ihm ins Ohr, ich wisse es nicht, aber mir sei kalt.

Dann läuft alles wie von selbst. Bis Sants hinter einem Motorrad herfahren, auf Anhieb einen Parkplatz finden, eine ausgetretene Treppe hinaufsteigen und in einer fremden Wohnung ein Bier aus der Dose trinken. Neonlicht erhellt ein Aquarium, und an der Wand hängt ein einzelnes Ruder. In einem Regal stehen einige wenige Bücher und mit Bedacht arrangierter Nippes: Würfel, Murmeln, ein paar Trophäen, ein Rubik-Würfel und ein Foto von dem Tag, als er seinen Hochschulabschluss gemacht hat.

»Entschuldige das Chaos, ich habe nicht mit Besuch gerechnet.«

Er zieht sein Handy aus der Hosentasche, tippt etwas hinein, und sofort stelle ich mir seine Kumpels vor, die sich über die Whatsapp totlachen, er habe eine reife Frau abgeschleppt. Was heißt »reif«?, wollen sie feixend wissen. »Keine Ahnung, über vierzig jedenfalls.« Ich bin mir sicher, dass sie mich, garniert mit ein paar Emojis, zum Brüller des Jahres erklären werden, und wenn sie dann an Weihnachten nach der Überquerung des Atlas auf einer Düne sitzen, werden sie ihn löchern, ob die

Erfahrung es wert war, und er wird sie zum Teufel wünschen und ihnen eine Handvoll feinen, zu dieser frühen Morgenstunde noch kalten Wüstensand nachwerfen. Und sie werden johlen wie pickelgesichtige Jungs und … Bevor mich meine Fantasie noch weiter herunterzieht und ich mich selbst zerfleische, schlüpfe ich aus Jeans, Rolli, Top, Strümpfen und Unterwäsche. Ich bekomme am ganzen Körper Gänsehaut. Der Moment, in dem ich die Kleider angezogen habe, die jetzt überall auf dem Boden verstreut sind, scheint weit zurückzuliegen. Es kann unmöglich erst heute früh gewesen sein.

»Erklär mir doch noch mal genau, welche therapeutische Wirkung Berührungen haben können.«

Er mustert mich und lacht dann befangen, weil er ja keine Ahnung hat, wie ernst es mir mit meiner Bitte ist, doch schon im nächsten Moment fallen wir übereinander her. Wir treiben es gleich da in seinem kleinen Wohnzimmer, auf dem Sofa, auf dem er sicher abends Sushi vom Japaner um die Ecke isst und stundenlang auf seinem Handy herumdaddelt. Er bewegt sich zu schnell, und das Sofa ist zu eng, aber es ist in Ordnung. Ja, sage ich mir, für den Anfang geht das in Ordnung, Paula. Er begehrt dich, was macht es schon, wenn es nur für diese eine Nummer ist. Ich berühre ihn, um mich zu vergewissern, dass er tatsächlich da ist, denn ich fühle nichts. Ich packe seinen Po, kralle mich dann an seinen Schultern fest, sein Atem geht immer schneller, er stößt ein kurzes, ersticktes Keuchen aus. Nichts. Ich spüre noch immer nichts, er riecht nach Minze und Tabakrauch und kommt schon nach wenigen Minuten. Danach lässt er den Kopf schwer auf meine Brüste sinken. Mehr nicht. Schon vorhin auf dem Parkplatz war klar gewesen, dass es danach keine Zuneigungsbekundungen geben würde, nur das Gewicht von Unschuld und Schuld. Schon dort wusste ich, dass ich mir vorstellen würde, Mauro wäre noch am Leben und sähe die schnelle Nummer mit an, und wie ich ihn rachedurstig anschauen würde, allein und leer, wie ich nun war. Und mit jener Distanz zwischen Eric auf dem Weg zum Mülleimer und mir, ein paar Schritte entfernt, war ich mir auch darüber im Klaren gewesen, dass ich zügig nach Hause fahren und in der Nacht von einsamen, hysterisch kreischenden Schimpansenbabys träumen würde, die ihre kleinen Hände verzweifelt nach der durchsichtigen Trennwand ausstreckten. Dass einen niemand mehr umarmt, ist eine grausame Strafe.

Du bist noch da, in meinem Leben, wie etwas Unerledigtes. Es ist wie mit deinen endlosen Listen ausstehender Dinge, für die wir letztlich nie Zeit fanden. Weißt du noch? Das Fotoarchiv sortieren; den Betrag für den Stellplatz überweisen; Schutzlack kaufen und den Terrassentisch streichen; den Elektriker anrufen, weil die Dunstabzugshaube so komisch brummt … Auf derselben Liste notiere ich jetzt all die Vorwürfe, die ich dir nicht mehr machen kann, und auch die, die ich mir jetzt selbst mache. Dass einem dabei vor Kummer das Herz schwer wird, ist wohl normal. Wenn es mir nicht gelingt, dich zu hassen, sondern ich um dich weinen möchte, versuche ich die Tränen zu unterdrücken, indem ich die Halsmuskeln anspanne. So gelingt es mir, mich nicht von meiner doppelten Tragödie übermannen zu lassen. Im Stillen gehe ich die gesamte Muskulatur des Halses durch, bis du für mich zu einer kalten Anatomietafel wirst und ich mit jedem Muskel zu dir auf Distanz gehen kann: *Musculus sternothyroideus, Musculus sternohyoideus, Musculus sternocleidomastoideus* … Ich wiederhole sie wieder und wieder, ohne Pause – aber du erscheinst trotzdem vor meinem geistigen Auge, mit der Brille auf der Nase und der To-do-Liste in der Hand.

Vom Bett aus lasse ich meinen Blick über die vernachlässigte Terrasse wandern. Deine Pflanzen sind nach und nach alle eingegangen. Wie hast du das nur gemacht, Mauro, dass sie bei dir gediehen? Es reicht jedenfalls nicht, sie zu gießen. Ich weiß, du hast mit ihnen gesprochen. Nicht offen, und nie, wenn jemand dabei war. Mit Pflanzen zu sprechen sei etwas Persönliches, Intimes, hast du mir einmal erklärt, etwas, das einen Menschen verändern könne, so etwas wie ein Glaubensakt für Menschen, die eigentlich nicht an Wunder glauben.

Ich stehe auf, hole tief Luft und schreibe auf meine To-do-Liste: Ich will mit Pflanzen sprechen lernen.

12

Am Himmel sind heute früh korallenrote Streifen zu sehen. Mit einer Tasse Kaffee in der Hand habe ich um acht Uhr siebzehn den Sonnenaufgang beobachtet. Nach der Nachtschicht gehe ich am Morgen häufig auf den Platz hinter der Eingangshalle. Klinikbesucher dürfen ihn nicht betreten, und bis auf ein paar eingefleischte Raucher ist er um diese Uhrzeit menschenleer. Eric ist oft zum Rauchen hier draußen, aber wir werden uns von nun an hüten, uns außerhalb der Intensivstation zu begegnen. Aus uns ist kein respektables Liebespaar geworden. Wir bereuen die Nacht nicht, aber es verspürt auch keiner den Wunsch, das Ganze zu wiederholen. Da ist, schlichtweg, nichts. Wir vermeiden es, uns in die Augen zu sehen, und konzentrieren uns ganz auf den Fortgang der Studie und seine begnadeten Hände, die bei meinen kleinen Patienten wahre Wunder bewirken, auf meinen Brüsten und zwischen meinen Schenkeln jedoch gezittert haben. Anscheinend bin ich eine furchteinflößende Naturgewalt. Es wird leicht sein, den Ausrutscher zu vergessen.

Von dieser Stelle aus liegt einem ganz Barcelona zu Füßen. Die Häuser der Stadt schimmern silbern im ersten Tageslicht, und ihre Geräusche verschmelzen hier oben zu einem eintönigen Rauschen, das mich oft einlädt, hinter meine Schicht einen Punkt zu setzen. Doch heute will ich noch nicht gehen. Auf meinem Handy ist ein verpasster Anruf. Mauros Mutter. Seit ich es vorhin aus dem Spind geholt habe, kann ich an nichts anderes denken als an die rote Eins, die auf dem Display über dem Telefon-Icon prangt. Die Farbe Rot ist unübersehbar, in der Natur signalisiert sie Gefahr, unwillkürlich muss ich an die blutigen Lefzen von Löwinnen denken, wenn sie für ihre Jungen Beute erlegt haben. Sobald ich das Krankenhaus verlasse, werde ich zurückrufen müssen, aber solange ich bleibe, kann ich den möglichen Schlag in die Magengrube noch ein wenig hinauszögern. Unweigerlich schlägt meine Fantasie Kapriolen, und mir drängt sich der Gedanke auf, dass noch jemand aus der Familie überraschend gestorben ist. Vielleicht hatte die Schwester Eierstockkrebs? Oder einer der Großväter ist einem Herzanfall erlegen? Es gelingt mir nicht, die Horrorvorstellung abzuschütteln, dass wieder etwas Schlimmes passiert ist. Ich zwinge mich, Ruhe zu bewahren, bleibe jedoch vorsichtshalber noch eine Weile hier.

In den frühen Morgenstunden hatten wir eine komplizierte Geburt. Akute Hypoxie. Um wegen des schweren Sauerstoffmangels größere Hirnschädigungen zu vermeiden, hatte ich gleich die moderate Herabsetzung der Körpertemperatur auf 33,5° eingeleitet. 72 Stunden lang werden wir die Kleine jetzt engmaschig überwachen. Bevor ich nach Hause gehe, muss ich darum rasch noch mal nach ihr sehen. Tolle Ausrede, Paula! Mit den Eltern wird die diensthabende Ärztin der Frühschicht sprechen, aber sie gehen mir trotzdem nicht aus dem Kopf. Als ich gestern vor der Geburt in ihr Zimmer kam, hat mir die Mutter die winzigen Blümchenohrstecker für ihr Töchterchen gezeigt. In ihren Augen spiegelte sich so viel Zärtlichkeit und Zuversicht – wenige Stunden später war da dann nur noch Fassungslosigkeit. Hypoxisch-ischämische Enzephalopathie, da sind die

Weißgoldstecker in Blümchenform mit dem Brillanten in der Mitte vergessen. So ist das Leben, in einem Moment ist der Himmel über dir noch rosarot – und kurz darauf pechschwarz.

»Geh nach Hause, Paula. Du siehst müde aus.«

Meine Kollegin Teresa, die von nun an für die Überwachung der Kleinen zuständig ist, sieht mich forschend an. Eine Berufskrankheit, uns entgeht nichts.

»Ich habe gerade schon mit den Eltern gesprochen. Die Kleine ist stabil. Du kannst also ruhig nach Hause gehen.«

»Okay, dann mach ich mich jetzt vom Acker. Habt einen hoffentlich stressfreien Tag.«

»Und du leg dich hin und schlaf, hörst du? Anweisung vom Arzt«, erwidert sie mit drohendem Zeigefinger, und fügt, bevor sie sich zum Gehen wendet, noch schnell hinzu: »Und im Übrigen rechne ich mit dir am Donnerstag, wenn wir mit den anderen essen gehen.«

Essen gehen. Am Donnerstag. Ich sehe ihr nach, versuche den Termin in meinem Gedächtnis abzuspeichern, und als Teresa mit wippendem Pferdeschwanz um die Ecke verschwindet, schlüpfe ich unbemerkt durch die Tür zur Intensivstation.

Die Kleine schläft. Ihre winzigen Ohrläppchen müssen noch eine Weile auf die Ohrringe warten. Ihr Schmuck besteht jetzt aus Klebesensoren auf der Brust, Infusionspumpen und einer rot leuchtenden Elektrode am winzigen Fuß. Ich muss an die rote Eins auf meinem Handy denken, um den Anruf komme ich nicht herum. Sie heißt Alberta. Nach seiner Urgroßmutter, wie mir der Vater nun erzählt. Ich habe nicht damit gerechnet, ihn hier anzutreffen. Seine hellen Augen mit den dunklen Augenringen flehen mich förmlich an, ich möge ihm versichern, dass die potenziellen Folgen des Sauerstoffmangels, die Teresa ihnen erläutert hat, seine Kleine bestimmt nicht betreffen. Ich weiche seinem Blick aus, denn ich bin hundemüde und fühle mich außerstande, einen Menschen aufzumuntern, dessen Zukunftsträume vor ein paar Stunden ins Wanken gebracht wurden. Und außerdem nervt es, dass er den Brutkasten nicht eine Sekunde aus den Augen lässt, denn so kann ich mich nicht konzentrieren. Ich drehe ihm den Rücken zu, überprüfe das Beatmungsgerät, sage zu ihm, es sei alles in Ordnung, und flüchte in den nächsten Raum, zu Mahavir.

Ich trete ganz dicht an den Brutkasten und flüstere: »Hallo, mein kleiner Prinz.«

Er ist wach. Mit kleinen Zuckungen streckt er seine Fingerchen aus und zieht eine Schnute. Ich werfe einen Blick auf die letzten Einträge in seiner Akte und seufze. Gerade mal anderthalb Stunden ist meine Schicht zu Ende, und er brauchte schon wieder die CPAP.

»Tu mir das nicht an, Kleiner. Wir waren uns doch einig, dass wir unser Bestes geben, nicht wahr?«

Ich bedecke seinen Inkubator mit dem Tuch, das ihn vor Licht schützen soll. Verdrießlich verlasse ich die Intensivstation durch dieselbe Tür, durch die ich hereingekommen bin – und laufe Pili direkt in die Arme.

»Was machst du noch hier? Hattest du nicht Nachtdienst?«

»Mein Gott, Pili, hast du mich erschreckt! Ich wollte gerade gehen. Du, ich möchte bei Mahavir diese Woche noch eine Ultraschalluntersuchung machen. Um eine pulmonale Hypertension auszuschließen.«

»Okay, das ist aber nicht so eilig, oder? Vielleicht stimmst du dich auch erstmal mit den anderen ab, nicht dass ich widersprüchliche Anweisungen von euch bekomme. Und, im Übrigen, Paula … Wenn du nicht schlafen kannst, geh eine Runde spazieren oder frühstücken am Strand. Du brauchst dringend frische Luft, meine Liebe. Lass das Krankenhaus mal für ein paar Stunden Krankenhaus sein.«

Sie steckt ihre kräftigen Hände in die Kitteltaschen und sieht mich mit einer Mischung aus Mitleid und Tadel an. Ich werde rot. Mir war nicht bewusst, dass man mir so deutlich ansieht, dass ich gerade nicht weiß, wohin mit mir. Denn zu Hause wartet niemand auf mich.

Am liebsten würde ich Pili fragen, ob sie kurz Zeit und Lust hat, sich mit mir fünf Minuten auf die Bank am Eingang zu setzen, weil ich total gereizt bin. Zu gern möchte ich von ihr wissen, ob das Leben außerhalb des Krankenhauses nun für immer so fade bleibt und sie mich für eine Langweilerin hält. Ob meine ersten grauen Haare sehr auffällig sind, ob sie weiß, was Mauros Mutter von mir will, oder besser noch, ob sie sie nicht für mich anrufen kann. Und ganz zum Schluss würde ich sie fragen, ob sie mich einfach mal in den Arm nehmen kann. Aber ich frage bloß nach dem geplanten Essen mit den Kollegen.

»Kommst du am Donnerstagabend mit?«

Ich zwinge mich zu einem Lächeln, um ihren Protest gleich im Keim zu ersticken.

»Ich weiß nicht. Ich bin zu alt für eure Partys. Außerdem quatscht ihr mich immer in irgendwas rein, und am Ende singe ich dann ganz allein.«

»Wenn du nicht mitkommst, geh ich auch nicht hin.«

Ich zwinkere ihr zum Abschied zu, während sie sich brummelnd die Hände wäscht und dann durch die Tür verschwindet.

Beim Umziehen muss ich an das letzte Essen mit meinen Arbeitskollegen denken und fange an zu glucksen. In der Kneipe von Vanesas Onkel haben sie zum Schluss auf der Theke getanzt. Sogar Pili haben wir dazu gebracht, auf den Tresen zu klettern. Bei der Erinnerung daran breche ich in schallendes Gelächter aus – und schlage mir augenblicklich die Hand vor den Mund. Rasch drehe ich mich um. Es ist niemand da. Ich stehe allein vor dem Spind und komme mir dumm vor, dass ich so aus vollem Hals lache. Wer lacht schon, wenn er mutterseelenallein ist? Ich muss an die Sitcoms mit ihren Lachern aus der Konserve denken, die die Fernsehzuschauer zum Mitlachen animieren sollen. Lacher, die mir gelten. Kopfschüttelnd drücke ich die Spindtür zu. Ich darf mich amüsieren, wie ich will, auch wenn ich keinen Grund dazu habe. Oder verliere ich den Verstand? Nach dem 11. September dachte man in New York, jede Form von Heiterkeit sei fortan unangebracht. Comedians blieben ihre Gags im Hals stecken, Comedy-Clubs schlossen auf unbestimmte Zeit, und die Moderatoren von Unterhaltungsshows hörten auf, Scherze zu machen. Es schien, als würde nichts je wieder so werden wie zuvor. Aber im Laufe der Jahre kam alles dann doch wieder einigermaßen ins Lot. Die Leute fingen teilweise an, Witze über den 11. September zu machen, und die Unterhaltungsindustrie verleibte sich nach und nach auch diese Tragödie ein. Angesichts des Grauens ist Lachen nämlich ein simpler Abwehrmechanismus, ein lausiger Versuch zu überleben.

Die vage Erinnerung an jenen Abend und das Duett, das Marta und ich beim Karaoke zum Besten gegeben hatten, bringt mich wieder zum Lachen, doch ich spüre, dass nur ein schmaler Grat dieses Lachen von meinem Schmerz trennt. Galgenhumor eben. Denn wer weiß, vielleicht herrscht ja gleich wieder Krieg. Gleich, nachdem ich Mauros Mutter angerufen habe. Die knallrot aufblinkende Eins weckt in mir die Assoziation eines pumpenden Herzens kurz vor dem Platzen. Ich wähle und warte. Besser, ich erledige es jetzt. Hier im Krankenhaus fühle ich mich zumindest gegen alle Unwägbarkeiten gewappnet.

»Pauli! Wie schön, dass du anrufst, meine Liebe.«

Der albernen Verballhornung meines Namens mit diesem juchzenden hohen *i*, das einem den Boden unter den Füßen wegzieht, entnehme ich, dass wohl niemand gestorben ist. Dennoch spielt mein Herz verrückt, ich fühle mich, als stünde ich unter Strom. Sie habe nur wissen wollen, wie es mir geht, fährt Mauros Mutter am anderen Ende der Leitung fort, wie ich klarkomme, ihnen selbst gehe es jedenfalls nicht sonderlich gut. Ich wisse schon, die Feiertage … Ich komme kaum zu Wort, mehr als ein gelegentliches »Mhm« lässt ihr Redeschwall nicht zu. Bei unseren wenigen Telefonaten im Laufe der Jahre habe ich mir am anderen Ende der Leitung immer ein mythologisches Fabelwesen vorgestellt, mit dem Torso einer Frau und dem Kopf eines grünen Wellensittichs, eine Art *Melopsittacus undulatus* mit spitzen Brüsten und X-Beinen. Sie schnattert was von großer Tragödie, und dann auf einmal beginnt sie hemmungslos zu weinen, und ich habe keine Ahnung, wie ich das stoppen kann.

»Rosa«, sage ich beschwichtigend. »Bitte wein doch nicht. Mauro würde das nicht wollen, hörst du?«

Im selben Moment schießt mir durch den Kopf, dass ich mir in den letzten Monaten selbst wohl ganz ähnlich zugeredet haben muss und vielleicht deshalb nicht weinen kann, aber es ist wohl eher eine Hypothese als eine tatsächliche Erkenntnis. Mauros Mutter schluchzt immer lauter, ihre Klage prasselt auf mich ein wie ein Hagelschauer, sodass ich das Handy ein gutes Stück vom Ohr weghalten muss. Als sie sich wieder ein wenig beruhigt hat, entschuldigt sie sich, holt tief Luft und sagt: »Also, wir haben uns gedacht, es wäre doch vielleicht sehr schön, wenn du uns Weihnachten besuchen kommen würdest.«

Ich sehe förmlich vor mir, wie der lange Satz mit Kreide auf einer grünen Tafel geschrieben steht und ich mich damit abmühe, die Satzteile und ihre Funktion zu bestimmen. Sprache war nie meine Stärke, dieser Code, der immer wieder aufs Neue entschlüsselt werden muss. Eine Falle. Ich finde mich in diesem Satz nicht zurecht, Subjekt, Prädikat, was hängt hier von was ab? Ich weiß nur eins: Zu einem Besuch wird es nicht kommen.

Mit dem Rücken rutsche ich an meinem Spind zu Boden, schließe die Augen, und da es mir die Sprache verschlagen hat, fährt sie mit ihrem melodischen Singsang einfach fort, und genau wie bei den Wellensittichen, wenn sie Gefahr spüren, wird ihr Ton durchdringender, aufgeregter, und schmerzt in meinen Ohren. Sie weiß doch, dass die Antwort Nein lautet. Warum verausgabt sie sich so?

»Ich bin an Weihnachten nicht in Barcelona, Rosa. Und ich komme erst spät nachts zurück, da kann ich euch nicht mehr behelligen.«

Sie würden auf mich warten, widerspricht sie, es sei doch ein Feiertag, da hätten sie Zeit, und sie würden sich einfach riesig freuen, mich zu sehen. Außerdem wolle sie mir auch noch ein paar Sachen geben, die sie für den Fall aufgehoben hatte, dass wir eines Tages doch noch heiraten würden.

»Und dann ist da noch was, Paula. Es gibt zwar kein Testament, aber Mauro hat ein bisschen Geld hinterlassen, und da ihr keine Nachkommen habt und wir es nicht brauchen, sollst du es haben. Mein Mann hat schon alles in die Wege geleitet. Wir sagen dir rechtzeitig Bescheid, wann der Notartermin ist.«

»Der … Notartermin?«, frage ich mit erstickter Stimme.

»Ja, meine Liebe. Du musst dort unterschreiben, dass du das Erbe annimmst.«

Mein Herz setzt aus. Ich bin wie vor den Kopf gestoßen. Doch sie plappert einfach weiter, erzählt von selbst geklöppelten Tagesdecken einer Großmutter, böhmischen Kristallgläsern und einem hübschen Sümmchen, das Mauro gespart hatte. Ich hyperventiliere und muss mir in die Innenseite der Wangen beißen. So ein Schwachsinn, was redet sie denn da? Schon wieder ein Etikett, das man mir anheften will: »Mauros Erbin«. Was fällt ihr ein?! Sie hat kein Recht, mir diese Rolle zuzuweisen! Mir läuft die Galle über, denn sie hat meinen Willen noch nie respektiert, sondern jedes Mal auf Durchzug geschaltet, wenn ich mich bemüht habe, ihnen in einfachen Worten zu erklären, dass Mauro und ich nicht heiraten würden. Wenn wir sonntags zum Essen bei ihnen waren, hat sie mir immer wieder zugesetzt, ob wir nun allein in der Küche waren oder in Gegenwart der anderen, wenn sie am Tisch den Kuchen anschnitt. *Ihr solltet heiraten, meine Liebe,* drängte sie unbeirrt, während sich das Messer einen Weg durch die Kuchenfüllung bahnte, *deine biologische Uhr tickt, bald ist der Zug abgefahren.* Sie stocherte beharrlich in der Wunde herum, und ich bereute es jedes Mal, mich in einem Umfeld zu befinden, wo man mich partout in die Rolle einer traditionellen Ehefrau und Mutter zwängen wollte, mit der ich nichts anfangen konnte. Irgendwie erleichtert mich jetzt der Gedanke, dass das übergriffige Verhalten von Mauros

Mutter sicher ein Quäntchen dazu beigetragen hat, dass wir gescheitert sind. Es kann nicht alles allein meine Schuld gewesen sein. Und mit dieser Erkenntnis gelingt es mir endlich auch, ein paar Worte hervorzupressen.

»Ich will dieses Erbe nicht, Rosa. Und darum muss ich auch nicht irgendwelche Papiere unterschreiben. Und außerdem … tut mir leid, aber Weihnachten komme ich euch nicht besuchen.«

Wieder Hagelschauer in meinen Ohren, dieses Mal aber nur kurz, dann schnäuzt sie sich die Nase, es ist etwas Ähnliches wie ein »Ich wusste es. Ich wusste, dass du nicht willst« zu hören und danach ein Klick. Sie hat aufgelegt. Sie hat einfach aufgelegt!

Verwirrt will ich sie schon zurückrufen, um ihr zu sagen, sie solle deswegen doch nicht gleich eingeschnappt sein, aber dann fallen mir die geklöppelten Tagesdecken wieder ein. Und die Kristallgläser. Ich halte inne. Ruf bloß nicht an, Paula. *Für den Fall, dass ihr doch noch heiratet …* Seit Jahren versuche ich verzweifelt, mir jeden Schwachsinn vom Leib zu halten, den sie von sich gibt. Dass ich es auch jetzt noch zu hören kriege, da ihr Sohn im Jenseits ist, diese Strafe habe ich wahrlich nicht verdient. Vom Boden aus schaue ich mich im Umkleideraum um. Ich sehe Staub unter den Spinden. Graue Wollmäuse, Überbleibsel, die wie ein Symbol dieses trüben Tages sind. Am Donnerstagabend werde ich mit den anderen ausgehen und versuchen, mich zu amüsieren. Wenn das Leben aus den Fugen geraten ist, muss man den Scherbenhaufen, so gut es geht, zusammenkehren.

»Wenn ich im Schlafzimmer die Wäsche bügele, ist mir manchmal, als wäre Señor Mauro noch da«, seufzt Marita mit ihrem kolumbianischen Akzent. Sie ist heute mit einem Brief der Sozialversicherung zu mir gekommen. Ich weiß wirklich nicht, warum sie mit so schlampig lackierten Fingernägeln herumläuft, noch dazu in diesem knalligen Fuchsia-Ton. Ohne Lack würden ihre ungepflegten Nägel nicht so auffallen, aber nein, sie muss sie unbedingt lackieren. Und anstatt die Farbe zu entfernen, wenn sie splittert, lässt sie sie langsam abblättern, als wollte sie mir so ihr ganzes Elend unter die Nase reiben.

Du hattest sie auf deinen Namen eingestellt, Mauro, und das muss jetzt geändert werden. Sie sagt: »Es ist komisch, den Namen von Señor Mauro auf den Briefen zu lesen« und »Man soll die Toten in Frieden ruhen lassen und sie nicht mit irdischen Dingen behelligen«. Ja, sie redet immer noch vom »Señor« und wird damit wohl niemals aufhören. Tausendmal habe ich ihr in der Vergangenheit schon gesagt, dass wir beide das nicht wollen, dass es uns stört. Inzwischen rede ich in der Einzahl, aber sie lässt sich nicht beirren. Es ist wie mit den Fingernägeln. Offenbar ist es ihr ein Bedürfnis, bei jeder Gelegenheit den Klassenunterschied zu betonen, damit ich mich so richtig mies fühle.

Überhaupt, was soll ich jetzt machen, Mauro? Ohne deine Hemden, das warme Essen für dich und deinen Ordnungsfimmel sind Maritas Dienste eine unnötige Ausgabe. Und wie du weißt, geht sie mir auch gehörig auf die Nerven, wenn ich zu Hause bin. Sie plappert ununterbrochen und erzählt mir ständig von einem Mann, den sie liebt und der in Tubará mit einem Yucca-Feld auf sie wartet. Warum muss sie dann den ganzen Tag in Barcelona putzen, um ihre unzähligen Kinder zu ernähren, die von wem auch immer stammen? Irgendwann hast du mir vorgeworfen, ich würde sie mit Verachtung behandeln; Marita habe einfach ein Leben und eine Liebe wie im Roman. Dabei ist sie es, die mich verachtet, Mauro, nicht umgekehrt. Dich hingegen hat sie vergöttert. Und tut es noch. Wobei mir einfällt: Wolltest du mir eigentlich etwas damit sagen, als du von Maritas »Liebe wie im Roman« gesprochen hast? War unsere Liebe das etwa nicht? Wann habe ich aufgehört, mich auf dich einzulassen und dir zuzuhören?

Anfangs hat sie mir noch Zettel hingelegt, wie die, die dir so gut gefallen haben: »Bitte Glasreiniger, Waschpulver und Putzmittel besorgen. Wenn es nicht regnet, putze ich am Freitag die Fenster. Allerdings hat Ihr Vater am Telefon gesagt, es soll Gewitter geben.« Inzwischen ist mein Vorrat an Reinigungsmitteln so groß, dass ich das ganze Viertel damit versorgen könnte. Denn ich wohne praktisch im Krankenhaus, in der Wohnung bin ich mehr wie ein Geist. Ich schlafe hier bloß, und wenn ich durch die Zimmer gehe, berühre ich kaum den Boden. Die Wohnung ist wie geleckt, denn essen tue ich fast nur außer Haus, ich koche mir höchstens mal hundert Gramm grüne Bohnen, und das macht nichts schmutzig. Hundert Gramm … mehr Emotionen finden sich auch in meinem Alltag nicht. Alles steht still, Mauro. Vielleicht, weil ich es nicht über mich bringe, ein neues Kapitel aufzuschlagen.

»Spüren Sie ihn nicht? Er ist gleich hier, neben dem Kleiderschrank, und wacht über Sie.«

Wenn Marita damit anfängt, würde ich sie am liebsten schlagen, Mauro, ihr eins mit dem Pantoffel überbraten, um sie zum Schweigen zu bringen. Ob ich ihr sagen soll, dass du mir längst schon nicht mehr gehört hast? Soll ich die Ballerina ins Spiel bringen und ihr die Lücke zuweisen, die du neben dem Schrank hinterlassen hast? Aber eigentlich geht es gar nicht darum. Ich will, dass Marita mir schwört, dass sie dich wirklich wahrnimmt, denn ich bin mir sicher, dass sie das kann und mich nicht bloß zum Narren hält. Ich hingegen spüre nichts. Weder höre ich dich, noch spüre ich dich. Am liebsten würde ich Marita ja rauswerfen. Ich brauche sie nicht mehr, verstehst du? Doch dann kommt sie mit diesen abscheulichen Fingernägeln und sagt mit tränenfeuchten Augen, sie könne dich in unserem Schlafzimmer spüren, und ich weiß, dass ich den Vertrag auf meinen Namen umschreiben und noch dazu entfristen werde, denn solange sie dich irgendwie noch spüren kann, werde ich alles daransetzen, das auch zu tun.

13

Neuerung Nummer eins an diesem seltsamen Weihnachtsfest: Wir feiern in Selva de Mar. Die Aussicht, am ersten Weihnachtstag zig Kilometer über eine menschenleere Autobahn in das Dorf meines Vaters fahren zu müssen, wo er für gewöhnlich die Sommer verbringt, sorgt dafür, dass ich den Morgen zu Hause vertrödele. Beim Frühstück lasse ich mir alle Zeit der Welt und starre in meine Tasse Kaffee, als könnte ich auf ihrem Boden den Freibrief dafür finden, mich hier zu verschanzen und der Familie meines Vaters aus dem Weg zu gehen.

Aber es ist Weihnachten. Keine Chance. Mit anderen Worten: Man muss so tun, als wäre alles in Ordnung, als fehlte niemand am Tisch, in der Hoffnung, dass die Feiertage schnell vorübergehen. Deren Bedeutung wird ohnehin überschätzt.

Als Kind habe ich am Strand immer die Familien beobachtet, bei denen keiner fehlte. Hingerissen studierte ich ihren vertrauten Umgang, die Art, wie sie miteinander redeten oder stritten, die ganze Palette an verbaler und nonverbaler Kommunikation, die sie im Inneren zusammenhielt und die es bei uns zu Hause nicht gab. Mir fehlte diese Familienerfahrung. Es faszinierte mich, welches Chaos die Mitglieder eines mit Sonnencreme eingeschmierten Clans veranstalten konnten und wie sich das fröhliche Kreischen der Kinder mit dem Rauschen der Wellen und dem Geschrei der Möwen vermischte. Neben meinem

Handtuch lag das meines Vaters, makellos sauber, darauf die ›La Vanguardia‹, ein Päckchen Marlboro, sein Notenheft und der Füller, den ich unter keinen Umständen anfassen durfte.

In unserem ersten Sommer ohne Mutter fuhren wir mit einem nagelneuen Seat Panda ans Meer, für einen kleinbürgerlichen Städter wie meinen Vater die Verkörperung eines Traums, sich überall frei bewegen zu können. Ich erinnere mich noch an seinen seligen Gesichtsausdruck, wenn er am Steuer saß, und an meine Unfähigkeit, vom Rücksitz aus mit ihm ein Gespräch zu beginnen. Der freie Fall wurde seit Mutters Tod durch ein Netz aus eingespielten Themen wie seinen Jingles, den täglichen Nachrichten und meinem Schultag gebremst, doch wenn wir aus dem Alltag ausbrachen und im Sommer, zu Weihnachten oder zu Ostern freie Tage vor uns lagen, schob sich die Abwesenheit meiner Mutter zwischen uns wie eine Wand.

Am Strand hätte ich zu gern mit ihm im Wasser gespielt, Krebse in den Felsen gesucht oder Muscheln gesammelt, so wie all die anderen Kinder, aber er wollte unsere Sachen nicht unbeaufsichtigt lassen und bestand darauf, dass wir abwechselnd ins Wasser gingen. Ich suchte also allein Muscheln mit Loch in der Schale und brachte sie ihm, damit er mir daraus eine Kette knüpfte, wie meine Mutter es noch im Jahr davor für mich gemacht hatte. Und er gab sich wirklich Mühe, keine Frage, aber ich konnte sehen, wie sein Blick traurig wurde, während er mit der Angelschnur kämpfte, sodass ich ihn in den folgenden Jahren nicht mehr mit solchen Wünschen behelligte. Mehr und mehr schob ich sie beiseite und verdrängte alles Normale. Mit den Muschelketten verschwand das kleine Mädchen, und mit ihr die Mutter.

Gelegentlich verbrachten meine Tanten einen Tag mit uns

am Strand, und als ich langsam in die Pubertät kam, verkündeten sie ohne jedes Feingefühl, aus meinen kleinen Nippelchen würden bald schon Brüste werden. Missmutig sprang ich auf und rannte so schnell ich konnte weg von den Tanten mit ihren irritierenden Gesprächen, die mir vorkamen wie von einem anderen Stern. Ich ahnte, dass es neben dem Leben, das mein Vater und ich führten, ein anderes gab, dass die Welt anders tickte als wir in unserer Isolation. Meine Beziehung zu ihm unterschied sich von der meiner Freundinnen zu ihren Vätern. Die waren keine Komponisten, sondern Banker, Elektriker, Kaufleute, Gymnasiallehrer, aber nicht das machte uns zu etwas Besonderem. Es war diese totgeschwiegene Lücke zwischen uns, unser Unvermögen, meiner Mutter auch nach ihrem Tod noch einen Platz in unserer Mitte zu geben. Als Kind nimmt man vieles wahr, aber es fehlt einem die Kraft, es zu ändern.

Jahre sind seither vergangen, und im Haus meines Vaters diskutieren seine Schwestern an diesem Weihnachtstag darüber, ob das Hähnchen, das sie am Abend zuvor bei Freunden gegessen haben, mit getrockneten Aprikosen gefüllt war, und meine fußballverrückten Onkel hoffen unterdessen auf die Rückrunde, damit Barça die Meisterschaft doch noch gewinnt. Ich betrachte meine Cousinen Anna und Beth, die beide pummelige Kleinkinder auf dem Arm haben. Sie sind in eines dieser typischen, alle anderen ausschließenden Gespräche vertieft, die alle Erstlingsmütter in dem festen Glauben führen, ihre Mutterschaft sei absolut einzigartig. Ihre Ehemänner tauschen sich derweil versonnen bei einem Glas Wein über musikalische Vorlieben aus. Links neben mir sitzt die neue Freundin meines Cousins Toni, die unangekündigt mitgekommen ist, eine gewisse Glòria, die gerade einen Kurs in Fußreflexzonenmassage macht, gefördert durch ein Arbeitslosenprogramm der Stadt. Glòria hat purpurrote Strähnchen, die sie ständig um den Finger wickelt, während sie mir erklärt, schon die Cherokee-Indianer hätten den Füßen große Bedeutung beigemessen.

»Um körperlich, mental und spirituell im Gleichgewicht zu bleiben. Die Massage ist bei ihnen Teil einer heiligen Zeremonie, denn sie glauben, dass wir über die Füße Kontakt zu Mutter Erde haben und so deren Energie durch uns hindurchfließen kann. Durch unsere Füße ist unser Geist mit dem Universum verbunden.«

Juckreiz überkommt mich. Wenn jemand von *fließenden Energien* spricht, kriege ich immer die Krätze, nur habe ich diesmal keinen Mauro neben mir, den ich heimlich in den Oberschenkel kneifen kann, damit er mich erlöst.

Es gibt nichts Deprimierenderes, als wenn der natürliche Ablauf der Dinge gestört wird. Selva de Mar, das ist Sommer. Das Haus meines Vaters ist für mich gleichbedeutend mit Sandalen und Hitze. Doch jetzt ist der Sonnenschirm in die hinterste Ecke verbannt, wo sonst die Hängematte gespannt ist, türmt sich das Laub, und in dem Haus, das gebaut wurde, um jeden Tag die große Terrassentür aufzuschieben und die Sonne hereinzulassen, sind die Heizkörper eingeschaltet. Nichts passt zusammen. Dieses Jahr Weihnachten fühlt sich alles falsch an, sperrig, unbehaglich, es fehlt jeglicher Glanz. Mein Vater meinte, wenn wir hier feiern und nicht wie sonst in Barcelona, könnten wir vielleicht vergessen, dass Mauro nicht mehr bei uns ist. Immerhin hat er es klar und deutlich ausgesprochen. Ich glaube, ich bin ihm dankbar. Das macht es mir leichter.

»Toni hat mir erzählt, was passiert ist«, sagt Glòria leise zu mir, während die anderen um uns herum immer lauter reden. »Mein Beileid.«

Wie lange muss ich mir das noch anhören? Am liebsten würde ich sie anblaffen, dass sie mich nicht kennt und sich ihr Beileid sonstwohin stecken kann. Aber es ist Weihnachten, und darum verziehe ich die Mundwinkel leicht zu einem aufgesetzten Lächeln.

Als mein Vater mit der Fisch-Zarzuela in einer riesigen Tonkasserole hereinkommt, empfangen wir ihn mit Applaus. Mit Besteckklappern, Lachen und den alten Geschichten, die jedes Jahr aufs Neue aufgetischt werden, vergeht die Zeit wie im Flug. Da plötzlich fällt mir auf, dass wir die Leinenservietten benutzen, auf die meine Mutter in einem anderen Leben grüne Blätter gestickt hatte. Vier Jahrzehnte später liegen die Servietten nun zerknüllt neben den Tellern und berühren andere fettige Lippen, wie die von Glòria, die auf einmal alle Aufmerksamkeit auf sich zieht, als sie uns weismachen will, sie sei Expertin für Psychologisches Tarot.

»Ach, es gibt mehr als ein Tarot?«, sagt mein Vater, während er die letzten Reste seiner köstlichen Fischsuppe verteilt.

Meine Tante Rosalia, Toni und seine neue Freundin entfesseln daraufhin eine hitzige Debatte über den Unterschied zwischen dem Tarot der Wahrsagerinnen und einem Tarot als Weg zur Erkenntnis. Der Unterschied liege in der Deutung der Karten, und da sei das Psychologische Tarot besser, behauptet Glòria mit Kennermiene, weil man dem Gegenüber damit helfen könne, seine negativen Energieblockaden zu lösen.

Das ist wohl ein Scherz?! Ich kann nicht glauben, dass das gerade wirklich passiert. Mein Vater dreht sich mit einem spöttischen Lächeln zu mir um und gibt mir augenzwinkernd zu verstehen, ich solle durchhalten, es sei allemal besser, zu lachen, als zu weinen. Und tatsächlich, wie bei solchen Verwandtschaftstreffen üblich, verpufft das Interesse schnell, und bald darauf sind die Karten vergessen. Nun kreist das Gespräch der Frauen nämlich um mein Gewicht, ich sähe schlecht aus, ein paar Kilo mehr auf den Rippen würden mir gut bekommen, ich sei viel zu dünn, und als Ärztin dürfe ich erst recht nicht so kränklich aussehen. Unter dem Vorwand, die Teller abräumen zu wollen, steht mein Vater auf und sagt zu Rosalia, es sei gerade nicht leicht für uns, und der Gebrauch des Plurals, dieser unverhoffte Beweis väterlicher Zuneigung, rührt mich fast zu Tränen.

Es hat gesessen. Augenblicklich wird es still am Tisch. Als die Gespräche langsam wieder in Gang kommen, stimmt Glòria jedoch erneut ihre Psycho-Leier an, nur diesmal leise.

»Ich denke, eine einzige Sitzung würde dir schon guttun. Ich will mich nicht aufdrängen, aber weißt du, Menschen, die ihren Partner verloren haben, sind besonders empfänglich dafür, sich mithilfe von Tarot zu verständigen. Du könntest ihn bitten, dass er dir im Traum eine Nachricht zukommen lässt«, sagt sie und führt die Gabel zum Mund.

Entschieden stehe ich auf. Der Stuhl quietscht, als ich ihn zurückschiebe. Damit ziehe ich natürlich alle Blicke auf mich, und das ist so ungefähr das Letzte, was ich jetzt brauchen kann. Wutentbrannt werfe ich die Leinenserviette auf den Boden, dabei kann die am allerwenigsten dafür, und renne ins Bad.

Schon im August habe ich meinem Vater gesagt, er solle den Toilettenspülkasten reparieren lassen, und jetzt sehe ich, dass das Wasser noch immer rinnt. Selbst von hier kann ich sie im Esszimmer tuscheln hören. Wie oft habe ich dieses Raunen schon gehört, seit Mauro nicht mehr da ist. Ich weiß genau, was sie sagen. Es ist, als lägst du im Koma und alle redeten über dich, in der festen Überzeugung, dass du sie nicht hörst. Aber das tust du. Es ist auch nicht nötig, jedes einzelne Wort zu verstehen, allein am Tonfall erkennst du, dass du bei ihrem Tratsch das Opfer bist und nicht die Heldin. Meine Stimmung sinkt noch tiefer in den Keller, als mir hier, auf der Kloschüssel, klar wird, dass ich sonst niemanden habe, mit dem ich die Feiertage verbringen könnte. Unwillkürlich male ich mir aus, wie ich künftig Jahr für Jahr mit diesen Leuten Weihnachten feiern werde.

Ich wasche mir das Gesicht, atme tief durch und zwinge mich zur Ruhe. Ich sage mir, es ist ja bald vorbei, und komme so würdevoll aus dem Bad, wie es mein Widerwillen zulässt. Als ich das Esszimmer betrete, verstummen die Gespräche schlagartig, und alle schauen betreten vor sich auf den Teller.

»Entschuldigung«, presse ich hervor, und mit dem von meinem Vater im selben Moment aufgetragenen Dessert kommen allmählich auch die Gespräche wieder in Gang.

Das Festessen verläuft ohne weitere Zwischenfälle. Zum Glück brechen Toni und Glòria als Erste auf. Wir bringen sie alle zum Wagen, dann gehen die anderen wieder hinein, weil es draußen eisig kalt ist, aber ich bleibe noch einen Moment vor der Tür und suche eine Stelle, an der mein Handy Empfang hat. Für einen Augenblick blitzt die Erinnerung an Quim auf. Doch sie ist nur eine Randnotiz, wie etwas, das längst verblasst ist. Seit unserem nächtlichen Telefonat hat er nichts mehr von sich hören lassen. Ein feiner Dunst steigt vom ein paar Kilometer weiter unten gelegenen Küstenort Port de la Selva auf und weht den Geruch nach Meer und Algen zu mir. Die Feuchtigkeit kriecht mir in die Kleider und bringt all die aufgestauten Tränen an die Oberfläche, offenbar habe ich heute nah am Wasser gebaut.

Als ich zehn Minuten später wieder reingehe, biete ich mich an, den Töchtern meiner Cousinen die Windeln zu wechseln. Sie sind so süß und unschuldig, da ist es leicht, der Welt der Erwachsenen zu entfliehen. Ich setze mir die beiden schmollenden Kleinen, die mich misstrauisch beäugen, auf die Hüften und gehe summend mit ihnen hinaus. Zusammen wiegen sie nur ein paar Kilo, und sie duften so gut. Ich lege die beiden auf das Bett meines Vaters und spiele eine Zeit lang mit ihren kleinen, prallen Füßchen. Ab und zu werfe ich einen Blick auf die Uhr. Die Zeiger scheinen heute stillzustehen. Verglichen mit den Kindern auf meiner Frühchen-Station kommen mir die beiden riesig vor. Zwei propere, gesunde Mädchen, die jedes Weihnachten wieder ein paar Zentimeter gewachsen sein werden. Sanft streiche ich über den Haarwirbel, den eine der beiden im Nacken hat. Ihr Gebrabbel beruhigt mich, und so kann ich nach einer Weile mit den beiden Kleinen ins Esszimmer zurückkehren und sie ihren Müttern übergeben, die schon langsam unruhig geworden sind. So muss es sein, wenn man Mutter ist, denke ich, immer in Sorge.

Als alle gegangen sind, räume ich mit meinem Vater den Tisch ab und schenke mir noch einen Schluck Wein ein. Und in diesem kleinen Augenblick, in dem das Ticken der Esszimmeruhr durch das stille Haus hallt, habe ich zum ersten Mal an diesem Tag das Gefühl, dass Weihnachten ist.

Neuerung Nummer zwei an diesem seltsamen Weihnachtsfest: Ein Vater und seine erwachsene Tochter wachen mit Argusaugen über ihre kleine Welt. Niemand kann ermessen, was sie aneinander haben. Das Gefühl ist neu, das gab es noch nie, und zugleich reicht es über drei Jahrzehnte zurück, in die Zeit, als wir das erste Weihnachten ohne Mama feierten.

Mein Vater trällert eine Melodie vor sich hin, während er hochkonzentriert das Geschirr in die Spülmaschine räumt. Das macht er so, seit ich denken kann. Ich lehne im Türrahmen und schaue ihm zu, während ich mir das x-te Glas Wein des heutigen Tages schmecken lasse, und zum ersten Mal sehe ich einen alten Mann vor mir, so als wäre er, der immer irgendwie alterslos gewirkt hatte, schlagartig alt geworden. Dennoch kann ich hinter der zerbrechlichen Gestalt noch den großen, tatkräftigen Mann erahnen, der mich aufgezogen hat, den Mann, der mich, auf seine Weise, abgöttisch liebt. In seinem schön geschwungenen Nacken ist das Haar schneeweiß, und seine schlaksigen Beine stecken in beigefarbenen Kordhosen mit Ledergürtel und ausgebeulten Taschen voller klimperndem Kleingeld. Er hat etwas von einem Weisen. Dieser Mann, der jeden Tag eisern in aller Herrgottsfrühe aufsteht, vormittags in der Bar bei einem Kaffee die Zeitung liest, nach dem Essen gern stundenlange Gespräche führt, nicht nur seine Freunde, sondern auch deren Freunde mag, ein Faible für Wetterprognosen hat und ein paar Regentropfen zur Sintflut oder einen heißen Tag zum Beginn einer Dürrekatastrophe aufbauschen kann, der Mann, der bis in alle Ewigkeit in die Erinnerung an eine Frau verliebt ist, der die Türen zu einer Welt öffnet, die nur ihm allein gehört, wenn er sich ans Klavier setzt, dieser Mann ist mein Vater. Doch trotz allem, trotz der dichten weißen Augenbrauen, seiner faltigen Stirn, den markanten Geheimratsecken über den Schläfen und seinem gebeugten Rücken erinnert er mich auch immer noch an meinen Papa in jungen Jahren. Während er in der Küche hantiert, bewegt er sich zielstrebig, wenn auch manchmal leicht schwankend, durch sein kleines Universum aus Tontöpfen, Weidenkörben und Korbflaschen mit Olivenöl, die er bei seinem besten Freund kauft, einem Olivenbauern, der nur auf Bestellung abfüllt. Ich bin sicher, dass er bei jedem Treffen vorgibt, er bräuchte wieder eine Flasche, nur um seinen Freund glücklich zu machen. Ich habe allein sechs in seiner Speisekammer gezählt.

»Es tut mir leid, dass ich vorhin die Nerven verloren habe, Papa.«

Erschrocken fährt er herum.

»Paula! Ich hatte dich gar nicht bemerkt. Denk nicht mehr dran. Dein Cousin … naja, lassen wir das … sie passt zu ihm wie die Faust aufs Auge.«

Wir müssen beide grinsen.

»Eine Wahrsagerin hat unserer Familie gerade noch gefehlt.«

Ich pruste los, halte mir den Bauch vor Lachen, kann mich nicht mehr einkriegen, als wollte aller Schmerz sich aus mir hinauskatapultieren, und mein Vater stimmt dröhnend in mein Gelächter mit ein.

»Uff«, schnauft er schließlich, »das reicht, ich kann nicht mehr. Lassen wir sie in Ruhe … Aber sie sind wirklich wie für einander geschaffen!«

Mit dem Geschirrhandtuch wischt er sich zuerst die Lachtränen aus den Augen, und dann schiebt er damit die Brotkrümel von der Marmorarbeitsplatte in seine Hand, während wir wie eine verschworene Gemeinschaft kichernd noch ein wenig weiterlästern.

Die Glocken von Sant Esteve schlagen sechs. Draußen wird es allmählich dunkel. Mir ist, als wären wir allein auf der Welt. Nur mein Vater und ich. Plötzlich läuft mir ein Schauer über den Rücken. Ich leere das Glas Wein in einem Zug.

»Ich habe ein Geschenk für dich«, sage ich, ergriffen von dem Moment.

Mein Vater schüttelt energisch den Kopf.

»Zuerst ich, junge Dame. Setz dich, bitte.«

Er trocknet sich die Hände an seinem Küchenhandtuch ab und legt es auf den Spülstein. Auf dem Weg zum Klavier krempelt er sich die Ärmel seines Hemdes und Pullovers runter und knöpft die Manschettenknöpfe zu.

Dann lässt er sich auf der Bank vor dem Klavier nieder, das er vor Jahren aus dem Sperrmüll gerettet hat. Die vergilbten Tasten passen wunderbar zu dem alten Holz. Er sieht mich an, gibt mir mit einer Handbewegung zu verstehen, dass ich mich aufs Sofa setzen solle, legt eine Partitur auf den Notenständer, und als seine Finger bereits über den Tasten schweben, hält er noch einmal inne, nimmt die Notenblätter und zeigt sie mir.

»Mein Stück heißt nicht mehr ›Bella‹. Schau, es ist fertig, und ich hab's umgetauft.«

Ich muss die Zähne zusammenpressen, um die Rührung zurückzudrängen, die mich überkommt, als ich meinen Namen über den Noten entdecke, die nun, eine nach der anderen, erklingen und mich in eine bewegende Melodie einhüllen. Mein Vater spielt mit geschlossenen Augen, wie immer sanft den Kopf wiegend, die großen Füße auf den Pedalen, und unversehens raubt mir die Liebe, die ich für diesen Mann empfinde, den Atem. Er hat es vermocht, das emotionale Auf und Ab meiner letzten Monate zu Musik werden zu lassen. Es ist eine minimalistische, schmerzlich-schöne Melodie, die von der tiefen Anteilnahme spricht, die ich so oft in seinen Augen wahrnehme, wenn wir uns zum Essen oder auf einen Kaffee treffen, mehr noch, im Grunde drückt sie all das aus, was er mir nie zu sagen vermocht hatte, und endet mit einem Akkord voller Hoffnung.

Als die letzte Note verklingt, erfüllt kurz Stille den Raum. Dann beginne ich zu applaudieren und stehe auf, um ihn zu umarmen. Ich spüre, wie schwer es ihm fällt, seiner ungelenken Geste etwas Zärtliches zu geben, als er die Arme um mich legt und mir ein paar unbeholfene Klapse auf den Rücken gibt. Wir haben es nie vermocht, unserer Liebe sichtbaren Ausdruck zu verleihen, da ist immer etwas gewesen, das uns bremste. In diesem Augenblick, völlig unverhofft, löst er sich von mir und zieht mich auf seinen Schoß.

Zuerst ist es mir unangenehm, aber als es mir gelingt, meine Schüchternheit zu überwinden, kann ich loslassen und mich von einer Flut von Erinnerungen zu dem unschuldigen, kleinen Mädchen zurücktragen lassen, das ich vor meinem siebten Geburtstag war. Wie oft hatte er mich damals auf seinen Schoss gesetzt, und wir hatten gemeinsam Klavier gespielt. Nach Mamas Tod hatte dann jedoch die Stille Einzug gehalten. Jeder hatte sich trauernd in seine Ecke verkrochen, und als wir irgendwann wieder herauskamen, waren wir nicht mehr dieselben. In dieser Wiege der Geborgenheit wird mir bewusst, dass wir das Kind, das wir einmal waren, für immer in uns tragen, auch wenn wir uns nicht mehr daran erinnern.

»Danke, dass du heute hier warst. Ich weiß, das war nicht einfach«, sagt er auf einmal ohne aufzuschauen, »ich … ich möchte dir noch gerne etwas sagen, aber ich weiß nicht recht, wie ich anfangen soll.«

Mir fehlen die Worte. Mein Herz gerät aus dem Takt. Die Nähe, die ich mir immer so gewünscht habe, überfordert mich.

»Deshalb … das Lied?«, frage ich heiser.

»Nein, nein. Das Lied ist ein Geschenk. Mein Weihnachtsgeschenk für dich. Gefällt es dir?«

Ich presse die Lippen zusammen und nicke. Da holt er tief Luft, schließt die Augen und nimmt meine Hände.

»Also … Ich wollte dir sagen, dass … ich möchte … Ich muss wissen, wie es dir geht.«

»Es geht mir gut, Papa«, sage ich rasch. Ich würde am liebsten im Boden versinken.

»Paula …« Er hebt mein Gesicht an und schaut mir in die Augen. »Du weißt, ich habe dasselbe durchgemacht wie du jetzt.«

»Nicht ganz, Papa.«

Überrascht sieht er mich an. Mit einer so harschen Reaktion hat er nicht gerechnet. Doch ich kann nicht zulassen, dass er in mir die Verzweiflung wachruft, die ihn nach dem Tod meiner Mutter gepackt hatte und die mich in eine Zuschauerrolle zwang, aus der es kein Entrinnen gab, wie ein Insekt, das in der haarigen Falle einer fleischfressenden Pflanze gefangen war. Meine Eltern waren ein glückliches Paar. Sie hatten eine Tochter, ein gemeinsames Zukunftsprojekt, das bis zu einem gewissen Punkt seine stille Schwermut nach Mutters Tod erklärte. Darum darf ich nicht länger damit hinter dem Berg halten, dass mein Toter mich nicht mehr hatte haben wollen und ich darum keine Hinterbliebene im eigentlichen Sinne war. Ich sollte ein für alle Mal klarstellen, dass ich auch darüber hinwegkommen muss und deshalb Mauro nicht auf einen Altar zu stellen gedenke, wie mein Vater es einst mit meiner Mutter getan hatte.

»Aber ich weiß, wie du dich fühlst, Paula.«

»Nein, das weißt du nicht.«

»Er hat dich sehr geliebt. Ihr habt euch sehr geliebt.«

Mit einem tiefen Seufzer hängt er für einen Moment seinen eigenen Erinnerungen nach. Schnell wechsle ich das Thema, bevor er sich ganz darin verliert.

»Weißt du, Papa … Du warst bis zum letzten Moment bei Mama. Ich habe mich an dem Tag mit Mauro zum Mittagessen getroffen, und er …«

Fragend zieht er die Schultern hoch und sieht mich an, als könnte ihn in diesem Leben nichts mehr überraschen.

»… und wir haben uns gestritten. Er hat mir gesagt, dass …«

Nervös wandert mein Blick umher. Mein Vater strahlt dasselbe auf einer falschen Annahme beruhende Mitgefühl aus wie alle anderen, und die Versuchung, ihm zu erzählen, dass Mauro etwas mit einer anderen Frau hatte, wird immer größer. Ich muss es ihm sagen, muss ihm meinen Schmerz begreiflich machen, ich muss mich, hier auf seinem Schoß, an seine Brust, seinen Bauch, sein Herz schmiegen, wie ein Kätzchen, das Schutz und Zuneigung sucht …

»Was hat er gesagt, Paula?«

Ich schlucke, und dann, gerade noch rechtzeitig, lasse ich von dem zerstörerischen Gedanken ab, aus Furcht, den alten Mann leiden zu sehen. Welchen Sinn hätte es, ihn jetzt noch seines Traums von einem perfekten Schwiegersohn zu berauben?

»Nichts, ist nicht so wichtig. Wir haben uns gestritten. Und als er losmusste, weil er ein Meeting hatte, wollte ich ihn nicht umarmen, Papa. Das war unser Abschied.«

Ich seufze voller Groll, verschanze mich aber hinter einem traurigen Lächeln. Ein gequälter Ton erklingt, da mein Vater versehentlich auf eine Taste gekommen ist. Zart streicht er mir über den Rücken und sagt, ich solle mir darüber keinen Kopf machen, das bringe nichts, und dann umarmt er mich wieder, ganz fest. Es ist eigenartig. Der Tod ist ein Meister darin, einem zur Unzeit absonderliche Gespräche zu bescheren.

»Weißt du, Paula, was ich dir eigentlich sagen wollte … Du musst dich nicht schlecht fühlen, wenn du nach vorn blickst und dein Leben wieder zu genießen beginnst. Das steht an. Das Leben besteht aus lauter Puzzlestücken. Und Mauro ist eines von deinem Puzzle gewesen. Ein ungemein wertvolles Stück deines Lebens mit vielen Höhen, aber natürlich auch Tiefen. Was auch immer der Grund für euren Streit war, dem Tod kann es nicht den Rang ablaufen. Ihm deswegen noch zu grollen bringt nichts, mein Schatz. Glaub mir.«

Und als ich schon denke, für den Wunsch nach einem Vater, der meine Würde mit Schild und Schwert verteidigt und nicht zulässt, dass die Ehre seiner Tochter mit Füßen getreten wird, sei es zu spät, entwaffnet er mich zu guter Letzt mit einem Kuss auf die Stirn. Jahrzehnte zu spät, aber immerhin.

Wir geben sicher ein bizarres Bild ab. Mit meinen zweiundvierzig Jahren sitze ich mit hängendem Kopf auf dem Schoß meines zweiundsiebzigjährigen Vaters vor dem nach Holz duftenden Klavier. Hand in Hand sitzen wir befangen da, ich halte meine Tränen ebenso zurück wie die Wahrheit, während er sichtlich um Aufrichtigkeit bemüht ist.

»Das hätte sich gegeben, Paula, das kommt öfter vor, als man denkt, weißt du? Im ersten Moment scheint es eine Katastrophe zu sein, aber später relativiert es sich, und schließlich löst es sich in Wohlgefallen auf. Schau nach vorn. Du musst dein Leben leben, Paula. Versprichst du mir das?«

Neuerung Nummer drei an diesem seltsamen Weihnachtsfest: Mir wird klar, dass mein Vater mir zur Seite steht, komme, was wolle. Er ist immer dagewesen. Und er weiß Dinge über mich, die ich nicht mal ahnte. Liebe ist auf einmal etwas Greifbares, Hörbares. Und sie verlangt Mut. Um sie zu spüren, muss man einfach nur präsent sein. Ich verspreche es ihm.

Wenn einer stirbt, teilt sich der Freundeskreis wieder in die Freunde des Verstorbenen und die eigenen Freunde. Doch wenn etwas klar ist, dann das: Nacho behalte ich! Auch wenn das Verhältnis zwischen deinem Freund und mir seit jenem Abend im Krankenhaus angespannt war. Nur durch deine Schuld.

Du hättest ihn mit seinen Zwillingen sehen sollen. Als er auf der Plaça de la Virreina ankam, sah er aus wie ein Ein-Mann-Orchester, bis über beide Ohren beladen mit Taschen und Spielzeug und mit einem Doppelkinderwagen, der für die engen Straßen von Gràcia, wo er und Montse unbedingt hinziehen mussten, gänzlich ungeeignet ist.

»Bisschen früh, meine Liebe, meinst du nicht?«

Mit dem Kinn deutete er auf mein Glas. Ich winkte ab, er solle es gut sein lassen und besser keine Fragen stellen. Dass ich vormittags um halb zwölf Wein trank, ist nämlich auch deine Schuld. Ich hatte ihn bestellt, weil ich mir Mut antrinken wollte. Weil ich Nacho vorhalten wollte, dass er mir ruhig hätte stecken können, dass du mit einer anderen zusammen warst. Aber, klar, er war dein Freund. Und als solcher absolut loyal, was ich vollauf respektiere. Darum behielt ich meine Vorwürfe dann doch für mich, als er endlich neben mir saß, und als er meinte, er würde dich noch immer furchtbar vermissen, umfasste ich seine Hände mit meinen.

Wenn einen zwei herumturnende Kleinkinder die ganze Zeit in Atem halten, ist es schwierig, ein vernünftiges Gespräch zu führen. Mehr als einmal sprang er auf, mal, um die Windeln des einen zu wechseln, mal, um den Trotzanfall des anderen zu unterbinden und sich bei den übrigen Gästen der Bar für das Wutgeheul zu entschuldigen. Dazu steckten sich die Kinder noch ständig etwas Verbotenes in den Mund und wanden sich wie die Aale, weil sie nicht zurück in den Kinderwagen wollten. Nacho schwitzte Blut und Wasser. Als ihm die Zwillinge zwischendurch eine Pause gewährten, sagte er schnell, zu wissen, dass du nie mehr zurückkehren würdest, schnüre ihm so sehr die Luft ab, dass er einen Termin bei einem Psychologen gemacht habe. Ich betrachtete seine rissigen Lippen und seine fragile Gestalt und begriff, dass auch ich jetzt vor Kummer nicht mehr ein noch aus wüsste – wenn du mich nicht verlassen hättest, wenn ich nicht vorher erfahren hätte, dass es längst jemand anderen in deinem Leben gab. Ich spürte, wie sich mein Herz vor Schuldgefühlen zusammenzog, dass ich nicht so litt wie dein bester Freund. Und zwischen dem Theater der beiden Kleinen, dem Quietschen eines Stuhls, dem Klacken der zufallenden Tür und dem Pfeifen der Kaffeemaschine hinter dem Tresen hörte ich mich plötzlich sagen, wenn wir dich so sehr vermissen, sei das der Beweis, wie sehr wir dich geliebt haben, Mauro, und dass du für uns unersetzlich bleibst.

Auf der Straße überschüttete ich die Zwillinge zum Abschied mit Küssen, was den beiden gar nicht gefiel. Und dann fielen Nacho und ich uns spontan in die Arme, als hätten wir es uns beide die ganze Zeit insgeheim gewünscht, und mit diesem unverhofften Weihnachtsgeschenk ging ich nach Hause.

14

Als ich aufwachte, wusste ich im ersten Moment nicht, wo ich war. Da die Nacht ruhig war, hatte ich mich im Bereitschaftszimmer auf eines der leeren Betten gelegt.

Marta und Vanesa entspannten sich im Etagenbett. Mit halb geschlossenen Augen sah ich zu ihnen hinüber, beteiligte mich aber nicht an ihrer Unterhaltung. Die eine blond, die andere kastanienfarben, tragen die beiden dieselbe Frisur: langes, glattes, durchgestuftes Haar mit einem Seitenpony, der den Blick auf die stark geschminkten Augen lenkt. Dazu Perlenohrringe, wahrscheinlich aber keine echten, da sie nicht deren sanften Schimmer haben. Marta hat darüber hinaus noch mehrere Piercings am Ohrknorpel, wohl um aller Welt kundzutun, dass sie sich nicht die Butter vom Brot nehmen lässt. Vanesa wirkt hingegen um einiges braver. Obwohl die beiden fachlich top sind und ich sie sehr mag, habe ich trotzdem manchmal den Eindruck, dass sie hier fehl am Platz sind. Es sind ihre identischen Frisuren, das Übermaß an Make-up und ihr Verhalten, wenn junge männliche Vertreter unserer Zunft in der Nähe sind, die mich auf diesen Gedanken bringen.

Ich weiß, dass sich die beiden, wie viele junge Frauen ihrer Generation, an den endlosen Krankenhausserien im Fernsehen nicht sattsehen können. Und auch wenn ich sie nie danach gefragt habe: Irgendwie habe ich den Verdacht, dass sie nur deswegen Medizin studiert haben und nun in einer Realität gelandet sind, die mit ihren Träumen nicht mehr viel zu tun hat. Hier jedoch fließt echtes Blut, und es geht tatsächlich um Leben und Tod.

Selbstvergessen spielten die beiden mit ihren Handys, während sie sich unterhielten – ein letztes Aufflackern ihrer Jugend –, und trugen demonstrativ die vermessene Haltung mancher jungen Leute zur Schau, die glauben, allein weil sie arbeiten müssen, sei die Welt ihnen etwas schuldig. Marta war stinksauer, weil sie in dieser Nacht eigentlich Dienst gehabt hätte, doch nachdem in letzter Minute die Dienstpläne geändert worden waren, jetzt überflüssig war. Während ich in solchen Situationen immer denke, passiert ist passiert, Hauptsache, wir sind genug, empfand sie es offensichtlich als Zumutung, dass sie ihren Weihnachtsurlaub jetzt umsonst hatte unterbrechen müssen, und Vanesa pflichtete ihr bei, mit jener Art von Mitgefühl, das auf mich oft klebrig wirkt. Sie ereiferten sich derart, als wären sie Opfer des Systems, und so machte sich im Bereitschaftszimmer allmählich Resignation, Machtlosigkeit und vor allem Desinteresse breit.

Um die schlechte Stimmung zu vertreiben, versuchte ich, sie abzulenken. Ich begann damit, wie ungewöhnlich ruhig doch diese vorletzte Nacht des Jahres sei, und als ich darauf keine Antwort erhielt, fragte ich, ob ihnen nicht kalt wäre, so wie mir, und ob wir nicht die Heizung einschalten sollten.

»Ich bin okay, Paula«, sagte Vanesa, während Marta nur weiter an der Haut um ihren Fingernagel knabberte.

Nichtsdestotrotz drehte ich die Heizung auf und beschloss dann, es dabei bewenden zu lassen. Ich zog den Kittel mit seinem Krankenhausgeruch aus, rollte mich auf dem Bett zusammen und vergrub meine Nase im Weichspülerduft meines Pullovers. Das war fast so, als läge ich zu Hause im eigenen Bett. Bald darauf begannen Marta und Vanesa darüber zu tuscheln, was sie am nächsten Tag bei der Silvesterparty anziehen wollten, zu der sie eingeladen waren, und ob das schwarze Top, das die eine der anderen geliehen hatte, gut zu deren neuer Hose passte.

Mein Gott, wie lange war das her, dass ich mich so auf eine Party gefreut hatte? Plötzlich verspürte ich wieder Sehnsucht nach dem wilden Leben. Früher war ich hin und wieder direkt von der Diskothek oder einer Party zur Arbeit gekommen, voller Energie und den Tabakgeruch noch in den Kleidern, wenn ich keine Zeit mehr gehabt hatte, mich zu Hause umzuziehen. Ich sehe mich noch vor mir, übernächtigt, doch mit hocherhobenem Kopf und einer Selbstsicherheit, die ich mir für Orte, wo ich eine unter vielen war, angeeignet hatte. Zu Hause hatte ich alles im Griff, im Krankenhaus setzte ich ein einstudiertes Lächeln auf, ich mochte meinen Freundeskreis, was wollte ich mehr? Konnte ich das alles in Zukunft auch wieder hinkriegen?

Dass die Zeit verging und der Abstand zum furchtbaren letzten Februar immer größer wurde, war mir in den letzten Monaten oft nur durch Daten bewusst geworden, die ich beiläufig aufgeschnappt hatte, der Geburtstag einer Krankenschwester, die Zeitumstellung im Oktober, eine Weihnachtsfeier … doch in dieser Nacht, als ich hundemüde mit den beiden im Bereitschaftszimmer lag, wusste ich ganz genau, was für ein Tag es war. Und ich wusste auch, wie viele Stunden das Jahr noch hatte. Seit Tagen konnte ich förmlich hören, wie sie eine nach der anderen verrannen, als würde seit Quims ferner Stimme am Telefon ein Countdown heruntergezählt. Am nächsten Tag war der 31. Dezember, der Tag, an dem er in Barcelona ankommen sollte. Zumindest hatte er das damals gesagt. Seit unserem Telefonat vor über einem Monat hatte ich auf eine Nachricht von ihm gewartet, vergebens. Angesichts seines Schweigens hatte ich mich daher auch immer öfter gefragt, ob ich das Gespräch vielleicht nur geträumt hatte. Trotzdem baute ich von Tag zu Tag mehr darauf, dass er jeden Moment anrief, um mir zu sagen, er sei soeben gelandet, voller quälender Anspannung, die ich weder bei der Arbeit noch allein zu Hause loswerden konnte. Je näher das Monatsende heranrückte, desto schwerer fiel es mir, mich auf eine Sache zu konzentrieren, als wartete ich darauf, dass er mir aus Boston ein Heilmittel für mein trostloses, eintöniges Leben mitbrachte. Die Aussicht, ihn wiederzusehen, hatte mir die Kraft gegeben, die Weihnachtszeit und die Invasion meiner Freunde zu überstehen. Die hatten sich gegenseitig geradezu überboten, mir während der Zeit zwischen den Jahren beizustehen, um darüber hinwegzutäuschen, wie schwer wir uns alle damit taten, zu akzeptieren, dass Mauro nicht mehr bei uns war. Nur lässt diese Entschlossenheit die Narbe nicht verheilen, sondern zeigt bloß noch deutlicher, was wir früher einmal waren. Nicht nur Mauro und ich, sondern wir alle zusammen.

Seit Jahren bewege ich mich unverändert in drei überschaubaren Freundeskreisen: Lídia und ihre Sippe, die engsten Arbeitskollegen und die gemeinsamen Freunde von Mauro und mir. Letztere bereiten mir, die ich jetzt solo bin, zunehmend Unbehagen. Es sind ausschließlich Paare mit kleinen Kindern, und mit Mauros Tod sind sie zu einem mächtigen, geschlossenen Heer mutiert, das meiner habhaft werden und mich für alle Zeiten zu seiner Geisel machen will. Der Tod kennt kein

Pardon, er streckt seine übergriffigen, langen Fangarme sogar nach Freundschaften aus, schwächt und zerbricht sie.

Ich lud sie zu mir ein, kredenzte Finger-Food, Knabbereien und Getränke, versuchte, den Gesprächen zu folgen und das Glück der anderen sowie die obligatorische fröhliche Weihnachtsstimmung zu ertragen. Ich gab mich herzlich und bemühte mich, ihrer Großherzigkeit mit Liebenswürdigkeit und vielen kleinen Details zu begegnen. Doch irgendwie verpassten sie alle den Moment, rechtzeitig zu gehen, sodass im Verlauf der Stunden ihre guten Absichten für mich zu oberflächlichem Getue verwässerten.

Wie jedes Weihnachten hatte ich mich genötigt gesehen, für alle Kinder der Clique ein kleines Geschenk zu besorgen. Ich hatte in einem kleinen Laden in meinem Viertel Schnullertäschchen entdeckt, die mit verschiedenen Stoffen gefüttert waren. Als die Verkäuferin mir die Stoffe zeigte, war ich mit mir im Reinen und freute mich unbändig, etwas Originelles gefunden zu haben. Zu Hause wollte ich die Täschchen hübsch verpacken, wie ich es im Internet gesehen hatte – und scheiterte letztlich am Befestigen des Geschenkbands, das dem Päckchen eigentlich den besonderen Pfiff geben sollte. Früher hatte ich mein mangelndes Geschick für Handarbeiten mit Humor genommen, diesmal knüllte ich das Geschenkpapier vor Wut zusammen. Unvermögen, Schmerz und Trauer werden anscheinend mit der Zeit nicht schwächer, sondern verwandeln sich nur in launenhafte Stimmungsschwankungen. Darum bleibt mir nichts anderes übrig, als zu simulieren. Inzwischen ist aus mir eine richtig gute Schauspielerin geworden, und wenn ich so weitermache, werde ich noch für den Oscar nominiert. Manchmal gelingt mir eine wahrhaft meisterliche Vorstellung, und ich spiele meine Rolle so gut, dass ich sie mir selbst abkaufe, bis ein widerspenstiges Geschenkbändchen mich derart aus der Fassung bringt, dass ich die kleinen Schachteln mit den Schnullern, die doch eigentlich Freude bereiten sollen, eine nach der anderen gegen die Schlafzimmerwand pfeffere.

Aber immerhin hat mich das Warten auf ein Lebenszeichen von Quim das erste Weihnachten ohne Mauro erfolgreich überstehen lassen. In den letzten beiden Nächten vor meiner Schicht habe ich allerdings sehr schlecht geschlafen. Ich bin mitten in der Nacht aufgewacht, um mein Handy zu konsultieren, und beim Versuch, wieder einzuschlafen, habe ich mir vorgestellt, wie wohl das Wiedersehen verlaufen wird. Würden wir uns überschwänglich in die Arme fallen? Oder würden wir einen gebührenden Abstand wahren und darauf warten, dass der andere das Eis brach? Um dem Gedankenkarussell Einhalt zu gebieten, tadelte ich mich, ich solle ihn mir endlich aus dem Kopf schlagen, wenn er mich wirklich wiedersehen wolle, hätte er das längst durch einen Weihnachtsgruß oder dergleichen signalisiert. Andererseits … ich hatte ihm auch keinen geschickt. Ich wusste nicht mal, was er in Boston trieb. Die zwei, drei Details aus seinem Leben, die ich kannte, deuteten darauf hin, dass er ein freiheitsliebender Mensch war, der die Abwechslung schätzte und jeden Tag bis zur Neige auskostete. Es stand also nicht nur in den Sternen, ob er wirklich nach Barcelona zurückkam, wie er gesagt hatte, sondern auch, was mit uns passieren würde, wäre er erst einmal wieder hier.

Vanesas und Martas Stimmen, die über ihre Silvesterparty sprachen, wiegten mich schließlich in den Schlaf. Wenn ich mich sonst während des Bereitschaftsdiensts hinlege, döse ich vielleicht ein wenig, aber so tief geschlafen habe ich noch nie.

Doch es hatte mich auch noch nie so ausgelaugt, mit mir selbst Zwiegespräche zu führen und nach außen hin die Fassade aufrechtzuerhalten.

Es mochten zwei Stunden vergangen sein, als mein Piepser losging. Herzstillstand in Zimmer 125. Erschrocken fuhr ich hoch, sah mich um, ich war allein. Schlaftrunken warf ich mir den Kittel über und rannte zur Treppe. Ich hörte entferntes Türenklappern, doch die Flure, durch die ich rannte, wurden immer länger. Als ich schließlich in der 125 ankam, war schon Hilfe zur Stelle. Doch das Baby war nirgends zu sehen. Ich blickte aufs Sofa, aufs leere Bett der Mutter, nichts. Das Kleine war weg.

»Verdammt, wo ist das Kind?!«

Ich kniete mich hin, beugte mich vor, bis mein Gesicht den kalten Linoleumboden berührte, um unter das Sofa zu schauen.

»Paula.«

Ich blickte auf. Marta war neben mir in die Hocke gegangen und legte mir jetzt die Hand auf die Schulter. Und dann sagte sie leise, damit die anderen es nicht hörten: »Es ist die Oma. Dem Kleinen geht es gut, er ist mit seiner Mutter im Stillzimmer. Der Herzstillstand, das ist die Großmutter.«

»Wie?«

Ich brauchte einen Moment, bis ich begriff, dass auf der anderen Seite des Bettes eine alte Frau auf dem Boden lag und von Vanesa und einem Kardiologen notversorgt wurde. Scham durchflutete mich. Als ich hinzutrat, sah mich der Kollege verstohlen an, und als kurz darauf alles unter Kontrolle war und die Oma auf einer Trage aus dem Zimmer geschoben wurde, schien es mir, als tuschelte er mit Vanesa über mich, da er auf das Sofa zeigte. Ich wusste, ich würde selbst darüber lachen, wenn ich die Anekdote am Morgen im Team zum Besten gab. Das ulkige Bild der Ärztin, die unter dem Sofa nach einem Neugeborenen sucht, würde eine Steilvorlage für Witze abgeben, zu denen ich sicher selbst noch das ein oder andere Bonmot beitragen würde. Aber in dem Moment hätte ich den Kardiologen am liebsten angeschrien, dass es nur die Spitze eines gigantischen Eisbergs war, wenn ich mitten in der Nacht so verschlafen war, dass ich nichts kapierte. Warum können die Menschen nicht achtsamer mit anderen umgehen und sich angesichts verborgener Eismassen ihre verkappten Unverschämtheiten sparen.

Um sieben Uhr morgens machte ich wie immer die Übergabe. Am Ende kam natürlich die Anekdote der Nacht zur Sprache, und meine verschrobene Suche in Zimmer 125 wenige Stunden zuvor sorgte für herzhaftes Gelächter. Es waren alle da, Santi und zwei weitere Kolleginnen aus dem Team, Marta, die nicht mehr ganz so verschnupft wirkte, Vanesa, unsere schreckhafte, aber effiziente junge Sekretärin mit rosigen Wangen und natürlich die Schwestern der Tages- und Nachtschicht. Sie saßen um den runden Tisch, lehnten bei einer Tasse Kaffee gemütlich an der Wand, hörten mir zu und scherzten. Santi fuhr mir lachend durchs Haar, und ich genoss das warme Gefühl sehr, Teil eines Teams zu sein und von ihnen gemocht zu werden.

Beseelt von diesem Gefühl der Geborgenheit machte ich mich nach dem Umziehen mit erschöpften Gesichtszügen, aber glänzenden Augen auf den Heimweg. Im Foyer, von dem die Sprechzimmer für die ambulanten Patienten abgingen, erwachte der Tag gerade mit der üblichen Geräuschkulisse. Zu dieser Morgenstunde ging es hier noch ziemlich ruhig zu: vereinzelte Kollegen in Weiß, ein Vater, der im Wartebereich hinter einem vorwitzigen Knirps herlief, und das Reinigungspersonal, das mit seinen Mopps die Spuren der Nacht wegwischte, während das erste Tageslicht die Halle flutete. Alles war bereit für neue ärztliche Heldentaten an diesem letzten Tag des Jahres.

Der 31. Dezember. Beim Verlassen der Eingangshalle schlug mir ein kalter Wind entgegen, der mir die Haare ständig ins Gesicht wehte. Fluchend kramte ich in der Handtasche nach meinen Autoschlüsseln, ein Unterfangen, das mit Wollhandschuhen äußerst schwierig war, hatte ich doch die Angewohnheit, sie immer innen in der kleinen Reißverschlusstasche zu verstauen.

Bevor ich hinausgegangen war, hatte ich noch mit einem letzten Fünkchen Hoffnung auf mein Handy geschaut, aber nur eine Nachricht meines Vaters vorgefunden, der mir um sieben Uhr morgens mitteilte, dass ich bitte vorsichtig fahren solle, bei ihm in Selva de Mar blase die Tramuntana kräftig, und es werde trotz des heiteren Himmels in Barcelona vor heftigen Windböen gewarnt. Die Welt drehte sich wie gewohnt. Dachte ich.

»Doktor Cid …«

Überrascht blickte ich auf und strich mir die wehenden Haare aus dem Gesicht. In Turnschuhen und einem langen offenen Mantel, die Hände in den Manteltaschen verborgen, stand, keine drei Meter von mir entfernt, Quim mit einem schelmischen Grinsen im Gesicht.

Abrupt blieb ich stehen. Im ersten Moment empfand ich so etwas wie Genugtuung. Er war gekommen. Ich hatte gewonnen, und der Schatten, der mir in den letzten Tagen lange Vorhaltungen gemacht hatte, hatte verloren.

»Quim …«

Leise wiederholte ich seinen Namen, nur um mich zu vergewissern, dass ich nicht einem Trugbild aufsaß, dann stockte mir der Atem, und mein Herz geriet vor Freude aus dem Takt, weshalb mein rationales Ich mir augenblicklich befahl, umgehend meinen Puls unter Kontrolle zu bringen.

In den neun Monaten seit unserer letzten Begegnung hatte ich ausreichend Gelegenheit gehabt, ihm falsche Facetten anzudichten: Er hatte nicht annähernd so viele graue Haare und war auch größer und imposanter als in meiner Erinnerung. Die Stupsnase, die lächelnden, sinnlichen Lippen und der lebhafte Blick, ohne jede Spur von Groll. Da war er, er war wirklich da, unverhofft, greifbar, real, und wartete ungeduldig auf meine Reaktion.

»Woher wusstest du, dass ich hier bin?«

Paula, Paula, war das die Begrüßung, die du in deinen schlaflosen Nächten wieder und wieder geübt hast? Wahrlich nicht. *Woher wusstest du, dass ich hier bin?*, und nicht mal ein lahmes, nüchternes Hallo. Aber meine Stimme gehorchte mir einfach nicht, ich war viel zu sehr damit beschäftigt, dass Quim sich nicht in Luft auflöste.

»Wo hätte ich dich sonst suchen sollen?«, erwiderte er lächelnd, doch ohne jede Ironie. Vor seinem Mund bildete sich eine Atemwolke, und ich musste an Amsterdam denken. Die Erinnerung verursachte mir ein Kribbeln im Magen, wie bei unserer ersten Begegnung.

»Hallo«, entfuhr es mir, mehr nicht, doch immerhin klang es betont heiter.

Wir lächelten uns an, und während wir uns mit zwei Küsschen begrüßten, drang sein männlicher Duft nach Zeder, Holz und Moschus auf direktem Wege in meine Amygdala und den Hippocampus, die Gehirnareale, die eng mit den Emotionen und Erinnerungen verbunden sind.

In der Klinik raten wir den Eltern immer, sie sollen ein Stück Stoff, das sie vorher auf der Haut getragen haben, neben den Säugling in den Brutkasten legen, damit er sich an ihren Geruch gewöhnt und ihre Nähe spürt. Das stärkt die emotionale Bindung. Wie hatte ich mir selbst vormachen können, dass mich nichts mit diesem Schreiner verband, der für mich zwar fast noch ein Fremder war, zu dem ich mich aber so sehr hingezogen fühlte? Wie hatte ich so viele Monate auf ihn und den Geruch seiner Haut verzichten können? Den Gedanken, dass er keine Ahnung hatte, was zuvor in meinem Leben passiert war, schob ich beiseite.

»Ich bin so froh, dass du da bist.«

Ich drückte seine Hand, während ich mich mit der anderen des Windes erwehrte, der unser Wiedersehen fast schon stürmisch mit einem Wirbel aus wehenden Haaren und fliegenden Blättern feierte.

Im Auto sahen wir uns an und wussten nichts zu sagen. Es war merkwürdig schön, und als ich im Stau auf der Umgehungsstraße nach dem Schaltknüppel griff, ließ er seine Hand auf meine sinken und legte mit mir zusammen den ersten Gang ein. Er ließ sie während der ganzen Fahrt dort.

»Willst du wissen, was mir heute in der Nachtschicht passiert ist?«

Er wandte sich mir zu und schaute mich aufmerksam an. Wenige Stunden, bevor ich endlich dieses verflixte Jahr hinter mir lassen konnte, wurde ich auf der Heimfahrt im Auto von einem anderen Menschen wahrgenommen. Ich war sichtbar, und da war jemand, der mir wieder zuhören würde. Es war wie Balsam für meine Seele. Ich war wieder ein ganzer Mensch.

In diesem Moment wusste ich, dass ich es ihm nicht sagen würde. Ich würde über die tonnenschwere Last des Todes schweigen.

15

Die Landstraße, die ins Vall Boscana führt, ist kurvenreich und schattig. Vor einer guten Stunde habe ich Barcelona hinter mir gelassen. Ich fahre nicht gern außerhalb der Stadt, und zudem ist mir durch die vielen Kurven ein bisschen schwindlig. Es beunruhigt mich, nicht zu wissen, wo ich bin, aber seit der letzten Ortschaft spielt das Navi verrückt. Die vorgewölbten Felsen rücken immer näher an die Straße heran, und ich kann mich des Gefühls drohenden Unheils nicht erwehren, als würde hinter jeder Kurve etwas auf mich lauern. Wie seltsam es ist, diese unbekannte Strecke zu fahren, aufgewühlt, wie ich bin, von der unwirklich erscheinenden Sinnlichkeit des gestrigen Tages.

»Ich erwarte dich morgen.«

Mit diesen Worten hatte Quim mir die Adresse notiert und den Zettel auf die Konsole im Flur gelegt.

Vor meinem Haus hatten wir gestern früh einen kläglichen Versuch gemacht, uns noch im Auto zu verabschieden. Unterwegs hatten wir im Gespräch unsicher vorgefühlt, in welche Richtung es mit uns gehen würde, doch Quims Gegenwart wirkte so beflügelnd auf mich, dass ich mir schließlich ganz spontan ein Herz fasste und ihn fragte, ob er auf einen Kaffee mit hochkommen wolle.

Wir schliefen am helllichten Tag geschlagene vier Stunden, er wegen seines Jetlags und ich, weil ich, nach Sex, Kaffee und einer überraschenden Prise Alltag, eine Art Auferstehung hinter mir hatte.

Meinen Versuch, um Verzeihung zu bitten, hatte er gleich beim Kaffee im Keim erstickt.

»Lass uns ein andermal darüber reden. Du bist hundemüde und ich auch.« Er strich mir sanft eine Strähne aus dem Gesicht. »Heute Abend feiere ich mit ein paar Freunden Silvester. Sie wohnen nicht weit von hier. Wie wär's? Ich fände es großartig, wenn du mitkämst.«

»Tut mir leid, ich hab schon was vor«, antwortete ich wie aus der Pistole geschossen.

Tatsächlich hatte ich zwei, drei Einladungen mit der Begründung abgelehnt, ich müsse arbeiten, dabei war der einzige Plan, den ich hatte, den Abend mit Quim zu verbringen. Ich hatte mir vorgestellt, wie er aus dem Flugzeug stieg und gleich meine Nummer tippte, und darum den Abend für alle Fälle freigehalten. Und jetzt machte ich einen Rückzieher und gab ihm zu meiner eigenen Verblüffung einen Korb? Die neue Marotte, alles aufzuschieben und mich hinter Ausflüchten in meiner ebenso notwendigen wie missliebigen Einsamkeit zu verschanzen, hatte mir wieder mal dazwischengefunkt.

Er zuckte mit den Schultern und verzog in gespielter Enttäuschung theatralisch das Gesicht, aber seinem Blick konnte ich ansehen, dass ich ihm einen Tiefschlag versetzt hatte.

»Du verpasst was, Frau Doktor, aber nun denn, ich habe noch einen anderen Vorschlag. Warum stopfst du nicht morgen, sobald du deinen Kater ausgeschlafen hast, wetterfeste Kleidung und Wanderschuhe in einen kleinen Koffer und kommst für ein paar Tage zu mir?«

»Oh, das klingt verführerisch. Ich denke darüber nach. Und was machst du jetzt?«

»Jetzt? Nach Hause fahren, ein bisschen schlafen, meine Koffer auspacken und einkaufen gehen, für den Fall, dass du meine Einladung annimmst.«

»Und wenn du noch ein bisschen bleibst?«

Er warf mir einen vielsagenden Blick zu.

»Du könntest doch auch hier schlafen. Ich weiß, es klingt komisch, aber ich fände es schön.«

»Schnarchst du?«

Ich musste lachen.

»Und du?«

»Ein bisschen, aber sehr dezent.«

Das durch die Lamellen der Jalousie hereinfallende Sonnenlicht warf ein Muster aus Licht und Schatten ins Zimmer. Quim bewunderte ein Gemälde von Coco Dávez, das auf dem Boden an der Wand lehnte.

»Das habe ich geschenkt bekommen«, sagte ich.

Ich verspürte ein Brennen in meiner Brust. Es war ein großformatiges Acrylgemälde, auf dem vor indigoblauem Hintergrund vier rote Linien einen Akt andeuteten. Mauro hatte mir das Bild zu meinem vierzigsten Geburtstag geschenkt. Das Feuer in meinem Innern breitete sich noch weiter aus, als mein Blick auf das Foto der Johannisnacht auf meinem Nachttisch fiel und dann nach draußen wanderte, zur Terrasse, die inzwischen nur noch eine einzige Ödnis war. Und schließlich, beim Anblick des Bettes, loderten die Flammen lichterloh. Mit Ausnahme von Lídias Mädchen, die hier als kleine Kinder manchmal ihren Mittagsschlaf gemacht hatten, hatten in diesem Bett nur Mauro und ich geschlafen. Diesen Altar zu entweihen war ein gewaltiger Schritt. Ja, nun sollte es anderweitig Verwendung finden, mit Quim und in der Hoffnung, dass bald Kissen, Laken und jeder Winkel dieses Zimmers, das schon wie eine staubtrockene Wüste roch, vom Zedernduft seiner Haut durchtränkt wären.

Als wir uns aufs Bett setzten, betrachtete er verstohlen das Foto, sagte aber nichts. Die Kunst der Lüge erfordert volle Konzentration, nur wegen ein paar Gegenständen aus meiner Vergangenheit durfte ich jedoch nicht den Mut verlieren.

»Macht es dir etwas aus, wenn ich die Schuhe ausziehe?«

»Die Einladung, hier zu schlafen, ist *all inclusive*. Du kannst alles ausziehen, was du magst.«

In Unterwäsche schlüpften wir unter die Daunendecken.

»Oh Mann, so haben wir nicht gewettet, du hast eiskalte Füße! Ich wusste nicht mehr, dass du anstelle von Füßen Eisklumpen hast.«

Unter Gelächter ergab ein Wort das andere, es entstand ein kurzes Handgemenge, mein Blick glitt über den Flaum auf seinen Armen. Schließlich lagen wir einander gegenüber, und ich verschloss die Ohren vor einer inneren Stimme, die mir hartnäckig vorhielt, dass Quim auf der Seite des Bettes lag, auf der früher Mauro geschlafen hatte. Ein Mann, den ich begehrte, ein neuer Mann neben einem, der nicht mehr da war. Ein Mann, mit dem ich lachen konnte. Ein Trugbild, und ich wusste es.

Mit einem innigen Blick suchte er meine Zustimmung. Wie nah er mir war, und wie unwirklich sich dieses unverhoffte Glück anfühlte. Ich strich ihm zart übers Haar und hauchte einen Kuss auf seine Lider.

Die Zuneigung und Wärme eines Freundes waren mir wichtiger als Silvesterfeiern, ich wollte nur neben ihm schlafen und die Stimmen in meinem Kopf zum Schweigen bringen. Ich erkannte die Bewegungen seines Körpers wieder, die nicht so recht zu mir passten, und dennoch war ich voller Vertrauen. Er liebte mich ausgiebig, und ich tat, als wäre es ganz normal, dass er mich leckte, meine Arme nach hinten drückte und resolut meine Beine spreizte. Ich ließ ihn gewähren, denn es kam mir gelegen, dass er mir keine Chance gab, selbst die Initiative zu ergreifen oder mir etwas zu wünschen, mir war alles recht, denn ich wollte nur ganz Körper sein, Lust erleben und sonst nichts. Gleichwohl kam ich nicht in Fahrt, es gelang mir nicht, zum Höhepunkt zu kommen, dafür kostete ich aber etwas viel Besseres aus: Ich fühlte mich begehrt und lebendig.

Danach drehte ich ihm den Rücken zu. Mein Blick fiel auf das Foto von Mauro und mir. Wir waren bei jener Johannisnachtfeier für die Ewigkeit festgehalten worden, ein glücklich lachendes Paar, das die Kamera nicht bemerkt hatte. Das Foto ist der Beweis, dass es jene Nacht gegeben hatte, dass es Mauro gegeben hatte und eine Zeit, in der er und ich eins gewesen waren. In der es uns gut gegangen war. Ja, dieses Foto war ein Beweis für alle Ewigkeit.

Da spürte ich Quims Hand auf meiner Hüfte.

»Paula …«

»Mhm?«

»Du bist dünn geworden.«

Das wäre der richtige Moment gewesen, um ein paar knappe Worte über meine Trauer zu verlieren. Ich hätte so etwas sagen können wie: *Mein Lebensgefährte und bester Freund ist tödlich verunglückt. Kurz vorher hatte er mich wegen einer anderen ver-*

lassen. Es war ein hartes Jahr. Aber ich sagte kein Wort. Meinetwegen sollte er denken, was er wollte. Wenn ich nichts sagte, wäre das weniger schlimm, als den Tod zu erwähnen; und wenn ich nichts sagte, musste er sich auch nicht zu diesem abstoßenden Mitleidsgetue bemüßigt fühlen. Ich holte tief Luft und seufzte.

»Schon möglich, jetzt, wo du es sagst ... Ich sollte dich vielleicht wirklich besuchen, um zu sehen, was du in Boston gelernt hast. Denn wer weiß, ob du wirklich ein so guter Koch bist, wie du vorgibst?«

Stille. Die Lungen arbeiten ruhig, die Atmung ist tief und gleichmäßig. Draußen pfeift der Wind und will mich vor irgendetwas warnen. Hör auf, nachzudenken, Paula. Schlaf.

»Dann kommst du also morgen?«

»Ja, ich komme.«

Zu beiden Seiten der Landstraße erheben sich herrliche, dichte Eichenwälder. Ich halte auf einem kleinen Wanderparkplatz an, weil ich Quim anrufen und ihm sagen will, dass ich mich wohl verfahren habe, aber hier gibt es keinen Handyempfang, nur eine Urlauberfamilie mit Kindern, die sich ein bisschen die Beine vertritt und noch nie von Quims Tal gehört hat. Also fahre ich in die einzig mögliche Richtung weiter, bis zum Kilometerstein vierzehn, wie es auf meinem inzwischen zerknitterten Zettel steht. Dort, am Ende einer lang geschwungenen Kurve, entdecke ich an einer Abzweigung ein unauffälliges Schild, das mich in dem Naturschutzgebiet willkommen heißt, zu dem das Vall Boscana offenbar gehört. Bei seinem Anblick durchflutet mich eine Woge der Erleichterung, und dann nichts als Freude, endlich angekommen zu sein.

Die schmale Piste, die sich bergauf zwischen den Bäumen hindurchschlängelt, gibt den Blick auf das sanfte Relief der Pyrenäen, hier und da ein Bauernhaus an einem Hang, ausgedehnte Weinberge mit winterlich kahlen Rebstöcken und dichte Rosmarin- und Heidekrautsträucher frei.

Der Schotter knirscht unter den Autoreifen, als ich schließlich an der Einfahrt zu einem Steinhaus zum Stehen komme. Hier muss er wohnen, es liegt genau an einer Abzweigung, wie er es auf dem Zettel, den er mir gestern gab, eingezeichnet hat. Ich schalte den Motor ab und steige aus. In der Ferne bellt ein Hund, und der Wind rauscht in den Kronen der blattlosen Pappeln, die sich links und rechts vom Haus erheben und vom dahinterliegenden Eichenwald abgrenzen. Ansonsten ist alles still. Noch bevor ich mich an der Schönheit der Natur sattsehen kann, geht jedoch die Tür auf, und Quim stürmt heraus, um mich zu begrüßen.

»Den Wagen kannst du direkt hier vor dem Haus abstellen!«, ruft er mir von der kleinen Veranda aus zu.

Aber ich lasse das Auto, wo es ist, und eile von Unrast getrieben zu ihm. Mir zittern die Knie. Denn Quim hat keine Ahnung, was für eine Heldentat es für mich war, im Krankenhaus ein paar Tage frei genommen zu haben. Er weiß nicht, was es für mich bedeutet, Santi angerufen, ihm einen guten Rutsch gewünscht und dann mit der niedergeschlagenen Stimme seiner guten Schülerin weisgemacht zu haben, er habe recht, ich bräuchte wirklich eine Pause. Hastig packte ich danach den Koffer, kramte die verführerische Unterwäsche aus den Tiefen der Schublade hervor, übte vor dem Spiegel einen verführerischen Augenaufschlag und verbannte alle Spuren von Trauer aus meinem Blick.

Nein, ohne die Wahrheit zu kennen, kann Quim all das nicht verstehen, nicht meinen Wunsch, der Vergangenheit zu entfliehen, und auch nicht, dass ich eine Zeitreise gemacht und in Drachenblut gebadet habe, um jetzt hier zu sein, ich, und nicht jene andere, zwischen ihren Schatten umherirrende Frau. Ab jetzt darf ich nicht mehr an sie denken, denn sonst wird sie in ihrer Opferrolle übermächtig, und ich bekomme Skrupel, dass ich sie einfach beiseiteschiebe. Aber sie zum Schweigen zu bringen, heißt, ein neues Kapitel aufzuschlagen. Heißt, den Mut zu finden, die Vergangenheit hinter mir zu lassen, auch wenn ich diese Vergangenheit liebe, wie man seine dunkelsten Geheimnisse liebt.

»Hey, Frau Doktor … Alles in Ordnung?«

»Alles ganz wunderbar, danke.«

Ich drehe mich um, um die Umgebung zu betrachten, und atme tief durch. Hinter dem kleinen Steinhaus erhebt sich ein dichter Wald, und daneben schlängelt sich ein Bach ins Tal hinunter, als wäre er das Seidenband auf diesem überraschenden Geschenk. Es ist ein Anblick, wie ich ihn zigmal in Fabeln oder Märchen vom Rotkäppchen und dem Wolf gesehen habe, und die Aussicht, hier die Nacht zu verbringen, lässt mein Herz vor Freude hüpfen.

»Willkommen bei mir zu Hause.«

Quim rät mir, einen dicken Pulli überzuziehen, und führt mich dann begeistert herum. Seit drei Jahren wohne er hier zur Miete, es sei das frühere Haus eines Kleinbauern und seiner Frau, die nun unten im Dorf, keine zehn Autominuten entfernt, wohnen, erklärt er und zeigt hinab Richtung Landstraße. Sie hätten ihn ein paar Umbauten und aus dem Schuppen eine Werkstatt machen lassen. Wir treten ein, und als im hellen Schein der drei Neondeckenleuchten ein großer Tisch mit Plänen, Zirkeln und Stiften und gleich daneben eine Werkbank mit verschiedenen, mir völlig unbekannten Werkzeugen sichtbar wird, bemerke ich, dass er ein wenig nervös ist. Weiter hinten stehen ein paar kleinere Möbelstücke, auf dem Boden davor eine Gerätschaft, die ich allenfalls als Motorsäge identifizieren könnte. Es riecht nach Holz, Harz, Leim und Lack.

Ich fahre mit der Hand über eine Kommode, die in der Mitte des Raumes steht.

»Vorsicht! Nicht dass du dir einen Splitter holst. Ich muss sie erst noch schleifen.«

Er steckt die Hände in die Taschen und lässt stolz seinen Blick durch den Raum wandern.

Ich nehme ein Werkzeug in die Hand, das neben mir auf einem Metallschrank liegt.

»Ich war noch nie in einer Schreinerei.«

Sanft streiche ich über den Griff, an dem eine gewölbte Stahlklinge befestigt ist.

»Es gibt für alles ein erstes Mal.«

Ich nicke lächelnd.

»Was ist das?«

»Ein Hohlbeitel. Den braucht man zum Schnitzen. Komm, ich zeig's dir.«

Er nimmt mir den Beitel aus der Hand und setzt ihn behutsam an einem auf der Werkbank festgespannten Holzblock an, und nach dem präzisen Schnitt in die Oberfläche pustet er die Späne aus der abgerundeten Kerbe und lässt mich meine Zeigefingerkuppe hineinlegen. Sie passt perfekt.

Quim gehört hierher, das wird mir jetzt klar. Der Mann, von dessen Innenleben ich vor Monaten nur eine dunkle Ahnung bekam und den ich mir in der Zwischenzeit zusammenfantasiert habe, erscheint mir nun wie ein Sonnenstrahl im Dunkel. Mein Herz will mich warnen, aber ich verscheuche den Gedanken; ich muss fest daran glauben, dass ich hier sein darf, dass es gut und richtig ist, heute hier an diesem wunderbaren Ort zu sein.

»Ich war damals am Boden …«, beginnt er zögerlich.

Ich hülle mich in Schweigen, um nicht schwach zu werden. Seine Aufrichtigkeit darf das Bild, das ich ihm von mir gezeigt habe, nicht ins Wanken bringen. Dass er geschieden ist, hatte er mir schon bei einem unserer ersten Treffen gestanden, ich hatte ihm aber trotzdem nichts Näheres über mein Leben erzählt. Und er hatte nicht nachgehakt. Warum sollte ich es also jetzt tun? Paula, keine Panik.

Er habe seinen Job bei einer Unternehmensberatung gekündigt, fährt er fort.

»Ich hatte das eintönige, aufreibende Umfeld und den Stress so satt. Ich hatte immer schon gesagt, dass ich eines Tages alles hinschmeißen und aussteigen würde, um in den Bergen Schweine zu züchten. Ich weiß nicht wie, aber ich habe Wort gehalten.«

»Du hast Schweine?«, frage ich verblüfft.

Meine Frage bringt ihn zum Lachen. Es ist ein lautes, ansteckendes Lachen, das in einen innigen Kuss mündet, der tausend Tore öffnet und einen Rückzieher unmöglich macht.

»Nein, Frau Doktor, Schweine habe ich nicht.«

Er fährt mir mit dem Finger über die Augenbraue und sieht mich an, als wäre es das erste Mal.

»Quim, ich … Es … es tut mir leid, dass ich dir damals gesagt habe, du sollst dich von mir fernhalten. Du hast dich bestimmt gefragt, was das soll, und mich für eine blöde Zicke gehalten.«

»Eine total blöde Zicke.«

Er lächelt.

»Verzeihst du mir?«, frage ich leise.

Er antwortet nicht gleich, sondern schließt für einen Moment die Augen. Ich weiß nicht, welche Bilder er in seinem Inneren trägt, wonach er sucht. Mir schießen tausend Fragen durch den Kopf. Was geht in ihm vor? Meint er es ernst mit mir? Interessiert ihn nur mein Körper, oder bedeuten ihm auch meine Worte etwas? Mein Herz klopft so heftig, dass mir angst und bange wird, und meine Wangen glühen vor Scham. Mir ist nur zu bewusst, dass meiner Abbitte der eine, entscheidende Satz fehlt, der, der vom Tod handelt und all der märchenhaften Magie auf einen Schlag ein Ende setzen würde.

Natürlich weiß ich, dass eine Lüge nie zu etwas Gutem führen kann. Ich habe ihn zwar nicht direkt angelogen, aber wenn gewisse Dinge ungesagt bleiben, ist das etwas Ähnliches. Mein Schweigen umhüllt uns aber auch wie ein schützender Mantel, und der Tod mit seinen tastenden Tentakeln kann uns nichts anhaben.

Ich kenne Quim noch nicht gut genug, ich weiß nur, dass er ein bodenständiger, starker, humorvoller Mann ist, in dessen Wortschatz sich Begriffe wie *Holzbeitel* finden, ich weiß, dass wir seit fast achtundvierzig Stunden auf diese merkwürdige Art zusammen sind und er mich nicht infrage stellt. Ein Mann, der aus dem Nichts aufgetaucht ist, wie eine Rettungsleine, die einer Ertrinkenden zugeworfen wurde.

»Solange du mir hilfst, das Gemüse zu putzen und zu schnippeln, verzeihe ich dir alles«, murmelt er mir schließlich ins Ohr. Und im gleichen Moment nimmt er meine Hand und drückt sie feierlich.

16

Völlig neue Geschmacksrichtungen kitzeln meinen Gaumen: Fenchel, getrocknete Tomaten, aromatisiertes Öl, Feigen. Eine kindliche Freude führt mir unbewusst die bemehlten Hände, die den Teig vor mir rhythmisch durchkneten, wieder und wieder, wie ich es soeben gelernt habe, und ich halte nur ab und zu inne, um Quim eine kurze Frage zu seinen Geschichten übers Kochen zu stellen. In seinem Haus ist die Küche Dreh- und Angelpunkt, kein simpler Durchgangsort zur Nahrungsaufnahme. Tagsüber fällt das Sonnenlicht durch die großen Fenster, und winzige Staubpartikel tanzen in freudiger Erwartung, dass er endlich den Vorhang hebt und auf der Bühne der Herd angezündet wird. Oft bekocht er abends seine Freunde und nimmt mit ihnen dann an einer riesigen Tafel Platz, einem wunderschönen Massivholztisch, den er, wie könnte es anders sein, eigenhändig geschreinert hat. Im Sommer kommen manchmal auch die Teilnehmer eines Kochkurses her, den er gemeinsam mit einer guten Freundin organisiert, einer Italienerin, die in Boston lebt. Giovanna. Während seine Zunge mit dem doppelten N ihres Namens spielt, scheinen seine Gedanken zu ihr zu wandern. Giovanna. Ich stelle keine Fragen, um meine Ahnung bestätigt zu finden, und das Merkwürdige ist, dass ich keinerlei Eifersucht empfinde. Er erzählt mir, dass die Kochschule ihr gehört und er dort bisweilen Kurse gibt. Wann immer die Auftragslage in der Schreinerei, seine Zeit und seine Einkünfte es ihm erlauben, verbringt er eine Weile in Boston. Seit ein paar Jahren lebt er einfach das Leben, wie es kommt, und denkt nicht groß über die Zukunft nach. Auch die maßgearbeitete Kücheninsel aus Holz stammt von ihm, an der er in atemberaubenden Tempo Gemüse in Juliennestreifen schneidet, Kalbfleisch würfelt – und an der er mich gestern Abend eingekeilt und über und über mit Küssen bedeckt hat, bis mein Verstand abschaltete.

Granatapfelrote Kreise, die unsere Weingläser auf dem Holz hinterlassen, markieren das Verstreichen der Stunden, die ich nun schon bei ihm bin. Mit dem Geschirrtuch, das er ständig am Gürtel seiner japanischen Leinenschürze trägt, wischt er die Flecken weg, während er weiterspricht, versonnen im Schmortopf rührt oder den Arm um meine Taille legt, um mich ein Stück zur Seite zu schieben und nach dem Salz zu greifen. Wein gehört hier dazu wie die Luft zum Atmen, er versüßt, befreit, feiert das Leben und ist nicht der düstere Fluchtweg, der er für mich noch bis vor wenigen Tagen war. Quim lässt mich unterschiedliche edle Tropfen in kleinen Schlucken kosten und erklärt mir, welch intensive Aromen und holzige, erdige und lederartige Noten sich herausschmecken lassen.

»Schließ die Augen. Schmeckst du die reifen roten und dunklen Beerenfrüchte?«

Ich schüttele den Kopf.

»Erklär mir noch mal, wie man das genau macht.«

Ich nippe abermals am Glas und suche mit vom Wein benetzter Zunge seine warmen Lippen. Hinter uns karamellisieren bei milder Hitze eine Zwiebel und eine Handvoll Knoblauchzehen. Seine Hände unter meinem Wollpullover, ihre Wärme auf meiner Haut, die Berührung, das pure Leben. Endlich.

Könnte ich doch in dieser rustikalen Küche bleiben und

daran glauben, dass es mit uns funktioniert, wie eine Traumzeit zwischen dem ersten und dem letzten Akt meines Lebens. Ja, warum sollte ich das nicht? Ich erlebe es doch gerade, es ist ebenso real wie die Berge rings um dieses Tal, die uns unverhohlen durch die Küchenfenster zu beobachten scheinen, so real wie mein wieder erwachter Appetit, wie unser von Decken und Laken ersticktes Lachen in der gestrigen Nacht … wäre da nicht der Schatten, der mir von der Tür her auflauert.

»Lügen ist was für Feiglinge«, scheint er mir zuzuraunen und wird dann eins mit dem Dampf, der aus dem Schmortopf aufsteigt. Aber das ist jetzt egal, denn Quim hat damit begonnen, mich abermals zu entkleiden. Ich lasse ihn meine Fingerspitzen kosten, packe seinen Po mit beiden Händen, unsere ineinander verschlungenen Körper fegen eine Schüssel mit Datteln und Nüssen vom Massivholztisch, und schon spüre ich ihn in mir. Ich habe vorsorglich eine Mauer hochgezogen, durch die die schmerzliche Erinnerung nicht dringen kann, mir eine Auszeit genommen für Schmetterlinge, Küsse, Lust und Zärtlichkeit, eine Zeit, in der nur der Moment zählt, das Hier und Jetzt. Im Kamin knistert das Feuer, alles andere bleibt ausgeblendet.

Am nächsten Vormittag fahren wir ins Dorf. Auf den Straßen ist kaum jemand zu sehen, nur ein paar Katzen streunen umher. Im Sommer sei hier etwas mehr los, meint Quim, wenn auch nicht viel. Unsere Schritte hallen in den engen Gassen wider. Rings um den einzigen Platz gruppieren sich ein Kiosk, zwei Bars, eine Metzgerei, ein Lebensmittelgeschäft und zwei Bäckereien, die darum wetteifern, wer den besten Zuckerkuchen feilbietet. Im Sommer öffnet zudem ein winziges Fischgeschäft. Es gibt eine kleine, schon etwas windschiefe Kirche, deren Dach mit lackierten Ziegeln gedeckt ist. Wir gehen zur Bank, die ein Stück die Hauptstraße hinauf liegt. Während Quim dort etwas erledigt, warte ich vor der Tür. Ich könnte hier nicht leben. Die Ruhe macht mich zunehmend nervös. Was zum Teufel mache ich hier? Kurz überlege ich, Lídia anzurufen, aber irgendwas hält mich zurück. Stattdessen schicke ich ihr eine Nachricht; ich sei bei Quim, alles sei okay und ich so glücklich wie lange nicht, nächste Woche würde ich ihr alles erzählen. Ich stecke mein Handy wieder ein, froh, mich so nicht dafür rechtfertigen zu müssen, dass ich die ganze Zeit nichts von mir habe hören lassen. Und ich muss auch dieses vage Unwohlsein nicht in Worte kleiden, das mich wie eine lästige Fliege verfolgt und das ich einfach nicht abschütteln kann.

»Da bin ich wieder, Frau Doktor. Wollen wir einen Kaffee trinken gehen?«

Hand in Hand spazieren wir zurück zum Platz, wo wir uns vor eine der beiden Bars unter die Heizpilze setzen. Mit übereinandergeschlagenen Beinen trotzen wir der Kälte und lassen uns die Wintersonne ins Gesicht scheinen. Das Leben kann so schön sein.

»Wie geht's dir?«

Er stupst mich mit dem Fuß an. Sogleich wird die Sonnenbrille zu meiner Verbündeten. Vielleicht täusche ich mich ja, aber ich werde das Gefühl nicht los, dass Quim, seit ich bei ihm bin, immer mal wieder versucht, mehr über mich zu erfahren.

»Entspannt, aber mit Muskelkater. Komisch, nicht wahr?« Ich grinse. »Ach ja, und pappsatt natürlich. Das hält mindestens bis nächsten Januar vor.«

Er lacht verhalten, denn das war nicht die Antwort, die er hören will. Also nimmt er einen neuen Anlauf.

»Ich bin froh, dass du da bist. Ich meine … es freut mich riesig, dass du seit drei Tagen hier bist.« Er beugt sich zu mir und gibt mir einen Kuss. Am helllichten Tag macht mich die Geste verlegen. Ich werde rot wie ein Teenager. »Weißt du, ich habe in all der Zeit viel über dich nachgedacht.«

In dem Moment kommt der Kellner mit dem Kaffee heraus. Er erkundigt sich, für wen der Espresso und für wen der Milchkaffee sei, und lässt sich lang und breit über die richtige Temperatur der Milch aus. Das verschafft mir die Gelegenheit, über Quims letzte Worte nachzudenken und mich zu fragen, wie ich ehrlich sein kann, ohne mit der Wahrheit herauszurücken. Als der Kellner gegangen ist, setze ich mich aufrecht hin.

»Und zu was für einer Erkenntnis bist du gekommen?«

»Dass ich unsere paar Treffen damals sehr genossen habe, auch wenn wir kaum miteinander gesprochen haben. Danach wollte ich dich nicht bedrängen, aber in meinem Kopf liefen trotzdem tausend Filme ab, ob ich etwas gesagt oder getan hatte, dass dich gegen mich aufgebracht hat. Ich wollte dich unbedingt wiedersehen. Du bist mir einfach nicht aus dem Sinn gegangen. Und du weißt ja … Je mehr man sich etwas verbietet, desto größer wird die Lust darauf.«

»Ich wollte dich auch gern wiedersehen, Quim.« Ich halte inne und schiebe die Sonnenbrille hoch, denn er soll sehen, dass ich es aufrichtig meine. »Danke, dass du die Funkstille respektiert hast. Du kannst mir glauben, ich wäre nur zu gern bei dir gewesen.«

»Aber?«

»Ich weiß es nicht …« Mit einem Schulterzucken lasse ich

die Brille wieder auf die Nase sinken. »Ich meine, wir sind erwachsen, Quim. Wenn man jemanden kennenlernt, kommen einem unzählige Gedanken. Mir geht es zumindest so. Ich will einfach keinen Fehler machen.«

»Und was machen wir jetzt mit diesen gemeinsamen Tagen?«

»Wir bestäuben sie mit Mehl, kneten sie gut durch, und dann ab damit in den Ofen bei 250 Grad«, erwidere ich mit einem Grinsen und reibe dabei über seine Hand. Er wirft mit der zerknüllten Papierserviette nach mir.

Und dann passiert es. Auf der Dorfstraße kommt ein Leichenwagen angefahren. Plötzlich scheint sich alles in Zeitlupe abzuspielen. Ich zucke zusammen, als zwei Tauben im Sturzflug herabstoßen. *Columba livia,* das Spanische Erdbeerauge, eine uralte spanische Rasse, mit fast würfelförmigem Kopf und ausgeprägten, feuerroten Augenringen. Angst steigt in mir auf. Die Kirchenglocken beginnen zu läuten, und die schwarze Metalliclackierung des Wagens reflektiert das Sonnenlicht und taucht die Fassaden der umliegenden Häuser in einen hellen Schein. Die beiden alten, schwarz gekleideten Frauen, die sich an der Straßenecke laut unterhalten haben, drehen sich nach dem Wagen um und senken die Stimme. Mit der Hand vor dem Mund blicken sie dem Leichengefährt nach. Sekunden später rollt es an uns vorüber, und mein Blick fällt auf den am hinteren Seitenfenster befestigten Kranz, auf dessen weißer Seidenschleife steht: »Wir werden dich nie vergessen. Deine Kinder.« Unwillig schüttele ich den Kopf. Nein, nicht mit mir. Darauf falle ich nicht rein. Es kann nicht sein, dass der Tod mich derart verfolgt. Gebetsmühlenartig rede ich mir ein, es sei reiner Zufall und ganz normal, dass mich nach Mauros Tod alles, was mit

Bestattungen zu tun hat, an ihn erinnert. Du musst das Zittern und den Druck auf deiner Brust unter Kontrolle bringen, Paula, atme, atme tief ein und aus. Jeden Tag sterben weltweit unzählige Menschen. Das weiß niemand besser als du. Dennoch läuft mir ein eiskalter Schauder über den Rücken.

»Eine Frau.«

Quims Stimme holt mich zurück in die Realität, zurück auf den Platz.

»Wie?«

»Die Tote«, sagt er, während er sorglos seinen Milchkaffee umrührt. Seine Stimme klingt dabei so gleichgültig und achtlos, dass ich ihm am liebsten eine reinhauen würde. »Das ist hier so üblich: Wenn die drei Glocken zweimal läuten, handelt es sich um eine Frau. Wenn es dreimal läutet, ist es ein Mann.«

Ich habe einen Kloß im Hals und bringe keinen Ton heraus. Der Wagen kommt vor der Kirche zum Stehen, und es steigen zwei breitschultrige Männer im schwarzen Anzug aus. Als die beiden Anstalten machen, die hintere Tür zu öffnen, um den Sarg herauszuholen, springe ich auf und eile in die Bar, um zu bezahlen. Was Quim macht, weiß ich nicht. Ich kann mich nicht umdrehen.

Als ich wieder herauskomme, versuche ich, nicht zur Kirche hinüberzuschauen, vernehme aber ein metallisches Quietschen. Es stammt vermutlich von der zusammenklappbaren Totenbahre, auf die der Sarg der Frau gehievt wird, von der nur mehr zwei Glockenschläge künden.

»Gehen wir?«

»Wie … Warum die Eile?«

Quim zieht mich am Arm, damit ich wieder neben ihm Platz

nehme. Ich wende mich ab, um nicht sehen zu müssen, was am Kirchenportal vor sich geht.

»Mir ist ein bisschen schlecht. Lass uns bitte gehen.«

Auf dem Weg zum Auto fällt kein Wort. Er legt mir den Arm um die Schulter und zieht mich an sich, doch mein Körper bleibt steif. Mein Nacken ist verkrampft, mein Mund wie ausgedörrt, Unmut steigt in mir hoch.

Auf der Rückfahrt beobachtet er mich aus dem Augenwinkel und legt dann sanft seine rechte Hand auf meinen Schenkel. Und wie jedes Mal, wenn er mich außerhalb des aus Begehren gesponnenen Kokons berührt oder küsst, knirscht auch jetzt wieder etwas in mir. Es will mir einfach nicht gelingen, seine Zärtlichkeiten zu erwidern, und wie ich jetzt entdecke, fühle ich mich dadurch auch nicht liebenswert, so wie früher bei Mauro, als es uns beiden noch gut ging und Zärtlichkeit etwas ganz Selbstverständliches war.

»Wenn du willst, lassen wir das mit der Wanderung sein, und du ruhst dich aus.«

»Nein, nein, es wird mir bestimmt guttun, ein Stück zu laufen. Es geht auch schon besser. Mir war bloß ein bisschen schwindlig. Es ist nichts weiter.«

Noch mehr ungesagte Dinge. Ich reiße mich zusammen und nehme lächelnd seine Hand.

Wir wandern zwei Stunden lang, an Bauernhäusern vorbei und dann immer bergan, bis wir an einem Felsen Halt machen, aus dem eine Quelle entspringt. Die Anstrengung, Quims Geschichten und das eiskalte Quellwasser haben meine Laune gebessert, ich fühle mich wieder wie ein Mensch. Lídia hat mir eine Nachricht geschickt, ich solle die Tage genießen, das hätte ich mir verdient. Und nach meiner Rückkehr wolle sie alles haarklein erzählt haben. Drei Reihen mit Emojis. Während ich mit schnellen Schritten weiter bergauf gehe, frage ich mich, ob ich, nur für das Gefühl, wieder ich selbst zu sein, wirklich das Recht habe, mich hinter all den ungesagten Dingen zu verstecken und ein paar Tage im Rausch zu genießen, aber meine Gedanken drehen sich nur im Kreis, weshalb ich irgendwann einfach kapituliere.

Quim erreicht den Berggipfel um einiges vor mir. Als ich oben ankomme, sitzt er bereits auf einem vorspringenden Felsen und genießt die Aussicht auf das Tal, das zu unseren Füßen liegt. Ich beobachte ihn heimlich, da kommt mir auf einmal Amsterdam in den Sinn. Die Anspannung fällt von mir ab. Es war der Schnee. Ja, der Schnee hatte für einen intimen Moment die Zeit angehalten.

Später am Abend bin ich mir sicher, nicht das erste Rotkäppchen in der großen weißen Badewanne mit den vergoldeten Füßen zu sein, die Quim einem Antiquitätenhändler abgekauft und in sein Steinhaus im Wald hat bringen lassen. Nichtsdestotrotz genieße ich diese geschenkte Zeit, diese Tage, in denen ich die Probe aufs Exempel machen kann, die Stille, die nur von den Tropfen durchbrochen wird, die langsam, aber stetig in die kuschelig warme Wanne fallen. Mit dem großen Zeh halte ich den Wasserhahn zu, um den Countdown zum Verstummen zu bringen. Unwillkürlich muss ich wieder an den Leichenwagen auf dem Dorfplatz denken, und das mulmige Gefühl in meinem Bauch kriecht höher, in den Hals, es drängt hinaus. Ich weiß, worum es geht. Mir bleibt keine Wahl, ich muss eine Entscheidung fällen.

In der Badewanne lässt es sich jedoch gut aushalten. Das warme Wasser tut meinen von der Wanderung schmerzenden Fußsohlen gut. Wer den Schmerz kennt, kann ein ganzes Spektrum unterschiedlichster Nuancen unterscheiden, wie auf einer Farbskala. So dunkel wie die Schmerzen der Seele kann körperlicher Schmerz niemals sein. Ich lasse meine Brüste aus dem Schaum aufragen und wieder versinken und nehme voller Wohlbehagen wahr, wie mein Rücken befreit von der Last der Verantwortung beinahe im Wasser schwebt. Ich könnte ewig hier bleiben, nichts als Körper, ihn mit Sex verwöhnen, ihm Lust bereiten, mich einfach im lauwarmen Wasser treiben lassen, weit weg von jeder Verstandesregung. Ich gebe mich meinen Schwelgereien im Wasser hin, bis Quim hereinkommt. Er bleibt neben der Wanne stehen und schaut mich an.

»Wusstest du, dass weiße Bohnen auf die doppelte Größe anwachsen, wenn man sie lange genug einweicht?«, sagt er und deutet mit einem breiten, anzüglichen Grinsen auf meine Brüste.

Da breche ich abermals in Lachen aus, ein Lachen, das ich verloren geglaubt hatte, und wie jedes Mal, wenn es mich überkommt, gebe ich Quim einen Kuss, dem armen Quim, der nicht weiß, dass ich einfach nur dankbar bin. Er erwidert ihn irritiert, streicht mir über das nasse Haar und reicht mir ein Handtuch.

Die Zeit rinnt unaufhaltsam dahin, es sind Momente von der Brüchigkeit eines Traums: Wir unterhalten uns leise, schauen uns tief in die Augen und lachen über Dinge, die vielleicht gar nicht witzig sind, aber wir erliegen dem Reiz des Neuen und der körperlichen Anziehung. Ich wollte herausfinden, ob Liebe für mich noch möglich ist, auch wenn es nicht die große Liebe ist, und davon kann ich mich nicht lösen.

»Ich muss diese Woche in Barcelona ein paar Möbel ausliefern. Ganz sicher am Mittwoch, vielleicht auch am Freitag. Wollen wir an einem der beiden Tage was zusammen unternehmen? Von mir aus auch an beiden. Was hältst du zum Beispiel davon, ins Kino zu gehen?«

Unternehmungslustig sieht er mich an.

»Hm, ich muss erst zusehen, wie ich diese freien Tage wettmache.« Diese Lüge geht mir leicht von den Lippen. »Vielleicht ein andermal, okay?«

»Okay.« Er nimmt sein Weinglas, ohne mich anzusehen, und trinkt einen Schluck. »Ich melde dich aber auf jeden Fall bei dem Halbmarathon in der ersten Februarwoche an, von dem wir vorhin gesprochen haben, nicht wahr?«

»Ähm … Quim, Ich fürchte, ich bin dafür nicht fit genug.«

»Du bist topfit, Paula, du brauchst gar nicht so tiefzustapeln! Das wird bestimmt lustig!«

»Na ja … Ich sag dir Bescheid, wenn ich einen Blick in den Dienstplan geworfen habe.«

Da merke ich, dass ich schon die ganze Zeit am Verschluss meines Ohrrings herumspiele. Ich lege meine Hände um sein Gesicht und schenke ihm ein Lächeln. Dann gebe ich ihm einen langen Kuss, der in einen zweiten und einen dritten übergeht, lasse meinen Händen und meiner Zunge freien Lauf, damit er endlich aufhört zu reden. Ohne voneinander zu lassen, gelangen wir so ins Schlafzimmer, wo wir uns mit gewohntem Begehren lieben, aber diesmal bin ich zärtlicher und hingebungsvoller als bisher. Ich bereite den Boden für meine Abbitte.

Während wir uns streicheln, seufzt er wohlig, und ich nutze

die Chance, um ihm ins Ohr zu flüstern, dass ich ihn nicht verdient habe. Kurz runzelt er die Stirn, sieht mich fragend an, ist aber zu erregt, um einen tieferen Sinn in meinen Worten zu suchen. Er knabbert an meinen Brustwarzen, und obwohl es weh tut, lasse ich ihn gewähren und überlege derweil, wie ich es ihm sagen soll, aber sein Begehren ist dann doch so unbändig, dass er es einfach verdient hat, zu glauben, dieses Mal wäre so phänomenal wie alle vorherigen. Darum lüge ich nun auch noch mit meinem Körper. Denn mein Entschluss steht fest: Die Sinnlichkeit und das Liebesspiel zwischen uns werden ab morgen ebenso der Vergangenheit angehören wie die vier Tage in seinem Haus.

Entspannt liegen wir danach nebeneinander, und er erzählt mir, im Sommer schlafe er immer bei offenem Fenster, um die Grillen zu hören.

»Ich freue mich schon auf das gute Wetter. Du wirst sehen, wie toll das ist, draußen vor dem Haus mit unseren Freunden zu grillen.«

Die Zukunft ist bereits da. Der Moment ist gekommen. Ich lege eine Hand auf seine Brust.

»Dein Herz schlägt ganz langsam.«

Ich lege meinen Kopf an die Stelle, wo eben noch meine Hand war, damit er mein Gesicht nicht sehen kann.

»Was denkst du denn? Du hast mich total gefordert, du Wahnsinnige, kein Wunder, dass es schlapp ist.«

Ich lache und schließe nervös die Augen.

»Danke, dass du dich so um mich gekümmert und mich so toll bekocht hast. Danke für das viele Lachen, deine Wärme und die Gastfreundschaft.«

»Immer wieder gerne … aber warum sagst du das?«

Ich strecke mich neben ihm aus und streiche ihm über die Haare.

»Ich fahre morgen in aller Frühe zurück nach Barcelona.«

»Ich weiß, Frau Doktor. Ein Heer von Winzlingen erwartet dich.«

Ich schaue ihn zärtlich an.

»Wir werden uns nicht mehr wiedersehen, Quim.«

Er fährt hoch, starrt mich völlig entgeistert an.

»Soll das ein Witz sein?!«

Ich richte mich auf, ziehe die Decke über meine nackte Brust.

»Es tut mir leid, Quim. Ich erwarte nicht, dass du es verstehst, aber, glaub mir … es ist besser so.«

Da rastet er aus. Er springt aus dem Bett, beginnt herumzuschreien, wird sogar vulgär. Ich höre Wörter wie »Fotze«, »verdammte Scheiße« und immer wieder »ficken«. Warum ich ihn überhaupt angerufen hätte. Wenn ich nur hätte ficken wollen, hätte ich es ihm gleich sagen können. Ruhig lasse ich seinen Zornesausbruch über mich ergehen, ich habe ihn verdient, und es tröstet mich, dass er nicht den geringsten Anflug von Bedauern verspürt.

Wir hätten uns gerade erst kennengelernt, brüllt er, und er habe nicht vor, mich an sich zu binden oder schon irgendwelche Zukunftspläne zu schmieden, wenn es das sei, warum ich jetzt einen Rückzieher mache! Und mit meinem Anruf hätte ich ihm doch zu verstehen gegeben, dass ich nicht nur auf ein Abenteuer aus sei!

Ich muss mich zusammenreißen, um nicht loszulachen, denn das Wort *Abenteuer* erinnert mich an meine Jugend. Und überhaupt hat sein Gefühlsausbruch für mich irgendwie etwas Abgedroschenes.

»Ich war auf kein Abenteuer aus, Quim«, entgegne ich, und das ist definitiv keine Lüge.

Er blickt mich verständnislos an, doch als ich seine Hand nehmen will, zieht er sie weg und tobt weiter, bis irgendwann seine Stimme leiser und leiser wird und er schließlich verstummt, wie ein Kind, wenn es begreift, dass es das, was es haben will, nicht bekommt, und wenn es noch so herzzerreißend heult. Wortlos zieht er die Pyjamahose an und zieht mit einem Ruck sein Kissen und die Decke vom Bett.

»Es ist zwei Uhr nachts. Auf der Landstraße könnte es Glatteis geben. Also schlaf bitte hier.«

Ohne einen weiteren Blick schlägt er die Tür hinter sich zu, und die demütigende Abfuhr, die er von mir hinnehmen musste, prallt an ihr zu mir zurück.

In den nächsten Stunden macht keiner von uns ein Auge zu. Irgendwann kommt er wieder ins Schlafzimmer, legt sich neben mich ins Bett und schlingt die Arme um mich. Das Beben seiner Stimme hallt in meinem Innern wider, während er sich an meinen Rücken schmiegt. Seine Wärme ist zurück.

»Es tut mir alles leid, was ich dir vorhin an den Kopf geworfen habe.«

»Ist schon in Ordnung, Quim.«

»Wenn du deine Meinung ändern solltest, Paula … du weißt, wo du mich findest.«

Aber das Einzige, das ich weiß, ist, dass es kein zweites Mal mehr geben wird, selbst wenn ich es versuchen würde. Das ist nur so dahergeredet. Denn nach mir wird es eine andere geben.

Aber nicht deshalb will ich das zwischen uns beenden. Nein, ich muss jetzt einfach erst einmal nur an mich denken. Wenn man ein Haus baut, beginnt man auch nicht mit dem Dach.

»Danke, Quim. Danke für alles, wirklich.«

Im Morgengrauen breche ich auf. Dichter Nebel macht den Abschied noch trister. Mein Wagen will nicht anspringen. Es ist eiskalt, und alles ist von Raureif überzogen.

»Los, versuch's nochmal.«

Quim lehnt an der offenen Wagentür. Ich drehe den Schlüssel erneut um, und nach zwei weiteren Versuchen springt der Motor endlich an. Wir sehen uns an.

»Uns bleibt immer Amsterdam«, versucht er zu scherzen, doch seine Stimme klingt brüchig. Aber vielleicht bilde ich mir das auch nur ein.

»Pass gut auf dich auf, Quim.«

Er schließt die Tür, winkt kurz zum Abschied, dann geht er ins Haus. Ohne sich noch einmal umzudrehen.

Da ist sie wieder, die alleinstehende Frau. Ich erkenne sie sofort. Langsam fahre ich die Schotterpiste hinab, und als ich am Stoppschild anhalte, um auf die kurvige Landstraße abzubiegen, verspüre ich das Bedürfnis, das Fenster zu öffnen und tief durchzuatmen. Ich will das alles in mich einsaugen und mit nach Hause nehmen: den Duft des Waldes, das Plätschern des Baches, der über die Steine hinabfließt, den Geruch des sich ankündigenden Regens, das Gefühl von Freiheit, Quims Berührungen auf meiner Haut, die Vision des Möglichen und den Beweis, lebendig zu sein und noch ein ganzes Leben vor mir zu haben. In dem Moment hebt von einem knorrigen Ast, der über einer Felswand hervorragt, ein Steinkauz ab und verschwindet zwischen den Steineichen auf der anderen Seite der Piste. Ich blinzele. Der Flug des Steinkauzes hat nur wenige Sekunden gedauert, ebenso lange, wie meine Verzauberung anhält. Habe ich ihn mir nur eingebildet? Selbst wenn, in mir löst sich plötzlich ein Knoten. Veränderung ist möglich. Ja, Veränderung ist möglich. Man muss nur zu sich selbst zurückfinden.

Als Kind wollte ich Novizin werden wie Maria von Trapp. Ich glaube, das habe ich dir nie gestanden. Das Klosterleben interessierte mich weniger, aber ich verstand die Hinwendung der jungen Frau zur Kirche als notwendigen Schritt für alles, was in ihrem aufregenden Leben als Oberhaupt der Trapp-Familie folgen sollte. Aus dem Wunsch, so zu werden wie sie, wurde bald der Wunsch, jemand wie sie möge in unserer Straße auftauchen und mit einem Koffer in der Hand nach unserer Tür suchen. Ganz so wie Julie Andrews in ›The Sound of Music‹. Nachts kniete ich im Bett, die Hände zum Gebet gefaltet, die Augen zum Fenster gerichtet, und bat, in unserem Leben möge eine Maria erscheinen, damit aus uns wieder eine heile Familie würde. Ich war überzeugt, mein Vater bräuchte eine Frau wie sie, nachdem ich die Hollywood-Verfilmung gesehen hatte, in der der verwitwete Baron von Trapp mit seiner Tochter Liesl zur Gitarre ›Edelweiß‹ sang, für mich damals die reinste Liebeserklärung. Ja, lach nur. Es war doch naheliegend, dass ich jemanden für meinen Vater suchte. Sicher, es musste in all den Jahren Frauen in seinem Leben gegeben haben, und irgendwann, als ich schon ein Teenager war, bin ich auch einmal einer mit zerzaustem Haar im Flur unserer Wohnung begegnet. Aber ich fragte ihn nie nach einer neuen Liebe und setzte weiterhin all meine Hoffnungen auf Maria, bis der Trapp-Mythos anfing zu bröckeln.

Während ich Wasser in einen Glaskrug laufen lasse und ein paar Eukalyptuszweige hineinstelle, meint Lídia, dass ich mir endlich jemanden suchen müsse, um nicht so allein zu sein. »Ich sage ja nicht, dass gleich einer bei dir einziehen soll, Paula, aber ein bisschen Spaß würde dir guttun.« In Gedanken flüchte ich in die Filmkulisse der österreichischen Alpen, um ihr nicht zu erklären, was ich über neue Männer denke, die wieder Spaß und Lust in mein Leben bringen sollen. Mit Quim und Eric hat es sie bereits gegeben, und sie haben mir auch Spaß und Lust geschenkt. Doch es hat sich für mich nicht richtig angefühlt. Und wahrscheinlich wird das auch in Zukunft so bleiben, sollte je noch einmal ein anderer Mann in meinem Leben erscheinen: Spaß und Lust werde ich womöglich wieder haben, aber es wird sich nie wieder so unversehrt anfühlen wie mit dir.

Weißt du, Mauro, ich wüsste zu gern, was du darüber denkst. Vielleicht meinst du ja, ich übertreibe. Ich würde wirklich gern mit dir darüber reden, denn in meinem tiefsten Innern vertraue ich darauf, dass wir, wärst du nicht gestorben, inzwischen gute Freunde wären und du mich irgendwann vom Krankenhaus abholen würdest, so wie früher, und ich dir anvertrauen könnte, dass es nicht darum geht, nach jemand anderem zu suchen, sondern erst mal wieder Tritt zu fassen und mich selbst neu zu definieren.

Du würdest dich sicher ausschütten vor Lachen, wenn ich dir dann meine Fantasien zu ›The Sound of Music: Meine Lieder – Meine Träume‹ gestehen würde. Und wenn wir nach Hause kämen – ich hätte dich zum Abendessen eingeladen –, würde ich als Erstes die Heizung einschalten, weil mir kalt wäre, und du würdest in dem Zimmer, das einmal dein Arbeitszimmer war, schnurstracks nach einem bestimmten Pflanzenlexikon suchen und es, sobald du es gefunden hättest, so behutsam, wie du Bücher immer behandelt hast, aus dem Regal nehmen und durchblättern, bis du auf einer Seite die Blüte, weiß wie Zuckerwatte, fändest. Und damit ich dich in der Küche hören könnte, würdest du laut rufen: Ich hab's, Paula. Hör zu, *Leontopodium alpinum,* das Edelweiß, gehört zur Familie der Korbblütler. Es wächst in kleinen Gruppen auf Alpenwiesen und an Felsen auf den Höhenzügen europäischer Gebirge. Und ich würde, in der Küche beim Schneiden von Zwiebeln, leise seufzen und dann vor mich hinlächeln, und alles wäre zwischen uns in bester Ordnung.

Hinter mir redet Lídia ununterbrochen, während ich weiter die Eukalyptuszweige in der Vase anordne und in mir noch ›Edelweiß‹ nachklingt, eingebettet in den Geruch eines nie endenden Winters.

17

Das konstante Brausen des Verkehrs an diesem Dienstagvormittag bleibt hinter mir zurück, als ich den Firmensitz der Grup Godó an der Avinguda Diagonal, Ecke Plaça Francesc Macià betrete. Unter dem aufmerksamen Blick eines Wachmannes, der mich mit einem gleichgültigen Nicken begrüßt, muss ich meinen Ausweis vorzeigen und bekomme eine Ansteckkarte, die mich als Besucherin identifiziert.

Schon auf den ersten Blick zeigt sich, dass sich hinter der modernen, ästhetischen Glasfassade des hohen Gebäudes eine eigene Welt verbirgt, genau wie in dem Krankenhaus, in dem ich arbeite, nur dass hier anstelle von medizinischem Personal und Kranken überwiegend Journalisten zu Hause sind. Genauer gesagt, Journalisten und Tontechniker. Carla ist Tontechnikerin bei einem Radiosender. Und das hat mich vollkommen überrascht. Seit ich sie im Wartesaal der Klinik zum ersten Mal gesehen habe, war sie für mich eine Ballerina, und ich habe mir vorgestellt, wie sie an der Ballettstange ihre endlos langen Beine in die Höhe reckt und den ganzen Tag mit ihrem grazilen Körper, langen definierten Muskeln und den kleinen festen Brüsten tanzt oder Pirouetten dreht, das Haar streng aufgesteckt zu einem Dutt. Ich habe ihr sogar glanzvolle Auftritte auf einer Bühne angedichtet, denen Mauro bewundernd folgte, Auftritte im weißen Tutu und mit Blutblasen an den Zehen, ein Leben voll Schweiß und Anstrengung.

Mir ist flau im Magen, und ich bin beklommen wie ein kleines Mädchen, das sich endlich dem nächtlichen Monster stellt. Dabei habe ich diese Beklommenheit selbst mutwillig heraufbeschworen. Wir haben ein paar nüchterne Whatsapps gewechselt, und auch ohne große Worte war uns beiden klar, dass Emojis und Ausrufezeichen fehl am Platz waren. Immerhin ging es hier um den Mann, den wir beide geliebt, zu dessen Leben wir beide gehört hatten.

Sie hat mich für elf Uhr morgens in den fünfzehnten Stock bestellt. Dann habe sie Pause zwischen den Sendungen, »ein halbes Stündchen«, wie sie schreibt, und als ich das Diminutiv lese, ploppt in mir unwillentlich die Vorstellung auf, wie sie nackt, einen weißen Schlüpfer mit Kindermotiv hinter sich auf den Boden werfend, zur Dusche hüpft und dort lachend Mauros Körper einseift. Ein wahrer Jungbrunnen.

Mit dem Aufzug fahre ich die fünfzehn Stockwerke hinauf und rufe mir noch einmal in Erinnerung, dass ich selbst das Treffen initiiert habe. Ich kann jetzt also unmöglich die Flucht ergreifen.

Vor mir stehen zwei Männer in meinem Alter. Sie unterhalten sich lachend über einen Dritten, der bei dem Hubschrauberflug, den sie ihm geschenkt haben, offenbar tausend Tode gestorben ist. Ihre saloppe Kleidung, der ledrige Männerduft, Sneakers und die Hipster-Bärte, ihre ganze lässige Art verleihen ihnen etwas Jungenhaftes, als würden sie nie erwachsen werden. Sie umweht dieselbe Aura von Leichtigkeit und Coolness wie die junge Frau oben am Empfang der Etage.

»Guten Tag. Ich habe eine Verabredung mit Carla …«

Mir wird bewusst, dass ich ihren Nachnamen nicht kenne, und schlucke. Doch das ist Gott sei Dank kein Problem; Carla ist die einzige Tontechnikerin in der Abteilung, und ich werde zu meiner Verwunderung feststellen, dass sie eine leichte Sprachstörung – das r bereitet ihr Probleme – und am linken Auge einen kleinen Tick hat, ein kaum merkliches, aber beständiges Zucken. Damit passt sie schon besser zu Mauro. Er wird diese winzigen Unvollkommenheiten auf den ersten Blick wohl nicht wahrgenommen, sich dann aber nach und nach in sie verliebt haben, während ich um das Leben meiner kleinen Patienten rang oder wie besessen Studien und Fachartikel über Neonatologie verschlang.

»Hallo, Paula.«

Sie holt mich am Empfang ab und begrüßt mich mit sonorer Stimme und misstrauischem Blick. Sie brauche noch fünf Minuten, sagt sie und nimmt mich schon mal ins Studio mit. Sie läuft schnell. Hier muss offenbar alles zack, zack gehen. Ich folge ihr befangen auf das mir fremde Terrain.

Drinnen weist Carla mir mit ihrem Zeigefinger eine Ecke zu, und dort bleibe ich dann eingeschüchtert stehen, die Hände tief in den Jackentaschen vergraben, und fühle mich wie die letzte Idiotin. Ich will nur noch weg. Welcher Teufel hat mich vor ein paar Tagen nur geritten, dass ich es für eine gute Idee hielt, reinen Tisch zu machen und mich mit der Ballerina in Verbindung zu setzen, die am Ende gar keine ist? Was habe ich mir bloß davon versprochen?! So eine blödsinnige Idee! *Krieg dich wieder ein, Paula, nun bist du schon mal hier, und zudem bist du doppelt so alt wie sie.* Aber das ist es ja gerade: Ihre unerhörte Jugend wirft mich aus der Bahn und zwingt mich dazu, für einen Moment die Augen zu schließen. Ich atme tief durch, während sie sich vor einem Mischpult voller Regler und blinkender Lämpchen niederlässt. Durch die große Scheibe vor ihr kann man in die Sprecherkabine sehen, in der mehrere Leute live mit einem bekannten Journalisten diskutieren, dessen Name mir jedoch entfallen ist. In der Aufregung komme ich auf die verrückte Idee, ein Foto von ihm zu machen und es meinem Vater zu schicken, aber ich kann mich gerade noch zügeln. *Sei nicht kindisch, Paula.* Und trotzdem werde ich zusehends kleiner.

»Noch fünfzehn Sekunden, dann Schnitt, du schaltest dich ein und leitest zur Werbung über, okay? Und immer mit der Ruhe, ich mach's dann schon passend.«

Carla spricht über die Sprechanlage mit dem Journalisten. Mit einer inneren Anspannung, die sich auf mich überträgt, steht sie auf und setzt sich wieder hin, tippt auf einen Knopf, schiebt ein paar Blätter zusammen, und dann, den Blick fest aufs Innere der Sprecherkabine gerichtet, erhebt sie sich von ihrem Drehstuhl und zählt mit den Fingern einen Countdown herunter, der sie in die mächtigste Frau verwandelt, die ich je gesehen habe: fünf, vier, drei, zwei, eins. Die Welt hört auf ihr Kommando.

Während ich ihr gebannt zuschaue, kommt mir in den Sinn, wie vorhersehbar unser Leben doch gewesen war: Nimm den Müll mit, wenn du runtergehst, denk dran, einen Kanister Wasser zu kaufen, wenn du am Supermarkt vorbeikommst, am Sonntag könnten wir mal wieder bei meinen Eltern essen, ich habe Migräne, vielleicht morgen. Ich verwendete nur noch Parfüm, wenn wir mit Freunden zum Essen ausgingen, und Mauro weigerte sich aus reiner Gefühlsduselei, die Slipper wegzuwerfen, mit denen er furchtbar provinziell aussah. Kein Mann könnte darum auch dieser Göttin in den abgewetzten Jeans und den alten Lederstiefeln widerstehen, die an der Hand einen Countdown abzählt. Mauro musste ihr einfach verfallen.

Jetzt winkt sie mir zu und bittet mich zur gleichen Tür hinaus, durch die wir einen Moment zuvor hereingekommen sind, um mich durch einen langen Flur um das Studio herumzuführen. Ich folge ihr wie ein verängstigtes Hündchen. Von dem Elan, mit dem ich gestern Abend die Worte einstudiert habe, die ich an sie richten will, als hätte ich irgendein Recht dazu, ist nicht mehr viel übrig.

Von hier oben hat man eine spektakuläre Aussicht, und die sonst so chaotische Stadt wirkt, als könnte sie mit leichter Hand geordnet werden. Trotz meiner Aufregung dämmert es mir in diesem Augenblick, dass alles einfacher wird, wenn es mir gelingt, die Perspektive zu wechseln. Aber noch herrscht in meinem Kopf ein abstruses Durcheinander, und jeder Gedanke ist ein potenzieller Fallstrick.

Wir nehmen in einem kleinen Pausenraum fernab des Trubels Platz. Ein großes Fenster nimmt die ganze Stirnseite ein, ansonsten gibt es darin nur zwei Sessel, einen runden Tisch mit den aktuellen Tageszeitungen und eine Tee- und Kaffeemaschine. Carla besorgt uns zwei Tassen Kaffee.

Als sie mir den Rücken zuwendet, fällt mein Blick auf ihr Hinterteil. Die Jeans schmiegt sich mit einem geradezu unverschämten Wohlwollen an ihren Po, als hätte man sie für diese Frau maßgeschneidert, um ein Schönheitsideal zu propagieren, von dem wir anderen Frauen nur träumen können. Ihr graziler Körper und ihre sinnlichen Rundungen sind unfassbar sexy. Mauro hat sich bestimmt sehr glücklich geschätzt.

Sie setzt sich und schlägt seufzend die Beine übereinander.

»Wie geht es dir?«, fragt sie mit belegter Stimme.

Wie kann es sein, dass sie das Gespräch eröffnet? Ich bin wie erstarrt.

»Es … geht so. Und dir?«

Sie senkt den Blick und konzentriert sich auf ihren Kaffee, den sie langsam mit einem Plastiklöffelchen umrührt.

»Schlecht.«

Ihre Antwort erinnert mich daran, warum ich hier bin. Plötzlich ist Mauro greifbarer denn je. Unbewusst beuge ich mich zu ihr wie eine besorgte Mutter und lege ihr die Hand aufs Knie, bis ich an ihrem Blick merke, dass ihr das missfällt. Rasch ziehe ich sie weg.

»Worüber wolltest du mit mir reden?«

Da fällt mir zum ersten Mal der Tick an ihrem linken Auge auf. Es zuckt ständig. Mir schießt durch den Kopf, dass sie das vielleicht nicht schon immer hatte, sondern es erst durch das Trauma von Mauros Tod ausgelöst wurde. Automatisch gehe ich mögliche funktionelle neurologische Veränderungen des zentralen Nervensystems durch, bis ich mich selbst zur Ordnung rufen kann: *Sie ist keine Patientin, Paula! Konzentrier dich, um Himmels willen.* Doch ich habe bereits den Faden verloren.

»Was hast du gesagt?«, frage ich nervös.

»Warum wolltest du mich treffen? Brauchst du etwas?«

Ich denke über ihre Worte nach. Ja. Ja, ich brauche etwas. Und das sage ich ihr auch.

»Ich muss wissen, wann und wie es angefangen hat.«

Geräuschvoll atmet sie ein und nippt an ihrem Kaffee.

»Es hat hier angefangen. Mauro und sein Partner, Nacho, haben eine Autorin zu einem Radiointerview begleitet.«

»Die Russin?«

Sie nickt, und ich denke an die Russin und die Tage um die Buchvorstellung zurück. Mauro war ständig unterwegs und schwelgte in Euphorie.

»Ich hatte ihr Buch gelesen und es sehr gemocht. Normalerweise mache ich so was ja nicht, aber in diesem Fall wollte ich unbedingt eine Widmung haben und mit ihr ein bisschen zu reden ...« Sie stockt und fasst im Nacken ihre langen Haare zusammen, die sie dann auf eine Schulter fallen lässt. »Ich spreche nämlich Russisch, weißt du.«

Sie kann also Russisch, aha. Mehr geht nicht. Mauro muss augenblicklich dahingeschmolzen sein, trotz ihrer Dyslalie beim r.

Vor meinem geistigen Auge blättere ich durch den Kalender und versuche, mich zu erinnern, wann es war, als er mit einem seligen Lächeln die frisch gedruckten Exemplare des russischen Romans mitbrachte. Doch ich weiß es beim besten Willen nicht mehr. Zeit ist nicht mehr das, was sie war. In etwas mehr als einer Woche jährt sich der Unfall, allein das weiß ich noch. Ansonsten aber rechne ich nicht mehr in Monaten, Wochen und Tagen, sondern unterscheide nur noch ein Vorher und Nachher. Und alles, was vorher geschah, scheint so weit zurückzuliegen, als hätte es jemand anderer erlebt. Die Zeit ist so verschwommen wie ein Wasserfleck auf einem Aquarell.

Carla bemerkt meine Blockade, tut aber nichts, um sie aufzulösen.

»Hat er dir anfangs gesagt, dass er mit jemandem zusammenlebt?«, presse ich hervor.

»Nein, aber ich habe es vermutet. Weil er mir keine Fragen zu meinem bisherigen Privatleben gestellt hat.«

Typisch, denke ich mit einem sarkastischen Lächeln.

»Ich habe ihn nicht darum gebeten, dich zu verlassen, Paula. Aber für ihn schien das ganz klar zu sein ...«

Ihr Blick verliert sich über Barcelonas endlosem Häusermeer. Ich würde sie am liebsten schütteln, damit sie sämtliche Details ausspuckt, ohne dass ich sie extra darum bitten muss.

»Was meinst du damit?«, frage ich mühsam beherrscht.

»Na, er sprach sehr schnell vom Heiraten. Er sagte aber auch, er müsse erst mit dir reden, ausziehen und alles soweit regeln, damit du damit zurande kommst.«

Mir dreht sich der Magen um, und es tut so weh, als hätte man mir mitten hinein einen Fausthieb verpasst. Durch die Chats im Handy hatte mich schon eine Ahnung beschlichen. Aber mir war nicht klar gewesen, dass die Sache zwischen ihnen wirklich schon so weit gegangen war. Mauro wollte sie heiraten! Ein stechender Schmerz macht sich in meinem Kopf breit, der sich zu einer heftigen, von Übelkeit begleiteten Migräne auswachsen wird, wenn ich nicht bald mit einem Schmerzmittel dagegen angehe. Ängstlich wandert mein Blick zu ihren Händen. Aber ich sehe keinen Ring.

»Ihr habt geheiratet?«, frage ich tonlos.

»Nein. Dazu ist es nicht mehr … gekommen.«

Es geht ihr sichtlich nahe. Sie schlägt die Hände vors Gesicht.

»Tut mir leid«, murmele ich, aber das stimmt nicht. Es tut mir kein bisschen leid.

»Wir … wir hatten schon einen Termin in Santa Maria del Mar, im September … ein halbes Jahr nach dem Unfall.«

Sie hält inne, holt tief Luft. Ihr Blick verharrt im Unendlichen. Eine Hochzeit in Santa Maria del Mar. Er wollte sie heiraten und mit ihr das Kind bekommen, das ich ihm nicht geschenkt habe. Ihre Augen werden feucht, und eine Träne gleitet ihre Wange hinab. Es ist heiß in dem kleinen Raum, und ihre Wangen sind gerötet, die Wangen, auf die Mauro heimlich Küsse drückte, Küsse, die bald zu öffentlichen, durch Trauschein legitimierten Küssen werden sollten. Die Antwort auf all den Druck, dem ich mich in unserer Beziehung jahrelang ausgesetzt gesehen habe, sitzt nun in Gestalt einer jungen hübschen Frau vor mir. Das ist sie also, Paula. Wie alt mag sie sein? Sechsundzwanzig, siebenundzwanzig? Allerhöchstens dreißig. Ihr Blick ist offen, und sie ist im besten gebärfähigen Alter.

»Wie alt bist du?«

»Wie bitte?«, fragt sie pikiert und zugleich verblüfft. Ihre Finger nesteln an einer goldenen Kugel, die sie an einer dünnen Goldkette um den Hals trägt.

»Ich möchte wissen, wie alt du bist. Es sieht jeder, dass du erheblich jünger bist als ich«, fahre ich sie an.

»Neunundzwanzig«, erwidert sie herausfordernd.

Na, bitte, Paula, du hast den Nagel auf den Kopf getroffen. Er brauchte jemanden mit noch intaktem Eizellenvorrat.

»Mauro hat oft von dir gesprochen. Er hat mir viel von deiner Arbeit erzählt.«

Er hat nicht *von mir* gesprochen, denke ich verletzt, sondern von meiner Arbeit.

»Ach ja?«

Ich versuche, freundlich zu reagieren, aber mir geht das mit der Hochzeit einfach nicht aus dem Kopf.

»Ich habe dir übrigens ein paar Sachen mitgebracht. Mir sind sie zu Hause im Weg, ich mag sie einfach nicht mehr sehen, sie tun mir weh. Bevor du gehst, gebe ich sie dir.«

»Was für Sachen?«, frage ich und überlege, wie groß ihr Schmerz und ihre Trauer sein müssen, dass Mauros Habseligkeiten ihr jetzt im Weg stehen. Für mich wurde sie an jenem fatalen Tag zu einem Störfaktor, ich hatte ihr Glück hingegen bedeutend länger getrübt.

»Die Tasche, die er dabeihatte, wenn er über Nacht blieb.« Sie wirft den Pappbecher in hohem Bogen in Richtung Papierkorb und trifft, was ihr anscheinend etwas Auftrieb gibt. »Und dann noch ein paar Anziehsachen, seine Zahnbürste, irgendein olles Manuskript und, ach ja, noch so ein Beutel mit getrocknetem Zeug.« Ihre Worte klingen, als wäre Mauros Hinterlassenschaft nichts mehr für sie wert.

»Was für getrocknetes Zeug?«, frage ich.

»Irgendwelche Kräuter halt. Du kennst ihn doch.«

Der Gebrauch des Präsens lässt mein Herz einen Schlag lang aussetzen.

Wir müssen beide lächeln, und für einen Moment stellt sich eine flüchtige Verbundenheit zwischen uns ein. Mauro hat auf unserer Terrasse alle möglichen Kräuter angepflanzt und die getrockneten Blätter dann in durchsichtigen Beuteln aufbewahrt, die er mit Aufklebern versah: Melisse, Minze, Thymian, Kamille. Ich kann ihn noch förmlich hören. *Hilf mir mal, diesen Blumenkasten woanders hinzustellen, Paula. Thymian gedeiht gut im Halbschatten, und hier bekommt er zu viel Sonne ab. Lass uns ihn da rüber in die Ecke tragen.* Ich musste ihn immer bremsen. *Die Nachbarn zeigen uns noch an, Mauro, weil sie denken, du pflanzt Drogen. Und irgendwann siedelst du in diesem Dschungel auch noch wilde Tiere an, ich seh's schon kommen.* Grinsend wischte er sich mit dem erdverkrusteten Handrücken über die Nase und widersprach: *Ach was, sei still und hilf mir lieber.*

Die Gefühle drohen mich zu überwältigen, aber ich reiße mich zusammen. Ich denke an den Teil ihres gemeinsamen Lebens, der im Handy gespeichert wurde, und addiere alles andere hinzu, was das Telefon nicht bewahrt hat. Das Ergebnis ist proportional zu dem Schmerz, der mich so unvermittelt wie eine Ohrfeige trifft. Wie können Mauros getrocknete Kräuter ihr nur im Weg sein? Wie dumm muss man sein, dass man sie nicht wie einen wertvollen Schatz aufbewahren will.

»Wenn man bedenkt«, fügt sie schulterzuckend hinzu, »seine Familie kannte mich nicht mal. Ich hatte es ja nicht so eilig, aber er sagte immer, wir könnten ja auch noch vor dem Termin in Santa Maria del Mar heiraten, einfach nur standesamtlich, ohne jemandem Bescheid zu sagen.«

Mir fällt das Telefonat mit Mauros Mutter ein und Mauros Ersparnisse, die ich erben sollte, die geklöppelte Decke, die böhmischen Kristallgläser. Und mir wird klar, dass Mauro sicher nicht gewusst hätte, wie er gegen seine Mutter und ihr erdrückendes Bedürfnis, bei allem mitreden zu wollen, ankommen sollte. Seine Feigheit, die er als Lässigkeit tarnte, hatte ihm im Weg gestanden, Carla in den Kreis der Familie einzuführen und seinen Eltern und seiner Schwester bei der Gelegenheit zu eröffnen, dass ich nicht mehr dazugehörte. Und Carla hatte letztlich nur auf den süßen und mächtigen Zauber der naiven Liebe reagiert, der allen Anfängen innewohnt. Wäre Mauro später umgekommen, nach den Hochzeitsglocken von Santa Maria del Mar, trüge sie auf jeden Fall jetzt einen Ring am Finger und wäre seine Witwe.

Als wir zum Lift gehen, sitzen die Teilnehmer der Diskussion noch immer lachend und munter plaudernd in der Sprecherkabine. Bei dem Anblick ist mir, als kämen wir von weither und wären lange weg gewesen, und ihre sichtlich gute Laune erscheint mir geradezu wie ein Affront. Wenn die Liebe erlischt, hat das immer etwas Trauriges und Verachtenswertes. Aber der Tod ist die ungleich größere Katastrophe, so viel ist mir inzwischen klar. Wir glauben, wir hätten ihn mit Ritualen, Trauerbekundungen, Symbolen und Farben gezähmt, aber er ist wild und frei. Er hat immer das Sagen. Der Tod gebietet über das Leben, nicht umgekehrt.

Carla bringt mir Mauros Tasche, die wegen des Manuskripts ein beachtliches Gewicht hat.

»Puh, hast du da eine Leiche drin?«

Meine Stimme irritiert mich. Es erschreckt mich, wie ehrlich und klar, wie heil sie geklungen hat, als wäre ich in dieser letzten halben Stunde komplett genesen.

Zum Abschied hauchen wir uns zwei spitze Küsschen auf die Wangen. Sie riecht nach Johannisbeere, nach einer Perfektionistin, die bereit ist, aus Liebe alles durcheinander zu bringen. Bevor ich gehe, danke ich ihr, dass sie sich die Zeit genommen hat. Sie steckt die Hände in die Hosentaschen und richtet sich mit einem bitteren Lächeln auf, was wohl so etwas wie »keine Ursache« bedeuten soll. Wenn wir auf ewig Rivalinnen bleiben, lassen wir Mauro auf unsere Art weiterleben, und das ist unser beider größter Triumph.

18

»Hyalines Membransyndrom. Wir müssen Surfactant verabreichen, Pili. Schau bitte in der Patientenakte der Mutter nach, ob sie Glukokortikoide bekommen hat.«

Es ist mitten in der Nacht. Draußen regnet es immer stärker. Das Pladdern wird nur vom rhythmischen Piepsen der Monitore unterbrochen. Ich sehe nach den beiden Frühchen, die während meines freien Wochenendes zur Welt gekommen sind. Der Junge wird keine Spätfolgen davontragen, wenn wir die Lungenreifung hinbekommen. Und ich bin mir sicher, dass wir es schaffen, in seinen geballten kleinen Fäusten steckt mehr als ein Hauch von Lebenskraft. Bei dem kleinen Mädchen dagegen, das in der siebenundzwanzigsten Schwangerschaftswoche zur Welt gekommen und von ihrer Mutter sofort zur Adoption freigegeben worden ist, sieht es nicht gut aus. Sie hat eine nekrotisierende Enterocolitis und musste gleich operiert werden. Trotzdem macht sie keinerlei Fortschritte, sie befindet sich nach wie vor im septisch-toxischen Schockzustand und hat häufig Blutungen. Jedem in unserem Team liegt schon der verdammte Satz auf den Lippen, den wir alle nicht aussprechen wollen: »Da ist nichts mehr zu machen.« Die Kleine spricht einfach auf nichts an. Die Schäden sind irreversibel. Es ist nur noch eine Frage der Zeit. Ich vermeide es, bei der Untersuchung in ihr Gesichtchen mit den blinden Augen zu blicken, denn es geht mir an die Nieren, dass sie sonst niemanden mehr hat, der sie während dieser letzten Stunden begleiten und verabschieden wird. Mit einem tiefen Seufzer hat Pili unser aller Ohnmacht Ausdruck verliehen, die seit Stunden unsere Stimmen und Schritte in der Nähe des Brutkastens dämpft, in dem die Kleine mit einer erschreckenden Würde auf das Unvermeidliche wartet.

»Wann gehst du essen? Wenn nichts dagegenspricht, würde ich jetzt runter in die Kantine gehen.«

»Ich habe keinen Hunger. Ich bleibe bei ihr. Geh ruhig. Ich trinke später einen Kaffee.«

»Soll ich bleiben?«

Ich werfe Pili einen flehentlichen Blick zu, und sie begreift sofort. Diese Krankenschwester, die mir meine Anspannung am verkrampften Kiefer abliest, sich die Ärmel hochkrempelt und die Hände und Arme bis zu den Ellenbogen wäscht, hat einfach ein unglaubliches Einfühlungsvermögen.

In wortlosem Einverständnis öffnen wir den Inkubator. Pili stützt ihr Köpfchen. Bevor ich die Kleine berühre, reibe ich mir kräftig die Hände, damit sie nicht so kalt sind ... könnte ich mir nur auf die gleiche Weise Herz, Bauch und Seele wärmen. Ich nehme die Füßchen des Mädchens, streiche mit dem Zeigefinger über ihre Handflächen, zwei kleine Sterne vor dem blauen Himmel ihres kleinen Nests, und berühre zärtlich sämtliche Stellen der feuchten Haut, die frei von Schläuchen sind. Mir fällt der Osteopath ein, Eric, der mich irgendwann zum Lachen brachte, als er sagte, er würde seinen Kindern später mal die Namen der Mechanorezeptoren der Haut geben. Meissner, Pacini, Ruffini und Krause. Eric und der Tastsinn. Wie er den Oxytocinspiegel ansteigen ließ und seine Studie mit hochtrabenden Begriffen wie »sensorische Innervation« und »Tastsinn als

Submodalität eines somatosensorischen Systems« aufmotzte. Noch während er es mir erklärte, begriff ich, dass alles so viel einfacher war, dass Berührungen, Handhalten, Streicheln, ein bisschen Zuneigung ausreichten, damit sich ein Menschlein von achthundert Gramm, so wie eine erwachsene Frau, gleich weniger verletzlich fühlte.

Bald werden wir die lebenserhaltenden Maßnahmen einstellen und der Kleinen nur noch ein Schmerzmittel geben, aber vorerst liebkosen wir sie noch ein Weilchen in ihrem temperierten Wärmebettchen.

»Ich nehme sie.«

Ich schaue Pili an und nicke. Eigentlich hätte ich die Entscheidung treffen müssen, aber wir sind allein, die Untersuchung ist abgeschlossen, und Pili besitzt einen sechsten Sinn, der sich nicht vom Verstand beirren lässt. Ein Gefühl der Befriedigung durchströmt uns, weil wir soeben einen stummen Entschluss gefasst haben: Wir werden dieses einsame Kindchen, dessen Leben mit jedem Herzschlag ein Stück mehr erlischt, begleiten und Teil seiner kleinen Welt bleiben, die es drei Tage lang kennenlernen durfte. Wir werden da sein, wir lassen es nicht allein. Pili, ich und der Kollege, der gerade zu uns tritt, werden es abwechselnd für eine halbe Stunde in unseren Armen wiegen.

Irgendwann gegen Morgen bemerke ich, wie Tränen auf das kleine Mädchen fallen. Es sind meine. Keiner sagt ein Wort. Mein Kollege reicht mir etwas Gaze, die ich als Taschentuch benutzen kann, und fragt, ob ich gern einen Schluck Wasser hätte oder einen anderen Wunsch habe. Ja, ich habe einen Wunsch, ich will das Unmögliche: Ich will die Kleine retten und Mauro wieder auferstehen lassen, damit ich ihm erklären kann, wie ungerecht es manchmal auf der Welt zugeht. Ich will alles wieder auf null drehen. Doch ich schüttele nur den Kopf und sage leise: »Danke.«

Die Stimmung auf der Station ist merkwürdig. Der warme Lichtschein der Deckenlampen schafft einen künstlichen Frieden, doch die zarten, unschuldigen Neugeborenen spüren, dass etwas im Schwange ist. Bedrückt erwarten wir das, was kommen wird.

Im Räderwerk des Krankenhauses läuft derweil alles wie geschmiert: Die Zeiger der Wanduhr rücken gleichmütig vor, Krankenschwestern eilen dorthin, wo sie gebraucht werden, wir Ärzte treffen Entscheidungen, von denen manche endgültig sind, Putzfrauen mit geschwollenen Augen lächeln müde, Eltern blicken durch die Inkubatoren hoffnungsvoll in die Zukunft, ein junger Vater sitzt seit anderthalb Stunden auf dem Sofa und hat ein Kind auf der nackten Brust, der Regen, der nicht aufhören will, Mahavir, der endlich seelenruhig auf der normalen Pflegestation schläft, das Leben, das Sekunde um Sekunde voranschreitet … und der Tod, der es dann unversehens irgendwo auf den Fluren oder im Aufzug einholt.

Schließlich entfernen wir den intravenösen Zugang. Es entsteht eine traurige, respektvolle Stille, als Pili mir die Kleine übergibt. Meine Arme werden die letzten sein, die sie halten. Und dann, ein paar Momente später, nimmt der Tod sie mir weg, er nimmt sie mit nach ihrem letzten Atemzug, aber dieses Mal war ich rechtzeitig da, diese Runde habe ich gegen ihn gewonnen. *Ich bin hier. Bei dir. Du stirbst nicht allein.*

Danach umarmen wir uns alle. Es wird geseufzt, geflucht, und der Takt der Monitore und Kontrollsignale zeigt uns, dass das Leben weitergeht. Piep, piep, der gleichförmige Ton von Ruhe und Frieden in der Frühchen-Intensivstation. Volle Kreißsäle, der winterliche Verkehr, schlechte, gute, banale Nachrichten, unter der Erde die U-Bahn und am Himmel ein Flugzeug, Klaviertasten, die unter den Fingern meines Vaters zu Worten werden, ein Mann betet in der Klinikkapelle hoffnungsvoll unter einem geschnitzten Kreuz, das Brummen der Kaffeemaschinen, das Lächeln meiner Mutter auf dem alten Schwarz-Weiß-Foto. Die Rollläden hochgezogen, der Herd in der Küche, jemand, der selbstvergessen unter dem kalten Wasserstrahl der Dusche singt, das Rauschen des Meeres, die Stimmen des Waldes. Bankautomaten, die Geldscheine ausspucken, nervöse Mäuse in den Käfigen eines Forschungslabors, vom Wind getriebene Wolken und die Gebilde, die wir darin zu erkennen glauben, die verrückte Alte, der Mann, der die französische Bulldogge Gassi führt, der gärende Sauerteig und die ein- und auslaufenden Frachtschiffe im Hafen. Und schließlich und endlich die Pflanzen. Die Pflanzen, deren Wurzeln sich wie in einer Parallelwelt unter der Erde ausbilden und in alle Richtungen wachsen …

Nachdem wir uns aus der Umarmung gelöst haben, streben alle betriebsam auseinander wie fleißige Insekten, überprüfen, überwachen, verabreichen, verwalten, denken, vergessen. Und ich begebe mich schnurstracks ins Bereitschaftszimmer. Besser gesagt, ich flüchte.

Ich habe keine Ahnung, wie lange ich schon hier bin, aber bis auf Pili, die gerade im Dunkeln hereingekommen ist, hat mich niemand gesucht.

»Paula?«

Sie schaltet das Licht nicht an, doch als sie den Verdunkelungsvorhang zurückzieht, fällt scheu das Tageslicht herein. Ich weiß, dass sie mein Gesicht gesehen hat, aber sie sagt keinen Ton, gleitet bloß langsam neben mich auf den Boden. Nur ihr leises Ächzen verrät, wie steif ihre Knochen sind.

»Warum kommst du heute nicht mit zu mir? Meine Töchter kommen zum Essen, und Sandra bringt den Kleinen mit. So lernst du sie endlich mal kennen. Es geht um die Kleider für die Hochzeit, und ich sag's dir, ich kann's nicht mehr hören.«

Wir lehnen mit dem Rücken an der Wand. Ich habe die Knie zur Brust gezogen, und Pili streckt die stämmigen Beine auf den kalten Fliesen aus. Die Ränder der weißen Socken, die zwischen ihren Clogs und dem Saum der Hose hervorblitzen, schneiden ihr in die Beine. Sie erinnern mich an die Baumwollsöckchen, die meine Mutter mir immer zusammen mit den neuen Schuhen um Ostern herum kaufte und die ich dann das ganze Frühjahr über trug. Nach ihrem Tod musste ich meinen Vater jedes Jahr daran erinnern, dass ich mit Beginn der warmen Jahreszeit neue Schuhe und dünne Socken brauchte. Wer weiß? Vielleicht liefen in seiner Welt der Melodien und Vögel ja alle Mädchen barfuß herum.

Das Gedächtnis verleiht Begebenheiten Gewicht, die in dem Moment, da sie sich zutragen, erst einmal nicht weiter von Belang sind. Wenn wir ein neues Paar dünne Socken zum ersten Mal tragen, können wir nicht ahnen, dass daraus einmal eine kostbare Erinnerung an die Mutter wird, die wir bald darauf für immer verlieren. Ja, Socken können etwas Besonderes sein, denn wenn deine Welt zusammenbricht, können sie zum Sinnbild für deine Mutter werden.

In all den Jahren, die ich sie nun schon kenne, habe ich Pili noch nie auf dem Boden sitzen sehen. Es ist, als ob die Maske der gestrengen Krankenschwester von ihr abgefallen wäre und da eine Frau zum Vorschein kommt, die trotz der langen Nachtschicht schon das Mittagessen für ihre Töchter und den Enkel vorbereitet hat, eine Frau, die nach Weichspüler und Shampoo mit dem Aroma von karibischen Früchten duftet. So wie eine Mutter eben riecht. Ich höre sie neben mir tief durchatmen. Wir sind beide fix und fertig.

Im ersten Jahr meiner Zeit als Assistenzärztin hatte mich der Tod eines kleinen Patienten schon einmal zum Weinen gebracht. Santi sagte damals zu mir, ich müsse mich zusammenreißen, wenn ich es mir zu sehr zu Herzen nähme, würde aus mir nie eine gute Neonatologin werden. »Wenn ein Kind nach der Geburt in einem so kritischen Zustand ist, ist es wichtig, um sein Leben zu kämpfen. Aber man muss auch wissen, wann Schluss ist. Man muss sie retten, aber auch sterben lassen können. Beides ist gleich wichtig.« Und so riss ich mich seither zusammen.

Ich weiß, dass sich hinter meinen heutigen Tränen das kleine Mädchen verbirgt, das nach der Mittagspause vor einem Tafelbild über das Tierreich sitzt, das kleine Mädchen, das abermals von einer schweren Last erdrückt wird, die für die Menschen, die noch niemanden verloren haben, die Menschen auf der anderen, sicheren Seite, nicht zu ermessen ist. Eine tonnenschwere Last aus Groll, Zorn und Schmerz, eine Last, unter der sich der Boden auftut und steile, mit Spitzen bewehrte Palisaden emporwachsen, und aus der Finsternis steigen Raben auf, die über dem Zugang kreisen und darüber wachen, dass niemand hineingelangt. Dieser Ort gehört dir und nur dir allein. Bitte schön, hier kannst du endlich weinen. Hier kannst du dir das Herz wundreiben, wenn du willst, es wird dich niemand verstehen, weil hier drin nichts zu verstehen ist. Nimm ihn an. Der Schmerz gehört dir und nur dir, du wirst nie wieder so deutlich spüren, dass er eine solche Bürde sein kann. Er ist nicht übertragbar. Jeder Versuch, ihn zu teilen, würde ihn entweihen. Er ist Leere, Abwesenheit, tiefe Sehnsucht, ein bodenloser Abgrund. Und obwohl auf dieser Seite jeder diesen Schmerz spürt, ist er doch immer anders; jeder, der das durchmacht, leidet und überlebt auf seine eigene Weise. Willkommen an diesem neuen Ort. Die auf der anderen Seite kennen nicht die Leere, und sie können auch die Raben nicht sehen. Die auf der anderen Seite suchen nach Floskeln, wie ich es früher selbst getan habe, wenn ich die verzweifelten Eltern aufmuntern wollte. Ich sagte ihnen, sie würden mit der Zeit schon darüber hinwegkommen, sie müssten stark sein und nach vorn blicken. Was wusste ich Naivling schon von der Leere? Nichts. Ich konnte nicht ahnen, dass die Raben um jeden Vater, jede Mutter, jedes gebrochene Herz kreisen. Wein dich aus, Paula. Du konntest ihn nicht retten. Du musst endlich erkennen, wie wichtig es ist, ihn gehen zu lassen.

Pili unternimmt keinen Versuch, mich zu umarmen, sie sitzt nur da, verbirgt die Hände in den Kitteltaschen, und ihr Blick wandert beiläufig über die Wände, als wollte sie kein Aufhebens um ihre Worte machen. Sie kennt mich gut genug, um zu wissen, wie viel körperliche Nähe ich ertragen kann.

»Ich habe noch Tomatensauce von neulich übrig, und wenn du magst, besorgen wir unterwegs noch Fisch. Du hältst einfach vor dem Markt und wartest im Wagen, und ich gehe rasch rein. Um die Zeit ist da nichts los.«

Ich gebe ihr keine Antwort, wische mir mit dem Ärmel des Pullovers nur die Tränen ab, während ich mir die alltägliche

Szene vorzustellen versuche. Wir beide im Auto, der Frieden. Der Markt. Mir gefällt dieser Alltagsmoment, die Auszeit nach der Schlacht, die wir soeben geschlagen haben. Ich schaue Pili an. Ich würde ihr gern erzählen, dass ich bei meinem letzten Besuch auf dem Markt nach zehn Minuten kehrtmachte, da ich in der Schlange beim Fischhändler die Gespräche über Mahlzeiten im Kreis der Familie nicht länger ertragen konnte. Eigentlich wollte ich Hechtfilet kaufen, eine kleine Single-Portion Hecht, und bekam stattdessen dann ganze Familien serviert, mit süßen kleinen Kindern, für die die Gräten entfernt werden mussten, mit glücklich verliebten Paaren und sonnigen Wochenenden, an denen sich alles um ein »Wir« drehte. »Wir« essen Fisch, »wir« versammeln unsere Familie um den Tisch, das »wir« stärkt und schafft eine Gemeinschaft. Ich würde es ihr gern erzählen, aber ich schweige, weil mir die Kraft fehlt, mich wirklich verständlich zu machen.

»Nun, wenn du nichts sagst, dann entscheide eben ich. Du kommst mit zum Essen, und damit basta, Paula. Und jetzt stehst du auf, putzt dir die Nase und wäschst dir das Gesicht, du siehst nämlich furchtbar aus, meine Liebe. Ich ziehe mich derweil um, und in zehn Minuten treffen uns auf dem Parkplatz. Wir nehmen deinen Wagen.«

Sie steht ebenso ungelenk auf, wie sie sich vor ein paar Minuten zu mir in das tiefe Loch hinabgelassen hat, und ich greife verzagt nach ihrer kräftigen, warmen Hand, um mich von ihr hochziehen zu lassen. Ich wusste schon vorher, wie sie sich anfühlen würde: weiblich, beschützend, wie die Hand meiner Mutter. Berührungen in Säuglingsalter beeinflussen unser Verhalten als Erwachsene. Ohne trostspendende Berührungen ist eine vollständige körperliche und emotionale Entwicklung nicht möglich. Wir müssen beizeiten liebkost werden, damit wir später, wenn es darauf ankommt, beziehungsfähig sind. Ich drücke Pilis Hand, als wäre sie mein letzter Halt.

»Und ich spendiere uns noch was zum Nachtisch. Den haben wir uns verdient.«

»Das ist meine Paula!«

Ein verbindendes Wort, und schon bist du nicht mehr allein.

An Pilis Tisch fühle ich mich wie neugeboren, bei all dem Trubel vergesse ich mich selbst. Sandra und Lara, Pilis Töchter, haben mich zur Begrüßung herzlich umarmt.

»Es ist, als würden wir dich schon unser Leben lang kennen, Mama spricht so oft von dir!«

Der Schatten zischelt mir zu, dass sie ihnen von meinem Unglück erzählt haben wird, aber im nächsten Moment kommt ein kleiner Junge mit verschlafenem Gesichtchen angekrabbelt und zieht alle Aufmerksamkeit auf sich. Es ist der Sohn von Pilis jüngerer Tochter Sandra. Die will in zwei Wochen den Vater des Jungen heiraten, von dem sie sich vor der Geburt getrennt hatte.

Während Pili das Essen auftischt, lerne ich eine Lektion fürs Leben. Denn ich erfahre, was wahre Liebe ist. Sie zeigt sich im Gewirr der Stimmen, in der exakt bemessenen Portion, die Pili jeder ihrer Töchter auf den Teller häuft, in der Art, wie die Frauen den mit einer weißen Spitzenserviette ausgekleideten Brotkorb weiterreichen, in der Vorfreude auf die bevorstehende Hochzeit mitsamt all dem Vorbereitungsstress, den Listen, Gästen, die zugesagt haben, Tanten, die ausrichten lassen, Pili könne die handgearbeiteten Ansteckstäußchen für die Sakkos der Männer abholen. Sie zeigt sich in der Hoffnung, die eine Mutter in ihre Töchter setzt, im Geplänkel zwischen den Schwestern, die darüber zanken, was so schwer daran sei, die Schlüssel im Friseursalon zu hinterlegen, damit die andere sie anschließend nicht extra abholen muss, in der Art, wie ihre Mutter nach einer Weile ein Machtwort spricht: »Jetzt ist es aber genug! Ihr seid schließlich erwachsen. Gebt mir die Schlüssel, und euer Vater nimmt sie später mit, so einfach ist das.« Wie eine Offenbarung hallen diese Worte in mir nach: So einfach ist das, Paula, so einfach ist wahre Liebe.

Zum Abschied gibt es jede Menge gute Wünsche, nette Worte, herzliche Küsschen und Umarmungen. Als ich auf die Straße hinaustrete, lasse ich eine unbeschwerte Familie hinter mir, die zum Glück noch kein nennenswertes Unglück erlebt hat. Ich habe keine Ahnung, wo ich bin. In dem Viertel kenne ich mich nicht aus, und ich habe Schwierigkeiten, das Parkhaus, in dem wir mein Auto abgestellt haben, wiederzufinden. Ein Bus fährt vorüber, ich laufe an Schaufenstern mit Sonderangeboten vorbei, sehe das Spiegelbild des aufgeklarten Himmels in den Pfützen, einen kleinen Hund mit hervorstehenden Augen, der mich ankläfft, an den Laternenpfählen Werbebanner für ein Musikfestival, und schließlich das P für Parkhaus. Abrupt bleibe ich stehen, um noch einmal ganz bewusst die familiäre Atmosphäre von Pilis Viertel und ihrem Zuhause zu verinnerlichen, und dann verspüre ich das dringende Bedürfnis, jemanden anzurufen.

»Hallo, Papa. Ich bin's … Nein, es ist nichts, alles okay, keine Panik. Sag mal, hast du heute Nachmittag schon was vor?«

Heute habe ich Geburtstag.
Ich werde dreiundvierzig.
So alt, wie du warst.
Das ist der sonderbarste Gedanke, den ich je hatte.

Als ich die Kerzen auf dem Kuchen auspusten sollte, nahm ich die Geräusche um mich herum plötzlich nur noch wie durch Watte wahr. Vielleicht wäre es nicht so gewesen, wenn es wirklich dreiundvierzig Kerzen gewesen wären, aber Lídia hat eine große, rote, nicht zu übersehende 4 und eine 3 aus Wachs besorgt, und bei dem Anblick wurden meine Knie weich. Weißt du, Mauro, der Gedanke, dass du für immer und ewig dreiundvierzig bleiben wirst, lässt mich einfach schaudern.

Es gab viel Tamtam, du kennst all unsere Freunde ja. Du brauchst dir nur eine von Lídia organisierte Überraschungsparty vorzustellen. Vanesa und Marta waren übrigens auch dabei. In zwei Wochen endet ihre Assistenzzeit, und ich vermisse sie jetzt schon. Sie haben Leben auf unsere Station gebracht und mich mit ihrer Unbekümmertheit und ihrem ansteckenden Lachen durch dieses schwere Jahr begleitet. Dafür werde ich ihnen mein Leben lang dankbar sein.

Jetzt sind sie alle weg, und ich habe Kopfschmerzen. Die Wohnung ist ein einziges Schlachtfeld. Der Boden ist voller Konfetti, und alles klebt. Vermutlich wärst du wenig erbaut gewesen, wenn du gesehen hättest, wie Wein und Sekt über dem

Sofa auskippten. Ein Glück, dass es nicht mehr deins ist. Was du auch noch nicht weißt, ist, dass sich die ganze Bagage seit deinem Tod vermehrt hat wie die Karnickel, und aus unerfindlichen Gründen nehmen sie ihre Kinder überallhin mit. Und ich sage nur eins: Kinder lieben Schokolade. Aber es ist okay, Mauro. Es ist nämlich längst überfällig, dass es in der Wohnung auch mal dreckig und laut ist, dass das Bad ständig besetzt und die Kloschüssel anschließend mit einer Rolle Toilettenpapier verstopft ist. Und es wird auch Zeit, dass ich mir Zuneigung hole, wo ich sie nur kriegen kann. Von Freunden, Nachbarn, dem lächelnden Parkhauswächter. Und ich muss mir beim Kerzenauspusten auch endlich etwas Realistischeres wünschen können, als dass du bitte zurückkommen mögest.

Diesmal bekam ich keine Bücher oder Pflanzen geschenkt, sondern einen Haufen Frühlingskleider, und sogar einen Strohhut. Von Nacho. Verschämt habe ich ihn aufgesetzt, und er meinte, ich sähe blendend aus. Ich wusste, er übertreibt, ließ es aber gern zu und küsste ihn auf die Wange. Weißt du, es ist ein bisschen, als würde ich dich küssen. In ihm lebt für mich ein großer Teil von dir weiter, und in mir ein großer Teil von dir.

Ich gebe zu, anfangs habe ich noch insgeheim gehofft, dass es klingelt und du hinter den grünen Blättern einer Pflanze auftauchst, dann hätte ich dich hereinlassen und den Gästen sagen können: Schaut mal, wer da ist! Aber irgendwann habe ich nicht mehr gewartet, sondern nur noch genossen, wie viel Mühe sich alle gaben, mit mir einen fröhlichen Geburtstag zu feiern. Später fand ich Martina, Lídias kleine Tochter, in unserem Schlafzimmer. Sie stand da, mit ihren Zöpfen und dem Mittelscheitel, und blickte mich fragend an.

»Wo ist Mauro?«

Wir schauten uns tief in die Augen, wie es Menschen tun, die um den Ernst einer Sache wissen. Im Hintergrund Lachen, die Geräusche von Leben. Mit dem Kinn deutete ich auf das Foto neben dem Bett. Sie warf mir einen belustigten Blick zu und hüpfte wortlos durch den Flur davon.

Wir haben ihr ein paar Mal erklärt, dass du gestorben bist, aber von Zeit zu Zeit fragt sie immer noch nach dir. Die Jahre werden vergehen, und ich werde altern, vielleicht ein, zwei Zentimeter schrumpfen, meine Haare werden weiß und mein Gesicht runzlig werden, doch auf dem Foto werden wir für immer vereint bleiben, ich in der Vergangenheit und du in einer ewigen Gegenwart. Weißt du, mir geht es wie Martina, ein Restzweifel bleibt, etwas Ungewisses, etwas, das es nicht ganz fassen kann, sondern weiterhin jeden Tag fragt, wo du bist, wie eine geheime Botschaft, die nur Eingeweihte verstehen.

Ich bin heute dreiundvierzig geworden. Ich habe dich eingeholt und begreife noch immer nicht, wie das sein kann.

DANACH

Thomas hat auf der Terrasse die Schuhe ausgezogen. Es ist mir ein Rätsel, warum er das macht. Er läuft den ganzen Tag barfuß herum, seine Fußsohlen sind schon pechschwarz und seine Fersen rissig. Aber ich sage nichts dazu. Das ist bald seine Wohnung, da kann er rumlaufen, wie er will.

Wenn er, wie jetzt, im April schon Bermudas trägt, wirkt er noch immer wie der Tourist, der er irgendwann einmal war. Wir schuften seit Stunden. Dreimal mussten wir mit dem Auto hin- und herfahren, um sämtliche Pflanzen, Blumen, Töpfe, Universalblumenerde, Spezialerde für Rosen und Rindenmulch für die Kamelien und Azaleen vom Gartencenter nach Hause zu schaffen. Wir waren so aufgeregt, als ginge es auf eine große Reise. Unser Vorhaben hatte eine überschäumende Euphorie in uns geweckt.

Ich hatte Mauros Notizen mit dem ersten Entwurf für die Terrasse gefunden. Die trugen wir dem Verkäufer vor, der uns mit hilfreichen Erläuterungen bei unserer Mission unterstützte. Neben der Zeichnung war eine Liste mit allem, was zu Beginn gepflanzt werden musste. Eine Liste, die Mauro länger und länger werden ließ, bis sie zu seiner Biografie wurde.

Ich hatte Thomas das Auto überlassen, und er holte mich mittags vom Krankenhaus ab, weil es auf dem Weg zum Gartencenter lag, von dem er behauptet hatte, er wisse genau, wo es sei. Natürlich kam er zu spät, und wir verfuhren uns dann noch irgendwo zwischen Barcelona und Castelldefels. Als wir zum dritten Mal auf der Schnellstraße am Nightclub »Riviera« vorüberfuhren, konnte ich mir das Lachen nicht mehr verkneifen. Berauscht von der Geschwindigkeit und in Begleitung eines guten Freundes fiel es mir leicht, zu lachen, hatte ich doch nach dem heutigen Morgen allen Grund dazu. Um Viertel nach elf hatte ich Mahavirs Entlassungspapiere unterschrieben.

Es war ein wahrer Farbenrausch, als seine Eltern mit dem Kleinen auf dem Arm ins Stationszimmer kamen. Der bunte, reich bestickte Sari, den die Mutter erst an dem Tag hatte tragen wollen, da sie ihren Sohn mit nach Hause nehmen durfte, die mehrfarbigen Leinensachen, die sie Mahavir angezogen hatten, die schwarzen Augen des Kleinen, die mich monatelang angeblickt hatten, bis es endlich mit ihm aufwärtsging. Die Dankbarkeit und Rührung der Familie überwältigte unser gesamtes Team. Die Mutter schenkte uns Jasminblüten, die wir Frauen uns ins Haar steckten, und sie hatte uns *vada* mitgebracht, frittierte Linsenküchlein, die sie noch in der Nacht zubereitet hatte und die ich mir schmecken ließ, denn ich war froh, das Leben feiern zu können. Mahavir bedeute »Held«, hatte mir sein Vater vor einer Ewigkeit gesagt, als dieses Kind, das damals nicht größer war als eine Hand, darum zu kämpfen begann, heute ins Leben entlassen zu werden. Ich kann nur allen Frauen, die ein Kind erwarten, raten, sich Zeit zu lassen und gut über den Namen nachzudenken, damit er zu dem Menschen, den sie in ihrem Bauch tragen, passt. Nachdem wir meinen persönlichen Helden eine Weile gefeiert hatten, sah ich zu, wie sein Vater ihn im Kinderwagen in die Welt hinausschob, während sich seine kleine, strahlende Mutter noch einmal umdrehte und mit gefalteten Händen zum Abschied flüsterte:

»*Namasté*, Doktor Cid.«

»*Namasté*«, antwortete ich und musste schlucken. Denn die Vergangenheit hatte mich eingeholt.

An jenem Mittwoch im Februar hatte ich zum ersten Mal von Mahavir gehört. Er war damals noch ein Fötus im Bauch seiner Mutter, und sie war eingehend von uns untersucht worden, um die Einweisung und die nötigen Schritte bei dieser Hochrisikoschwangerschaft im Voraus zu planen. Ich blickte während der Sitzung unseres Teams immer wieder auf die Uhr, weil ich mit Mauro zum Essen verabredet und sehr aufgeregt war. Ich hatte extra die Ohrringe angezogen, die er so schön fand. In der Nacht zuvor hatte ich einen Entschluss gefasst, den ich ihm während des Essens kundtun wollte, und ich war mir sicher, dass ich damit nicht bis zum Nachtisch würde warten können.

Denn am Samstag zuvor war, völlig überraschend, vor dem Supermarktregal mit den Keksen in mir zum allerersten Mal der Wunsch nach einem Kind aufgekeimt. Mauro hatte nach Biovollkornkeksen gesucht, als plötzlich ein kleiner, vielleicht drei oder vier Jahre alter Pimpf neben ihm auf ein Paket im obersten Fach deutete. Mauro strich dem Kleinen über die Haare und hob ihn hoch, damit er die Schachtel Kekse selbst herausnehmen konnte. Das war alles. Nur diese eine simple Geste. Ich sagte nichts, doch der Gedanke, den ich mir anfangs selbst nicht eingestehen wollte, hatte mich nicht mehr losgelassen. Bis ich in jener Nacht beschloss, es ihm am nächsten Tag bei unserem Essen zu sagen. Vielleicht war es schon zu spät, und es war riskant, und so ganz war ich noch immer nicht davon überzeugt, aber nichtsdestotrotz, warum eigentlich nicht? Es war ihm in all den Jahren so wichtig gewesen, und solange wir uns die Arbeit gerecht teilten ... konnten wir es vielleicht doch mit einem Kind versuchen. Vielleicht bin ich verrückt geworden, wollte ich ihm sagen, aber er solle mich jetzt bitte nicht davon abbringen, denn mir fiele kein anderer Weg mehr ein, die undefinierbare Spannung zwischen uns zu lösen. Ich wollte ihm sagen, dass ich es schaffen würde, ganz bestimmt, und hatte mir sogar ein paar gewichtige Worte zurechtgelegt. Ein Kind muss man sich wünschen und es einfach kommen lassen, Mauro, das ist alles, und jetzt ist der Moment gekommen.

Selbstsicher, mit hoch erhobenem Kopf, trat ich auf der Höhe des Strandes aus einem Parkhaus an der Carrer Marina und wiederholte bei jedem Schritt: Wünschen, kommen lassen, wünschen, kommen lassen, wünschen, kommen lassen. Mauro wartete bereits im Restaurant. Er war mit dem Fahrrad da und sah irgendwie aus, als läge er auf der Lauer. Schon bei seinem ersten kühlen Lächeln verpufften die zurechtgelegten Worte in meinem Kopf. Verdrossen blickte ich auf die Speisekarte. So unwillig wie er mich ansah, konnte ich es ihm nicht sagen. Vielleicht am Abend, dachte ich noch und musste an die Ultraschallbilder von Mahavir denken, die wir wenige Stunden zuvor im Krankenhaus eingehend studiert hatten. War es ethisch vertretbar, dieses Kind zur Welt kommen zu lassen? War es ethisch vertretbar, andere Kinder zur Welt kommen zu lassen, wenn der Wunsch sich auf einen Schlag verflüchtigen konnte?

Die Wogen des Meeres hinter den großen Fensterscheiben des Restaurants trugen meine schweren Gedanken mit sich fort. Wie von Ferne hörte ich Mauro belangloses Zeug über ein Buch reden, das er gelesen hatte, und dass er mit dem Zug einen Zwischenbuchhändler besucht hätte, eine Katastrophe, er sei eine halbe Stunde zu spät gewesen. Er sprach in knappen

Sätzen, als würde er Brotkrumen auswerfen, um wohlbehalten zurückzufinden, wenn er die Bombe geworfen hatte. Er wartete damit nicht mal auf den süßen Nachtisch.

Wenn Bomben fallen, zerstören sie oft mehr als ihr unmittelbares Ziel. Die Detonation seiner Bombe zerstörte alles. Am Ende sogar sein Leben. Ein paar Monate später, als mein Herz längst gebrochen war, wurde mir Mahavir im Kreißsaal in die Arme gelegt, auch er ein Opfer des ewigen Kampfes. Ich ermittelte das Gewicht des kleinen Helden, intubierte und versorgte ihn, denn ich wollte nur eins: Er sollte leben. Und in jenen Minuten ging mir noch etwas anderes auf: Mein Kinderwunsch würde sich fortan darauf konzentrieren, das Schicksal von Kindern in den Händen zu halten, die nicht mir gehörten.

Für einen Aufbruch braucht man Rituale. Sie helfen, aus einem Ende einen Neuanfang zu machen. So wie bei Mahavir heute früh. Und auch für mich wird es Zeit.

Als wir vorhin auf der Terrasse endlich loslegen wollten, erschütterte mich Thomas' Anblick. Die eine Hand in die Hüfte gestemmt, in der anderen eine Zigarette, schaute er ratlos um sich und wusste offenbar nicht, wo er bei dem Riesendurcheinander anfangen sollte. Auf einmal fühlte ich mich verloren. Mir war, als wären wir dabei, ein Grab zu schänden. Doch dann ergriff Thomas die Initiative. Und strahlte dabei eine Ruhe aus, die für mich etwas Tröstliches hatte.

»Den Bambus reißen wir raus. Der ist viel zu invasiv.«

Ich gab ihm mit dem Handschuh einen Klaps aufs Bein.

»Von wegen, mein Lieber, wenn hier einer invasiv ist, dann du. Der Bambus bleibt.«

Lachend trank er einen Schluck Bier. Ich kann nicht sagen,

was es genau war, aber in diesem Moment fühlte es sich für mich an wie das Ende der Ferien, wenn sich in den Urlaubsorten wieder der Alltag breitmacht, der für ein paar Wochen im Sommer vertrieben worden war. Großen Veränderungen wohnt immer ein Geheimnis inne, das sich in kleinen Hinweisen zeigt. Schon im nächsten Moment hatte sich der Eindruck wieder verflüchtigt.

Wir arbeiteten eine Weile auf der Terrasse, erneuerten die Erde, verteilten die Pflanzen an die Stellen, die Mauro ihnen zugedacht hatte – und dann auf einmal fing ich an, Mauros eingegangene Pflanzen auszureißen. Als ich damit fertig war, stieß ich ein eigenwilliges Triumphgeheul aus. Ich klopfte mir die Erde von den Armen und strich mir mit der Hand über die schweißnasse Stirn. Mochte ich auch noch so erschöpft sein, in diesem Moment fühlte ich mich bärenstark und hätte es selbst mit Riesen aufgenommen.

Gerade machen wir eine Pause. Wenn wir heute nicht fertig werden, dann eben am Wochenende. Mein Nacken ist steif, und meine Arme tun weh. Auch in der Wohnung ist noch einiges zu tun. Ich muss noch saubermachen, die letzten Kartons packen, Licht, Gas und Wasser auf Thomas ummelden. Mit dem Umzugsunternehmen verhandeln, mir für alles einen neuen Platz überlegen, mit dem Besitzer reden, den vorsintflutlichen Anrufbeantworter mit der Stimme meines Vaters mitnehmen. Ich muss mich anziehen, essen und einen letzten Blick ins Schlafzimmer werfen, das schon leergeräumt ist. Zurück bleibt nur das Parkett, das wir immer so sorgsam behandelt haben. Das Parkett und der alte gusseiserne, weiß gestrichene Heizkörper, an dem wir uns an Winterabenden den Hintern wärmten und vom Tag berichteten, während Mauro sich die Fingernägel schnitt und ich mir die Wimperntusche abschminkte. All diese Momente, das waren wir. Wir haben dieser Wohnung Leben eingehaucht, mit leisen Geräuschen, die jetzt in der Leere widerhallen. Erinnerungen sind formbar, es ist ein Leichtes, sie zu korrigieren. Man kann hier ein Stückchen wegschneiden und da einen anderen Hintergrund verwenden, sie, wie heute üblich, retuschieren, mit Filtern verschönern und sich so eine Vergangenheit nach Maß zurechtschneidern. Damit ist man bestens gerüstet für eine Gegenwart, in der man keine Kompromisse eingehen muss, weil es niemanden mehr gibt, der sich in unsere Einsamkeit drängen und uns daran erinnern wird, dass das Leben einmal anders aussah.

Thomas nimmt seelenruhig von der Wohnung Besitz. Er lässt sich nicht im Mindesten von meinen aufgeregten Telefonaten stören, mit dem Spediteur, der nicht kommt, oder meinem Vater, der darauf besteht, dass ich bei ihm schlafe, solange ich mich in der neuen Wohnung noch nicht eingerichtet habe. Thomas hat seinen Plattenspieler heruntergebracht, der im Esszimmer bereits einen Ehrenplatz bekommen hat. Und immer wieder taucht er in der Tür auf, mit einem Arm voll Schallplatten, die er bedächtig wieder auf dasselbe Regalbrett stellt, bloß ein Stockwerk tiefer. Und das schön alphabetisch geordnet: Das ist gerade das einzig Wichtige für ihn, meine Warnung, bei der kaputten Dunstabzugshaube müsse er beim Einschalten zuerst den zweiten Knopf von links drücken, interessiert ihn dagegen nicht die Bohne.

»Counting Crows, Bob Dylan, Ben Harper, Fleetwood Mac.« Sein starker, rauer New Yorker Akzent klingt verdammt urban und exotisch.

»Und vergiss nicht, dass am Mittwoch jemand wegen des Boilers kommt«, rufe ich ihm von der Terrasse aus zu.

»Lou Reed, Oscar Peterson, Tom Petty, Stevie Wonder. Du musst dir diesen Song anhören, Paula!«

Ich weiß nicht, welches Lied da läuft, es ist eine tiefe, raue Frauenstimme, und sie singt live. Die Musik ist sehr laut, und der Jubel des mitsingenden Publikums hallt durch alle Räume. Ich bücke mich und streiche sanft über die zarten Blätter einer neuen Pflanze.

»Mit dem wirst du deine wahre Freude haben«, sage ich leise zu ihr.

Dann richte ich mich auf. Mit einem Kloß im Hals lasse ich meinen Blick über all die neu gekauften Pflanzen wandern.

»Ihr werdet es hier gut haben. Es lohnt sich zu leben. Manchmal ist es nicht einfach, da will ich euch nichts vormachen, aber ich schwöre euch, es lohnt sich.«

»Die Aufnahme ist von '76! *Don't you think it's amazing?*«

Ich höre die Stimme aus der Konserve, die von den inzwischen kahlen Wänden widerhallt, und beneide Thomas lächelnd um sein bescheidenes Glück und seine Liebe zur Musik. Ein Hoch auf die Anspruchslosigkeit.

Unsere Wohnung hat die ganze Zeit noch auf dich gewartet, Mauro. Türen und Fenster haben mich aufmerksam beobachtet und verstohlen jede meiner Bewegungen verfolgt, vielleicht, weil sie überzeugt waren, dass es von mir abhinge, ob du zurückkehrst. Wenn ich die Küchenschränke öffnete, schienen Gläser und Geschirr nach dir zu fragen, und das war anmaßend und ebenso unerträglich wie der Anblick deiner immer mehr verkommenden Terrasse, die dich vermisste und um dich weinte. Wenn man über den Verlust eines geliebten Menschen trauert, gibt es keine Abkürzung, gleichwohl aber kleine Siege. Wir können uns verzeihen, uns unserer Schwächen bewusst werden, zulassen, dass Erinnerungen ein Gefühl der Nähe erzeugen. Ich kann den Anweisungen meines wiedergefundenen Vaters folgen, der mir Klavierspielen beibringt, ein gebrauchtes Motorrad kaufen und es an der Straßenecke in einem jetzt besser zu mir passenden Viertel parken, in eine Wohnung mit Balkon ziehen, dein Handy wegwerfen und mit ihm alles, was nicht mir gehört. Ich kann täglich mein Bestes geben, um die kleinen Federgewichte ins Leben zu holen, vielleicht eines Tages sogar noch einmal lieben, wer weiß, aber ich kann auf jeden Fall noch einmal von vorne anfangen und anerkennen, dass dem Tod, zumindest manchmal, auch eine Chance innewohnt. Ich fliehe nicht, Mauro. Ich mache nur die Tür hinter unser beider Leben zu. Ab und zu werde ich zurückkommen, um die Pflanzen zu besuchen. Und ich werde dich bestimmt nicht vergessen. Wenn ich das täte, würde ich dich ein zweites Mal sterben lassen, und das wird niemals geschehen, da kannst du dir ganz sicher sein.

Thomas kommt mit einer Handvoll Erdbeeren auf die Terrasse und bietet mir eine an. Ich winke ab. Gedankenverloren schaut er sich um und lässt sich die Früchte schmecken. Der Frühling zeigt sich überall. Ganz in der Nähe singt auf einem Dach eine Amsel. Jetzt, kurz vor Sonnenuntergang, klingt ihr Gesang besonders intensiv.

»*Turdus merula*«, murmele ich.

»Was?«

»Eine Amsel. Hörst du?«

»Ich weiß nicht, was eine Amsel ist.« Er zuckt gleichgültig mit den Schultern. »Du hast da eine Wimper, warte.«

Vorsichtig wischt er sie von meiner Wange, und ich spüre, wie ich beschämt erröte, als er sich so tief zu mir hinunterbeugt, dass sein Gesicht fast meine Haare berührt. Seine Gesichtszüge leuchten in den letzten Sonnenstrahlen. Er nimmt meine Hand und legt die Wimper behutsam auf die Handfläche, wie ein Uhrmacher, der sich an den winzigen Teilen einer aufgeschraubten Uhr zu schaffen macht.

»*Throw it over your shoulder.*«

»Nein, Thomas, hier pusten wir sie in die Luft.«

Ausgelassen wie Kinder zanken wir uns kurz darüber, was mit der Wimper zu tun ist. Die neuen Pflanzen, die uns noch nicht kennen, beobachten uns von ihren Blumenkästen aus und lassen sich von der heiteren Stimmung anstecken. Wahrscheinlich denken sie, es sei hier immer so, und das ist gut so.

»*C'mon!* Wünsch dir was!«

Mein Herz klopft. Der alte Brauch, eine Wimper wegzupusten, wirkt auf mich wie ein Orakel, das über mein Schicksal entscheiden wird. Ich schließe die Augen, so fest ich kann. Hinter meinen Augenlidern beginnen Lichtpunkte auf der Netzhaut zu tanzen, eine Illusion von Licht und Bewegung, die etwas Gespenstisches hat. Aber ich sage mir sogleich, dass diese Terrasse ein Vermächtnis deines Lebens sein wird, Mauro, und kein Mahnmal deines Todes. Und dann hole ich tief Luft und wünsche mir von ganzem Herzen Glück.

DANKE

Ein besonderer Dank gebührt Dr. Marta Camprubí von der neonatologischen Abteilung des Hospital Sant Joan de Déu in Barcelona dafür, dass sie ihre Erfahrungen und Anekdoten mit mir geteilt hat, mich in einen weißen Kittel schlüpfen ließ und mich durch die Frühgeborenen-Intensivstation führte, damit ich aus erster Hand die wichtige Arbeit kennenlernen durfte, die dort geleistet wird. Dass Paula Cid eine so mustergültige Neonatologin geworden ist, hat sie ihr zu verdanken.

Meinem Agenten Bernat Fiol danke ich für sein großes Vertrauen und seine Professionalität.

Und euch, Ignasi und Oriol, danke ich, weil ihr jeden Tag aufs Neue für mich die Sonne aufgehen lasst.

Marta Orriols